사진 속의 추억
추억 속의 인생

사진 속의 추억
추억 속의 인생

✝

전대식 사진 자서전

눈빛

전대식, 2023

한번 기자는 영원한 기자다

이태호 전 동아일보사 기자, 논픽션 작가

"한번 해병은 영원한 해병"이라는 말이 있다. 이 명제는 해병은 용맹하기로는 무적이요, 그 정신을 제대한 후에도 이어간다는 뜻을 함축한다. 마찬가지로 "한번 기자는 영원한 기자"라는 말도 있다. 이 명제는 기자는 예리하고 부지런하며 그 근성을 은퇴한 후에도 지속한다는 뜻을 내포한다.

전대식 기자가 자서전을 출판한다. 전 기자는 사진기자로서 여러 언론사를 거치면서 보도사진과 예술사진으로 역사의 현장을 생생하게 전했으며, 언론사를 떠난 후에도 카메라의 앵글을 잠재우지 않고 피사체와 더불어 살고 있다. 그가 전공인 사진을 곁들여 자서전 형식의 저서를 남긴 것은 적지 않은 의미를 지니고 있다. 나는 그를 가까이서 관찰하고 고락을 함께한 시절이 있어 이 책에 대한 소회를 피력하고자 한다.

첫째, 모든 기록은 역사의 자료가 된다. 전대식 기자는 이러한 의미에서 역사에 기여하고 있다. 우리는 흔히 정치인이나 경제인들이 회고록을 통해 자신을 선전하는 경우를 접한다. 여기에는 자화자찬이나 과장이 넘쳐 독자들을 혼란에 빠뜨리거나 잘못 인도하는 함정이 숨어 있다. 그러나 전대식 기자의 이 책은 진솔하며 사실에 입각하고 있다. 특히 김수환 추기경의 일거수일투족을 사진으로 찍고 이에 관해 글과 사진을 종합한 그의 책은 당대의 중요한 자료로서 손색이 없다. 그는 사실에 입각하고, 오로지 현장을 생생히 전하기 위해 모든 노력을 기울이는 사람이다. 누구든지 그의 자서전을 읽고 인용할 경우 사실 속에서 교감을 이룰 것이다.

둘째, 모든 사람은 가족의 일원이다. 전대식 기자는 노모를 극진히 모시면서 장남으로서 가족을 이끌고 모범적인 자세를 유지하고 있다. 그러나 우리 사회를 보면 공공의 활동에 치중하면서 가족을 팽개치는 사람이나, 다른 사람과 그 가족의 행복을 해치면서 자신의 출세에 몰두하는 사람들이 적지 않다. 전대식 기자는 기자라는 본업에 충실하는 동안 집안 일을 빈틈없이 수행하고 배우자를 가톨릭 신앙 안에서 사랑하는 한편 사랑의 정수인 매리지 엔카운터 운동 (ME)에도 정성을 기울이고 있다. 그러므로 우리는 공과 사를 아울러 중시하는 전대식 기자의 자서전을 신뢰하며 여기서 참다운 교훈을 찾을 수 있을 것이다.

전대식 기자의 자서전이 출판되는 계절은 가을이다. 수확의 계절이라는 이 가을에 산천이 곱게 물들고 있다. 아름다운 잎들은 겨울이 오기 전에 떨어질 것이다. 그러나 낙엽은 죽음이 아니라 성장의 한 단계다. 봄이면 나무는 새싹을 다시 내밀고 나이테를 하나 더 늘린다. 나는 전대식이라는 나무가 이 책으로 굵은 나이테를 두르고 기상을 우람하게 펼치기 바란다.

지은이 서문

맑고 수려한 마음의 고향, 전국에서도 드물게 지역명 1천 년 이상의 역사를 지닌 충북 옥천 청산에서 저와 우리 형제들을 세상에 태어나게 해주신 조상님과 부모님, 친인척분들…. 그리고 저를 아껴주신 은인들께 감사의 인사 먼저 올립니다.

그 은덕으로 1974년 한국경제신문 편집국 기자로 언론계에 입문, 국방일보, 코리아헤럴드, 평화신문, 작은예수회 등 다양한 미디어 환경에서 만 40년 동안 근무하며 수많은 은혜를 받았습니다.

역사는 현재의 스승이요, 미래의 길을 밝혀줍니다.

이곳에 수록된 옛 사진들은 선친 전순규 옹이 1950년대 당시 이안리플렉스 사진기인 롤라이플렉스(Rolleiflex) 카메라를 구입해 절친인 서울사진관 고 박두현 옹과 함께 고향의 산하와 풍습을 기록으로 남기셨습니다. 또한 저의 청산초등학교 6학년 담임이자 시인인 일촉(一觸) 이상성 은사님께선 이 원고를 감수해주시고, 1960년대 소꿉친구들과의 학창시절을 깨알 같은 사진말로 붙인 사진들을 제공해주시어 60년 전 충청북도 중부내륙의 고향 산하가 생생히 되살아났습니다. 은사님께 무한한 감사 드립니다.

특히 제1부는 2006년부터 근 17년간 구술 정리한 어머님의 일생을 책으로 내려 했으나 여의찮아 출간을 미뤄오던 중, 마침 어머님 구순을 눈앞에 두고 펴내게 되어 기쁘게 생각합니다. 다만 인고의 세월 못다 한 이야기들은 「옥천 청산에 살리라」 다음카페에 남기고자 합니다. (https://cafe daum.net/cjdtks52)

2023년 10월
저자 전대식

차례

제1부 청산에 살리라

나의 어린시절과 우리 가족

외할머니의 선한 마음씨를 이어받은 선한 힘이 우리 가족이 만난 거센 폭풍을 뚫고 일어서는 원동력이 되었다. 외할머니 76회 생신날(CANON_7). 서울 삼청동, 1976. 7. 9

그립고 고마운 외할머니

　나이 들어 외할머니(박분희)의 사진을 보면 외할머니의 선한 속마음까지도 전해져오는 듯하다. 1980년 5월 남북이산가족 상봉시, 화장실 가는 것도 참으며 TV 앞에서 혈육상봉의 애타는 모습을 몇날 며칠 눈물로 지켜본 외할머니는 결국 병원에 입원했다. 이웃의 아픔을 나의 아픔으로 여기는 외할머니의 측은지심 앞에 우리 가족은 고개가 숙여졌다. 어머님과 손자들에게까지 속옷 깊숙이 넣어 둔 용돈을 꺼내 건네주신 외할머니.

　나의 배우자가 첫아이 임신을 했을 때도 성남 모란시장에서 병아리 12마리를 사다가 닭이 몸에 좋으니 크거든 매달 한 마리씩 잡아먹으라 하셨다. 그런데 다 큰 닭을 도저히 잡을 수 없어 동네사람들 좋은 일만 시켰지만 우리는 외할머니의 지극한 정성을 잊지 못한다.

　내 평생 기억에 외할머니 화내는 모습을 한 번도 본 적도 없고, 아무리 억울해도 욕하는 것을 들은 적이 없다. 우리 어머니 역시 40대에 홀로 되어 4남매를 키우며 이 세상 갖은 풍파 겪으면서도 외할머니의 선하디 선한 마음씨를 빼어 닮았다.

　사람은 누구나 살아가며 고난을 겪는다. 고난 없이 희망도 없고 성공도 없다. 고난과 환난을 희망의 밑거름으로 삼고 이겨내는 사람만이 희망이란 목적지에 도달할 수 있다. 사람들은 진선미를 최고로 꼽지만 그중에서도 우리 가족은 선

(善)을 최우선으로 삼는다. 선이야말로 조물주가 내린 최고의 선물이며, 무엇과도 바꿀 수 없는 우리 가계(家系)의 총자산이다.

우리 가족은 읍내에서 누구 하나 부럽지 않고 잘나가던 때가 있었지만 아버님의 병세로 가계가 급속도로 기울어졌다. 이후 반세기 동안 세상 밑바닥 인생을 모두 겪어야만 했다. 삶은 고달프지만 우리 형제들은 외할머니의 선한 맘씨를 이어받아 이웃에 피해가 가는 일에는 끼어들지 않았다. 늘 자신들은 손해가 따르지만 그것이 마음 편히 사는 길이었고 진리였다.

외할머니의 선한 마음씨를 이어받은 어머니는 온갖 풍파를 다 겪었다. 그러나 어머님은 세상 누구보다 선한 마음으로 우리 자녀들을 돌보며 살아오셨다. 그 선한 힘이 우리 가족이 만난 거센 폭풍을 뚫고 일어서는 원동력이 된 것이다.

사람은 누구나 고난을 겪는다. 그러나 선은 이 모든 것을 극복하는 최후의 단초가 됨을 우리 가족은 반세기 이어지는 처절한 삶 속에서 깨우치게 되었다.

내 고향 청산

청산(靑山)이라는 지역명이 940년(고려 태조 23년) 청산현으로 시작되어 올해로 1,083주년이 된다. 천년이 넘는 역사를 가진 지명은 전국에서도 유례없는 일이라고 한다. 특히 동학혁명, 3·1독립만세운동 등을 통해 민족, 민주주의 뿌리가 선조들에 의해 찬란히 계승되어오고 있는 자랑스러운 충효의 고장이다.

청산은 지난 반세기 동안 이렇다 할 큰 발전은 없지만 여러 고향 친구들이 험난한 생을 딛고 자수성가해 성공한 친구들이 많다. 이는 바로 이름 그대로 푸르른 산과 맑은 물이 있는 칠보단장 이름난 고향 청산의 힘이 아닐까. 비록 극한의 어려움을 딛고 성공하기까지 뼈저린 아픔들이 있었지만 노후에 돌아본 지난 시절 마디마디들은 달다. 나의 고향 청산은 영화, TV 드라마의 단골 촬영무대가 될 정도로 수십 년 전의 모습을 그대로 간직하고 있다.

청산초등학교 3학년 무렵 나는 동생과 보청천 둑길을 걸어서 20여 분 거리에 있는 청산 한다리 아래 냇가에 자주 갔다. 물고기들이 많아 유리어항을 대여섯 개 꾸리고 참기름집에서 깻묵을 한 봉지 사서 냇가에 다다르면 비릿한 개울 냄새와 시원한 냇물 소리가 이내 우리들의 마음을 평화롭게 만들었다. 동생은 파라솔을 펴고 납작한 돌멩이를 주워다 휴식 자리를 만들고 나는 물속에 들어가 깻묵을 으깨어 어항 속에 넣고 흔들어주면 피라미들이 종아리를 간지럽히기 시작한다. 물고기들이 놀게끔 쌓아올린 돌무더기 아래 살며시 어항을 들여다

칠보단장 이름난 도덕봉 밑에 보청천이 굽이굽이 돌아 보(補)가 일곱 개나 있으니 아무리 가물어도 물이 마르지 않는다. 장위리 보 돌다리와 느티나무 고목은 1987년 수해로 모두 떠내려갔다. 1976. 6

놓으면 고기들이 물살을 따라 펄쩍펄쩍 뛰고 난리다.

어항을 대여섯 개 놓고 나면 만화책 한 권 볼 겨를도 없이 다시 첫 번째 어항부터 거두기 시작하는데 물속에 들어가면서 고기들이 놀랠까봐 물가에 고개를 바짝 숙이고 어항 곁으로 가면 물고기들이 어항에서 나오려고 요동치는 모습이 생동감이 넘쳐난다. 이윽고 어항에 하나 가득 찬 고기들을 들어올리면 피라미, 무지개 색깔 예쁜 세비(불거지), 어쩌다 힘이 무척 센 참마자(모래무지)도 들어 있다. 참마자는 어찌나 힘이 좋은지 어항을 잘못 들면 '픽' 하며 깨지니 조심스럽게 물속에 담근 상태로 꺼내야 안전하다. 자갈밭에 누워 드높은 하늘을 올려다보면 종달새가 지지배배 노래하고 고무신 접어 기차놀이도 하고 맑은 백사장에 구르며 신나게 물장구치던 추억들이 새롭다. 당시엔 구명조끼가 없어 큰 세숫대야에 두 팔을 의지한 채 수영을 배웠는데 물안경으로 파란 물속을 들여다보면 물고기들이 노니는 모습이 재미있고 신기했다.

고향 청산에는 이렇듯 우리가 놀기에 적당하고 맑은 냇가가 있어 어린 시절 풍부한 감성을 불러일으켰다. 보청천 뒤로는 도덕봉(道德峰, 544m)과 덕의봉(德義峰, 491m)은 산세가 부드러워 등산객들이 즐겨 찾는 명산이 되었다. 그 앞으로는 청산면 소재지를 중심으로 좌청룡 우백호 마을을 감싸안고 보청천이 굽이굽이 돌아 보(補)가 일곱 개나 있으니 아무리 가물어도 물이 마르지 않았다.

원래 청산은 조선 태종 13년인 1413년 행정구역제도가 개편될 때 경상도에서 충청도로 이관되면서 충청도 10현 중의 하나인 청산현이 되고, 현감으로 종6품이, 향교에서 가르치는 훈도는 종9품이 각각 배치되었다.

교평리에 향교가 그대로 남아 있고, 1960년대 초에는 학생 수가 2,500여 명에 달한 청산초등학교는 올해(2023년) 108회 졸업생을 배출해내며 충청북도에서 세 번째로 오랜 전통을 이어오고 있다.

집안 내력

　조부님과 증조부님이 공부했다는 손때 묻은 책자들을 백 년 넘게 선대로부터 이어 보관해왔는데 1983년 선친 전순규 옹이 세상을 떠나며 증조부의 진사(進士) 칙명(勅命)장 및 충효장 등 나라에서 내린 포상장 등 일부는 5촌 아저씨가 통사정해 내주고 말았다.

　아버님은 할아버지(전진구)의 선종 후 옥천 전씨 족보를 수십 년간 등재 및 관리하고 있었는데 선친이 돌아가신 후 몇 년 지나 "족보와 선대 기록이 담긴 문서 일체를 큰집에서 보관하는 것이 맞다"라며 5촌 아저씨 큰아들인 대학이 큰형이 달라는 것이었다. 이에 어머님은 6촌 간이나 자칫 동지 간(친척) 사이가 벌어질 수도 있기에 "옛날 것 가지고 있으면 뭣 하나?" 해서 선뜻 내주었다. 당시 기억으로 증조부께서 받은 충효장은 임금과 영의정, 좌의정, 예조판서 등 관료 10여 명의 서명이 들어간 비단으로 감싼 진귀한 하사품이었다. 결국 우리 집에는 조상들이 공부하던 책자들만 남게 됐다.

선대 조상들이 공부하던 책자들.

　나의 고향 충북 옥천군 청산면에서 30여 리 떨어

행복했던 시절 고향 만리 방천둑에서의 가족사진, 둘째 고모(맨 오른쪽)는 아이를 낳지 못한다고 시집 간 지 1년 만에 쫓겨왔지만 훗날 재혼해 3녀를 낳았다. 충북 옥천 청산, 1962. 7

냇가에서 고모 내외, 순자 누나와 함께. 충북 옥천 청산. 1962. 7

진 충북 보은군 마로면 갈전리가 선대로 이어온 터전이다. 증조부는 고을에서 유명한 효자였다고 한다.

옥천 전씨 집성촌인 갈전리에는 예로부터 대추가 유명했는데 진사를 지낸 증조부께서 큰 대추 농사를 지어 수확할 때가 되면 저 멀리 상주 등지에서 수십 명의 일꾼들이 올라와 그해 겨울이 올 때까지 머무르며 일을 했다고 할아버지에게서 전해 들었다. 수십 명의 일꾼들이 몇 달간을 한 집에 머물며 먹고 자고 일하고 했으니 그들을 수발하는 일도 만만치 않았으나 증조할머니는 마음이

1960년대 옥천 청산서 태화약방을 경영한 조부 전진구 옹.

바다같이 넓어 모든 일꾼들을 사로잡았다고 어머니는 전해주었다. 그렇게 속이 바다 같은 증조할머니와는 달리 할머니는 어찌나 성격이 모질었는지 할아버지에게 쌓인 감정을 어머니에게 분풀이하려는 듯이 쏟아냈다. 그래서 어머니는 모진 시집살이를 감내해야만 했다.

조부 전진구(全鎭九) 옹은 태평양전쟁 때 중국으로 건너가 한학을 공부했다. 실생활에 응용할 수 있는 한약 조제술을 익혀 고향에 돌아와 많은 농민들의 병을 고쳐주었다. 당시엔 중풍 환자와 경기 들린 아이들이 많았는데 갑자기 병세가 생기면 요즘처럼 구급차도 없고 병원 이송도 어려운 시기라 집집마다 우황청심환과 우황포룡환을 상비약으로 보관하고 있다가 이를 사용했다. 선친 전순규 옹도 조부를 따라 약초를 캐며 한약 조제술을 익혀 청산에 할아버지가 운영하던 태화약방과 인근에 여러 약방을 내서 많은 돈을 벌었다.

가슴 시린 추억들

　새벽 3시, 병실 옆 침대에 누워 있던 어머니의 숨소리가 이상해 잠에서 깨어났다. 숨 쉬는 소리도 불규칙하지만 호흡이 어려운지 연신 입을 크게 벌리고 숨을 내쉬는 소리가 복도까지 들릴 정도다. 간호사를 깨워 원인을 물어보지만 알 수가 없다고 하니 내일 원장님께 여쭤봐야겠다. 잠이 오질 않는다. 어머니는 도림동 옥탑방에서 늘 혼자 주무시기에 어떻게 자고 있는지 확인할 수 없었으나 이제라도 알게 되어 다행스러운 일이다.

　곰곰이 어머님의 지난날을 회상해본다. 그동안 바쁘다는 이유로 어머님에 대해 깊이 생각해본 적이 별로 없었으나 병원에서 나를 간병하는 어머님을 보고 비로소 많은 생각을 하게 되었다.

　어머니의 긴 한숨 소리도 지난날 험난한 인생 고개를 넘나드는 한숨이리라 생각하니 어머님과 우리 가족이 걸어온 길이 기구하기만 하다. 지금 이렇게 마음 편히 글로 옮길 수 있는 것은 우리 가족들이 모두 안정 기로에 서서 옛 시절을 회상해도 좋을 만큼 여유가 생겼기 때문이리라.

　어머님은 인정 많은 충청북도 보은군 마로면 관기리 담배창고 건넛집에서 가난하지만 6남매 중 맏딸로 다복한 가정에서 태어났다. 처녀 시절엔 부엌에 한번 들어가지 않고 물에 손 한번 담가본 적 없이 자라났다. 6·25 당시 1천5백 리 길 태백산맥을 넘어 피란길에 죽을 고비를 수없이 넘기곤 전 씨 집으로 출가와

40대 초 홀몸으로 4남매 키워내며 시대의 아픔을 헤쳐온 어머니, 10년간의 남편 병수발로 피폐해진 가족을 위해 외할머니가 자주 찾아와 돌봐주었다. 왼쪽 사진 옥천 청산, 1959. 8 / 서울 강남 청담동 1975, 5

고된 시집살이를 했다. 40대 후반에 남편을 잃고 4남매를 홀로 키우며 인고의 세월을 보냈다.

충청북도 보은군 마로면 갈전리는 시골 동네라지만 부잣집 맏며느리로 시집와 행복도 잠깐, 오랫동안 남편 병수발로 세월을 보내고 가계마저 정리한 이후엔 그야말로 밑바닥 인생길을 걸으며 안 해본 일 없었다.

어린 시절 기억은 잠깐 스쳐지나갈 뿐 연결되지 않고 좋은 추억, 가슴 시린 기억들만 남아 있다. 우리 집안의 내력을 아는 분은 이제 어머님밖에 안 계시는 셈이다. 그나마 어머님의 기억이 비교적 초롱초롱하기에 지나온 과거를 기록할 수 있음은 참으로 다행스러운 일이다.

2006년 정초, 뜻하지 않은 교통사고로 나를 간병하는 어머님과 두 달여 동안 병실에서 함께 시간을 보내게 되었고, 밤마다 옆 침상에 누워 어머님의 지난 날들을 구술해 정리하게 된 것도 우연한 일이 아닐 것이다.

나는 병실에 있는 동안 좋은 사람들을 많이 만나게 되었고, 치료 중이지만 이 시간을 헛되이 보내고 싶지 않았다. 평소 마음이 정리되지 않아 읽지 못하던 서적들을 많이 보게 되었고 무엇보다 장모님께서 할머니 첫 기일 미사를 마치고 오면서 건네주신 『하느님의 어린 양』 요한묵시록 해설서가 성서를 이해하는 데 중요한 영향을 주었다. 지금도 성서만 보면 희망이 솟고 무엇이든 자신감이 솟아오른다.

　허리가 좋지 않아 오랫동안 앉아 있을 수는 없었지만 나는 밤새도록 책 속에 빠져 있기도 하고 전문서적들과 씨름했다. 그러자 노후 생활에 대한 불안감도 가시고 인생에 대한 자신감도 생겼다.

　병실에서도 어머님이 옆 환자와 간병인들을 각별히 대했다. 외할머니를 닮으셨는지 훈훈한 인정, 가식 없고 늘 배려하는 마음, 티 없이 맑은 마음, 누구도

팔순 가까운 나이에도 출근하는 어머니, 늘 젊고 건강해 보여 나이를 십 년씩 줄여 감당할 일들도 훌륭히 해내셨다. 서울 도림동, 2013. 4

어머님의 오랜 인생 경륜과 사랑이 묻어났다. 그러나 이제는 쉬게 해야겠다. 그리고 우리 형제들이 어머님이 편히 숨을 쉴 수 있도록 해드려야 할 때가 온 것 같다. 너무 늦기는 했지만.

어슴푸레 문틈 사이로 비치는 어머님의 하얀 운동화 두 짝을 바라보며 아버님이 준 마지막 유언을 떠올려본다.

"대식아, 어머님 모시고 행복하게 잘 살아라."

(2006년 2월 10일 연세정형외과 병실에서)

어머님 시집가던 날

파릇파릇 새싹이 움트고 산에는 진달래가 만발하던 1953년 5월 단옷날은 마침 읍내에 관기장이 서는 날이었다. 뒷동산 능구나무에는 봄바람에 실려 처녀들의 그네놀이가 한창이다. 머리를 길게 땋아올린 19살 남짓한 처녀들 복자, 의례, 달순이, 경년이, 한순이 이들 중 키가 훤칠하고 얼굴도 가장 예뻐 뭇총각들의 가슴을 설레게 하는 이가 있었으니 그가 바로 어머니(金洪淵)였다.

허구한 날 면직원들이나 동네 총각들이 다투어 그녀를 따라다녔다. 집 앞까지 따라올 때마다 외할아버지는 사립문까지 쫓아나가 남의 집 처자 버린다며 혼내 쫓아버리곤 했다.

전쟁의 상흔이 채 가시지 않아 어려운 시기였지만 새봄을 맞은 처녀들의 가슴도 봄바람에 설레기만 하다. 그때 치락골에서 왔다는 수양 할머니가 숨을 벌떡이며 소녀를 찾는다.

"홍연아, 홍연아, 빨리 내려가자. 지금 치락골 어르신이 오셨단다."

열아홉 살 처녀는 낯선 외간남자가 선보러 왔다는 소리에 가슴이 콩닥콩닥한다. 건넌방에서 문틈 사이로 내다보니 40~50대의 시아버지인 듯한 분과 스무 살 즈음으로 보이는 청년이 아버님과 얘기를 나누고 있었다.

이윽고 "참 어여쁘시군요" 하며 젊은 청년이 바라보며 싱긋이 웃고 나갔다. 열아홉 살 곱디 고운 처녀는 치락골 전 서방네 맏며느리감으로 너무 족해 보였는

18살에 시집온 어머니 김홍연 여사 혼례식 날 시아버지, 시어머니에게 큰절을 올리고 있다. 충북 보은군 마로면 갈전리, 1953년(癸巳年) 6월

지 선본 지 보름도 채 되지 않은 그해 5월 22일 장정 네 사람이 딸린 꽃가마를 보내왔다. 외할아버지는 다복한 이 집을 떠나고 싶지 않다는 처녀의 간절한 청을 마다하고 배 안 곯을 수 있는 치락골 최고 갑부집으로 시집가는데 무얼 더 바랄 게 있느냐며 떠밀다시피 시집으로 보냈다.

이렇게 빨리 시집을 가게 된 데에는 치락골 중신 할머니의 허풍도 가세했다. 관기 김 씨네 사정을 잘 아는 그는 "따님 시집만 보낸다면 따님은 물론이고 여기 16명의 대가족 식구가 밥도 굶지 않고 안심하고 지낼 수 있을 것이다"라며 장담하고 나섰던 것이었다. 이날 선보러 온 학자풍의 시아버지의 인상도 좋았지만 감색 양복을 말쑥하게 차려입고 기골이 장대한 젊은이도 어머님의 마음을 끌기에 족했다. 자신을 맡길 만한 신사였던 것이다.

시아버지의 머느리 사랑

시집가던 날 꽃가마에 어머니를 싣고 집 앞 담배창고를 지나 소여 큰 내를 건너고 진다래 산길을 따라 산골짜기 깊은 치락골에 들어서니 온 동네가 시끌벅적하다. 잔치가 끝나고 집안을 둘러보니 과연 집 곳곳마다 엄청난 양의 약재료와 뒤주마다 쌀이 하나 가득하고 사람 키만 한 장독에는 수년 동안 묵은 고추장·된장 등이 가득 넘쳤다.

매일 동네 사람들이 15명 정도 들어와 양꿀 몇 통을 가져오면 여러 부대의 약자루를 쏟아 넣고 약재를 버무리고 나면 빙 둘러앉아 기응환, 포룡환, 안심환, 청심환 등 7~8가지 한약을 만들어 은박지를 두르고 셀로판지에 싸서 저장해 놓으면 이튿날 아침, 도부장사(보따리 약장사)들이 대문 앞까지 줄을 선 채 기다리고 서 있다.

할아버지가 운영하는 태화약국에서나 아버지가 운영하던 청산약국 두 곳은 돈 벌기 바쁘고 아버지는 자전거에 약을 싣고 눈이 오나 비가 오나 오장(보은, 화령. 청산, 관기, 원남)을 다니며 열심히 돈을 벌었다.

할아버지는 청산 돈이 통째로 굴러 들어와 주체를 못하고 쌀, 곡식이 곳간마다 넘쳤다. 아버지는 이렇게 번 돈을 이웃 친척들에게 나누어주셨는데 대학 이 형 부친 사촌이 보은에서 어려운 생활을 하자 돼지 몇 마리를 사주고 어머니의 친정에는 인근 광청리에 논을 많이 사주어 농사일을 할 수 있도록 도왔다.

외삼촌의 소에 쌀을 실어 보내주었다고 한다.

학자풍인 시아버지는 태평양전쟁 때 만주로 유학을 가 글도 많이 배운 분으로 이 집 맏며느리에 대한 사랑은 유달랐다. 어머님 이름 김홍연(金洪淵)이 40세도 살지 못하는 액이 있다며 이름 잘 짓는 이를 불러 손금을 보게 하고 벼락 맞은 대추나무를 달여 부적을 속옷에 달고 다니게 하는가 하면, 1천 개의 부적을 만들어 관기 미루나무에 붙여 오가는 사람 1천 명이 부르도록 해야만 수명이 연장된다며 온갖 정성을 들이기도 하셨다. 당시 작명가에게 쌀 10가마(지금 돈 1,000만 원 상당)을 주고 새 이름을 받았다. 그래서 개명한 이름이 김희선(金熙善)이다. 시아버지는 며느리가 밥도 제대로 못 먹고 자란 것을 알고 늘 볼 때마다 "아가, 아가 밥 많이 먹어라" 하며 토닥여주었다.

결혼한 지 한 달 지나 아버님은 자전거에 축음기를 싣고 외갓집을 찾았다. 축음기 태엽을 감아 '황성옛터' 음악을 틀어주자 동네 사람들이 몰려와 "축음기 안에 사람이 들었느냐"며 신기해했다. 선친 전순규 옹이 이안 리플렉스 사진기인 롤라이플렉스(Rolleiflex) 카메라로 촬영한 장면이다. 사진 오른쪽부터 아버님, 소여 둘째 외숙모, 애자 누님, 큰외숙모, 막내 외삼촌 옆이 어머니다. 충북 보은 마로면 관기리, 1953. 5

이후 청산으로 이사와 첫아들 대식이를 낳고는 천성의 착한 할머니를 수양어머니로 모셔 100일 기도를 시도 때도 없이 드리게 했다. 한 달에 한 번은 시루떡을 해 용왕제를 드리려 새벽닭 울기 전 청성 깊은 보 앞에서 손자가 악의 손길에서 벗어나 건강히 잘 자라도록 신명을 다해 기도를 드렸다. 할머니가 불교를 믿어서 보통 정성이 아니었다.

목화밭 효심

　어머님의 부친 김동진(당시 60세), 모친 박분희(당시 57세)를 중심으로 16명의 대가족이 함께 사는 충북 보은군 마로면 관기리 담배창고 앞 보금자리는 선대로 이어받은 터전으로 6·25전쟁 때에도 피해를 입지 않은 평화로운 곳이다. 어머니의 증조할머니와 부모 김동진·박분희 내외, 큰오빠 김홍식 부부, 둘째 오빠 내외 인식, 셋째 오빠 홍기(당시 23세 결혼, 현 79세), 동생 홍철(현재 70세), 여동생 화성리 이모님 등 16명의 대가족이 한 지붕 아래 살아가니 식량 구하기도 힘들었다.

　마땅한 간식거리도 없고 하루 세끼 주식에만 의존하다 보니 사람 키만 한 뒤주에 쌀이 쑥쑥 들어가 누가 퍼간 것처럼 없어졌다. 밥상도 여러 개를 차려야 하는데 안방에 증조할머니와 부모님 한 상, 큰오빠 4식구 한 상, 작은오빠 4식구 한 상 등 안방에 2상, 마루에 2상 올케들은 그나마 마루에도 못 올라가고 부엌에서 두 상에 나누어 먹던 시절이었다. 게다가 농사가 없어 외할아버지는 강청이란 동네에서 머슴살이하며 품삯으로 연명하고 큰오빠는 관기, 화령 장날 등으로 소달구지 운반품으로 양식을 댔으나 밥 굶는 날이 허다했다.

　큰오빠가 이따금 품삯으로 받은 생태를 달구지 뒤에 코를 매달고 덜컹거리며 집에 들어오는 날엔 온 식구가 포식하는 날이었다. 생태를 넣고 무를 큼직하게 썰어 한 솥 끓여 놓으면 온 식구가 달려들어 오랜만에 포만감을 느꼈다.

외할아버지 회갑잔치 기념 가족사진. 어머님이 18세이던 1953년 5월 20일 결혼 직후 친정아버님 회갑을 맞았다. 앞줄 왼쪽부터 소여 둘째 외숙모(김종순), 중신엄마, 고모할아버지, 외할아버지(김동진), 외할머니(박분희), 애자 누나, 문자, 못난이, 뒤로 갑수, 맨 오른쪽 명규네 딸, 뒷줄 오른쪽 첫 번째 아버지(전순규), 고모할머니, 뱀티 할머니, 오른쪽 맨 뒤줄, 두 번째 어머니, 순자 누나, 화성리 이모(김홍님), 천안 외숙모, 정자, 둘째 소여, 왼쪽 맨 뒷줄부터 둘째 외삼촌(김인식), 셋째 (김홍기), 큰외삼촌(김홍식) 중신애비 남편. 충북 마로면 관기리, 1953. 5. 20 (이상성 은사님 앨범 중에서)

  인간이 제일 견디기 힘든 것이 굶주림 아니던가. 겪어보지 못한 사람은 그 고통을 알지 못한다. 창자가 끊어지는 듯한 고통과 무기력감.

  콩깻묵에 보리쌀을 맷돌에 갈아 죽을 끓여 뚜가리로 하나 먹으면 포만감은 있으나 이내 배가 꺼지곤 했다. 6·25전쟁 이후에는 그 흔한 감자도 없어 뒷집 복혜(청주, 육군 장교와 결혼)네 집에 가면 맷방석을 깔고 앉아 마당에서 감자를 실컷 먹던 기억이 잊히질 않는다. 그래서인지 어머님은 지금도 감자를 너무 좋아해 '감자 대장'이라고도 불린다.

논농사가 없던 외갓집은 당시 관기 장터 뒤에다 팥, 수수, 콩, 목화밭을 일구어 목화에서 나온 실로 솜틀을 만들고 결혼할 때 이불을 해주는 삯으로 살림을 보탰다.

어머니는 소학교(초등학교) 시절 외할머니를 따라 목화밭을 자주 갔고, 외할머니는 어린데도 자신을 돕는 어머니를 누구보다도 예뻐했다. 한여름 뙤약볕이 내리쬐는 목화밭에서 일하다 보면 온몸이 땀에 젖어 할머니는 목화밭 고랑 그늘에 누워 단잠을 청하시는데 어머니는 할머니 머리맡을 떠나지 않고 저고리와 치마도 벗어가며 할머니 얼굴에 햇살과 개미가 들어가지 않도록 했다고 한다. 잠에서 깨어나 자신을 지켜주기 위해 팬티만 입고 머리맡에 앉아 있는 딸의 모습을 바라보던 외할머니의 얼굴에 잔잔한 미소가 번졌다.

최근 어머님의 생신이라며 전화 인사를 준 온양 작은 외삼촌은 "누님, 제가 어머님이 살아계실 때 목화밭 얘기를 듣고 불쌍한 누님을 도와드려야겠다고 다짐을 했었답니다. 어머님을 그리워할 때마다 누님 생각이 먼저 떠오른다"고 했다. 어머님도 "내가 답답하고 아쉬울 때마다 이렇게 외삼촌이 도움을 주는 것이 아마 어머님이 하늘나라에서 나를 불쌍히 여겨 외삼촌을 통해 도와주시라고 한 것" 같다며 연신 고마워했다. (2006. 7)

"죽었다던 장화 홍연이가 돌아왔네!"

온 가족의 사랑을 받고 자라던 어머님은 6·25전쟁 때 사랑하는 가족과 헤어진 채 외톨이가 되어 죽을 고비를 수없이 넘기게 된 사연이 있다.

김홍기 외삼촌은 당시 강원도 삼척 정라진에 본부를 두고 있는 큰 부대의 장교로 근무하고 있었는데 정라진 마을에 전화 교환수로 취직시켜주겠다며 한날 군용 트럭을 관기집으로 몰고 와 어머님을 데리고 갔다. 외삼촌은 삼척에 수양(대리모) 어머니를 모시고 있었는데 전화교환수로 근무하고 있던 수양어머니의 딸이 연결해준 것이다.

전화교환수로 근무한 지 얼마 안 되어 6·25전쟁이 터졌다. 38선 최북단의 삼척은 태백산을 따라 넘어온 인민군의 손에 가장 빨리 점령된 곳으로 외삼촌이 소속된 부대도 부산 피난길에 오르게 되었다.

낙동강 오리알이 된 어머님은 순식간에 인민군이 몰려온다는 소식을 듣고 수양어머니 가족과 함께 길을 떠났다. 후퇴하는 한국군 부대 속에서 외삼촌을 겨우 만났으나 장교복 차림의 외삼촌 사진 한 장을 건네받고 "수양어머니 가족과 함께 관기로 건너가라"라는 한마디만 남기고 헤어졌다.

이때부터 어머님의 죽음의 행진이 시작되었다. 외삼촌이 취직 선물로 사준 하얀 운동화가 닳을까 머리에 이고 낮이면 태백산으로 숨고 밤이면 행길로 나와 걷고 또 걸었다. 함께 떠난 수양어머니와 아들 딸 네 명은 융통성이 없어 마을로 내려가는 것을 두려워했으니 자연 어머니가 주로 밥동냥을 했다. 삼척-영주-상주-화령고개를 넘어 관기 집에 도착할 때까지 한 달 넘게 계속된 피란길은 열두 번도 더 죽을 고비를 넘겼다고 한다.

1950년 7월, 머리에 보따리를 이고 삼척을 떠나 황지에 다다랐을 무렵, 난데없이 인민군들이 나타나 따발총을 가슴에 겨누고 "모두들 훈련을 받는데 어디로 피난을 가느냐?"며 곧 죽일 것 같은 시늉을 하다가 같이 훈련을 받으라며 놓아주었다. 모두 피난 내려가 텅 빈 영주 읍내에서는 빈집인 통장집에 여장을 풀자마자 아군 제트기들이 투하한 폭탄이 뒤뜰에서 터졌다. 어머니는 너무나 무서워 세면대 밑으로 들어가 피신을 했다. 당시 영주는 인민군들이 모두 점령해 아군의 집중 폭격이 가해졌는데 논두렁에서 폭탄이 터질 때마다 분수 같은 물줄기가 하늘로 치솟았다고 한다. 어머님은 외삼촌이 주신 장교복 사진을 가슴속 깊은 곳에 넣어두고 다녔는데 인민군들에게 이 사진이 발견되지 않은 것은 천운이었다. 영주에 도착한 것은 8월 한여름이었는데 이미 신발은 해어질 대로 헤어져 맨발로 걸어서 다녀야 했다.

온몸이 만신창이가 되어 고향에 돌아오니 온 동네 사람들이 모여 "죽었다던 장화 홍련이가 돌아왔다"며 부둥켜안고 기뻐 어쩔 줄을 몰라 했다. 몇 달째 소식이 완전히 끊겨 꼭 죽은 줄만 알았던 딸이 돌아왔다며 동네에서는 한판 잔치가 벌어지기도 했다.

그러나 잠시 쉴 틈도 없이 이젠 미군들의 행패로 곤욕을 치르게 된다. 관기 외가댁은 담배창고 맞은편 신작로변에 있었다. 당시 담배창고에는 미군들이 주둔해 있었는데 젊은 처자와 부인들을 보면 무조건 끌고가 못된 짓을 저질렀다고 한다. 당시 외갓집에도 어머님(당시 16세)과 갑수 엄마랑 큰 올케(19세) 등 수양딸 등 젊은 처자들이 살고 있었는데 어느 날 싸리문 밖 우물가로 물을 길러 갔다가 담배창고에 주둔하던 미군들이 우물가로 뛰쳐나와 데려가려 했다. 기겁을 한 어머니와 올케는 큰오빠 집으로 줄행랑을 쳤다. 집에까지 쫓아온 미군들이 총구를 문살로 들이대며 안 나오면 총으로 쏜다며 위협했다. 어머니는 소스라치게 놀라 죽은 듯이 움신도 하지 않고 한동안 있었더니 미군들이 물러갔다.

다음날 아침 올케와 어머니, 그리고 수양딸은 미숫가루를 싸 들고 치락골 깊은 산골로 할머니와 같이 피신을 했다.

치락골 시집살이 시절

어머니의 시집살이가 시작된 충북 보은 마로면 갈전리 치락골은 20여 호의 초가집이 옹기종기 모여 있는 전씨 집성촌이다. 소백산맥 팔음산(762m) 줄기 아래 어머니가 시집살이하며 호랑이를 만났다는 깊은 산골이다

바람 소리마저 고요한 이곳은 밤이면 산짐승들이 내려와 멍석 펴놓고 마당에서 자는 아이를 물어갔다는 소문도 있다. 당시 할머니는 산제사를 지냈는데 기일을 맞기 3일 전부터 매일 목욕재계하고 절구에 밥을 불려 팥을 갈아 시루떡을 만드는 등 지성을 다해 준비했다.

산제사 당일엔 황토를 개어 집 모퉁이 네 군데에 발라놓고 음식을 마련하고 새벽닭이 울기를 기다리다 보면 어느새 송아지만 한 짐승(호랑이)이 싸리문 사이를 헤집고 들어와 있더란다. 어머니가 기겁하고 놀라 방에 들어가 이불을 뒤집어쓴 채 문고리를 잡고 떨고 있노라면 할머니는 "잠자코 있으라"며 등불을 켜 들고 호랑이를 산속으로 인도해주었다. 전설의 고향에나 나올 법한 얘기지만 어머니는 70년 전의 일을 또렷이 기억하고 있었다.

할머니는 19살 며느리에게 고된 시집살이를 시켰다. 어머니는 그때의 일이 어찌나 고달팠는지 잊혀지지 않는다고 했다. 얼음을 깨고 냇물에 빨래하던 일, 호롱불 아래 밤새워 다리미질하던 일 등을 떠올리면 "정나미가 떨어진다"라고 했다.

"너무 놀라 문고리를 잡고 소릴 지르자, 저기 뒷산 싸리문으로 호랑이가 달아났단다." 치락골 옛집서 고된 시집살이 이야기를 들려주는 어머니. 충북 보은군 마로면 갈전리, 2017. 1

    시모님과 그 위로 어르신 두 분이 더 계셨는데 약을 팔러 오장을 다녀오면 두루마기 저고리가 너무 더러워져 한겨울에도 매일 빨래를 해야 했다. 냇가에 나가 얼음을 깨고 잘 풀어지지도 않는 양잿물 비누에 버선·두루마기를 빨아서 줄을 세워서 다리고 웃동정 바느질까지 하다 보면 밤을 지새울 때가 많았다. 시어머니는 호롱불 곁에서 지켜보며 새벽 3시까지 잠을 재우질 않았다.

태화약방 시절

1941년부터 1945년까지 일본과 연합군 사이에 벌어진 '태평양전쟁' 때 할아버지는 중국에 머물고 있었는데 이때 한의학을 공부해 한약 제조술을 익혔다.

장날 전날 밤은 약을 조제하느라 온 가족이 거의 뜬눈으로 밤을 지새우다시피 했다. 약재를 버무리고 나면 방에는 한약 냄새가 진동했다. 온 가족이 빙 둘러앉아 기용환, 포룡환, 안심환, 청심환 등 7~8가지 한약을 만들어 은박지를 두르고 셀로판지에 싸서 저장해 놓고 나면 이튿날 아침, 도부장사(보따리 약장사)들이 대문 앞까지 줄을 선 채 기다리고 서 있다 가지고 갔다. 약은 주체할 수 없을 정도로 팔려나갔고 장롱 속에는 돈이 넘쳐났다. '농 속에 돈이 늘 굴러다닌다'는 말도 이때 나온 얘기다. 약국, 이발소, 정미소, 여관, 잡화점, 조치원에 마련한 농지는 훗날 자식들의 서울 유학에 대비한 것이었다.

어린 우리들도 둘러앉아 동글동글한 우황청심환, 우황포룡환을 만들었다. 자정 즈음이면 시장기가 돌아 지전리 다리 건너 안 씨네 집 메밀묵을 배달해 먹고, 가끔 "해삼이요 해삼"하고 외치며 다니는 지게꾼 해삼 장수에게 해삼도 사먹었다.

아버지는 가족들과 전국 여행을 다녔다. 그런데 어머니의 친정집이 너무나 못살아 늘 미안한 마음이었다. 끼니를 굶고 지내는 날도 있어 친정에 돈을 보내주어야 할 텐데 방법이 없어 어머님 특유의 돈패를 연구한 것이다. 어머니는 친정 갈 때마다 실패 몇 개를 꺼내 실타래를 풀었다. 그리고 그 안에 돈을 꼬깃꼬깃 접어 넣고는 다시 실로 칭칭이 감아 치마 속주머니에 넣고 외가에 전해 드리던 시절을 떠올리며 마음 아파했다.

아버님 역시 처가의 어려운 형편을 잘 아는지라 임한리 외가댁 인근에 논과 밭 그리고 소를 사주고 틈틈이 돈도 보내주었다. 어느 때인가 외가댁 작은 방이 거의 찰 정도로 쌀을 사주었는데 외삼촌이 쌀을 퍼다 노름을 해 외할아버지에게 죽도록 매를 맞은 적이 있다고도 했다. 외할머니는 우리를 위해 많은 도움을 준 딸네 집안이 어려워지자 잘해주어야 한다는 말씀을 늘 했다고 한다.

박분희 외할머니 76회 생신날, 오른쪽부터 막내 외삼촌 김홍철, 셋째 외삼촌 김홍기, 어머니 김홍연, 이모 김홍님. 서울 삼청동, 1975. 7

외할머니는 종교는 없으셨지만 종교인 이상으로 인간을 사랑하고 정이 많은 분이었다.

아버님은 약국 경영도 잘했지만 사람 다루는 탁월한 능력이 있어 한 번 거래를 트면 이내 단골로 만드는 힘이 있었다. 우리 형제들은 키들이 큰데 아버지의 유전자 덕분이다. 아버지는 육척장신(180cm)인데다 인물도 좋으셨다. 인정도 많아서 없는 손님들에게는 손해를 좀 보더라도 온정을 베푸셨다. 술과 담배는 전혀 안 했지만 사교성이 좋았다고 한다. 또 낙천적이어서 손님들에게 기분파로 통했다. 장날마다 손님이 너무

만삭인 어머님과 창경궁 여행 중 찰칵! 큰아들 대식이 동생을 임신해 시샘하느라 입 모양이 불어났다. 동생에게 사랑을 **뺏긴다**고 해 일명 '아우 탄다'라고 했다. 서울 창경궁, 1958

많이 몰려들어 가사 돌보기가 어려워 외가댁 누님(순자, 금자, 문자)들이 시집갈 때까지 돌아가며 몇 년씩 와서 돌봐주었다.

가재 잡던 할아버지와의 추억

할아버지를 생각하면 설날 넓은 집 별채(지전리, 청산 하숙집)에서 연 만들어 주던 모습이 먼저 떠오른다. 연 만드는 방법을 알려주고 계곡에 가재를 잡으러 종종 함께 다녀 자상한 할아버지로 기억에 남아 있다. 할아버지는 커다란 다래 끼를 둘러메고 솜방망이를 장대에 꿴 횃불을 높이 쳐들고 청산중학교 뒤 계곡을 따라 올라가면 가재들이 바위 속에서 슬금슬금 기어나와 작은삼촌들은 가재를 다래끼에 수북이 잡아넣었다. 가재를 큰 솥에 넣고 삶은 빨갛게 익은 가재를 작은삼촌 식구들과 맛있게 먹던 일이 잊히질 않는다.

또 가게 일이 너무 바빠 외갓집 할머니가 어린 시절의 나를 많이 돌봐주었다. 초등학교와 마주 붙은 집이 살림하는 안채였는데 외할머니는 나를 업고 학교 등나무 아래에서 자장가를 불러주며 무더운 여름날을 보냈다. 집 안 돼지 축사 옆에는 큰 감나무가 있었는데 감나무 아래에서 나를 돌봐주신 것도 기억에 남아 있다. 아버님과 어머님은 대전으로 매주 물건 하러 가셨는데 다녀올 때 사온 겨울 코트의 새 옷 냄새가 참 좋았다.

어머니의 음식 유산

올갱이국

대한민국이 선진국에 진입하며 한류 문화가 꽃을 피우더니 한국의 전통음식이 웰빙 음식이라 하여 김치, 불고기, 비빔밥 등 전 세계인들의 음식이 되고 있다. 채식가였던 마이클 잭슨도 1996년 10월 한국을 방문해 비빔밥을 먹어보곤 감탄해 머물던 호텔의 주방 요리사를 일본까지 초청해 비빔밥을 즐겼다고 한다.

한국의 토속음식은 종류도 다양하지만 많은 정성이 필요하다. 조리 방법도 복잡해 머리 좋은 한국인들의 지혜와 슬기가 음식 안에 담겨 있다. 어머니들은 자녀들에게 특별한 음식 유산을 남기지만 충청도 내륙지방에서 자란 어머니의 음식은 손꼽을 만큼이다. 그러나 그 음식 맛은 세상에 단 하나뿐이다. 자녀들이 수십 년간 배우려 해도 딱히 그 맛에 이르지 못했다.

어머니의 대표 음식은 올갱이국, 꽁치·고등어찌개, 민물고기 조림, 생선 국시 등 네댓 가지 정도다. 그중 올갱이국은 누구도 따라올 수 없다. 또한 친구 어머니가 50년째 운영하는 생선국시 선광집은 '충청북도 대표 민속음식'으로 지정받아 전국의 식도락가들이 찾지만 내게는 어머니의 손맛이 더 좋은 것 같다.

50년 전, 한여름 밤이면 우리 형제들은 아버지, 어머니 손을 잡고 보청천 냇가로 나가 미역을 감았다. 어머니와 누나는 냇가 상류서, 아버지와 우리 형제는

충북 옥천 청산 고향서 잡아온 올갱이.

아래서 멱을 감다 모래밭이나 바윗돌로 다가가면 새끼손가락만 한 크기의 올갱이가 다닥다닥 붙어 있었다. 손이나 발로 한번 스~윽 훔치면 한 움큼씩 손에 쥐고 이내 종드레미에 가득 찬다.

아버지 손을 잡고 풀향기 상쾌한 방천둑 바람을 맞으며 돌아오는 길엔 물기 젖은 고무신 소리도 정겹다. 온천지가 별이다. 은하수 너머 백화산 아래로 별똥별이 쏟아진다. 어린 시절 감성은 이곳 대자연 속에서 싹텄다고 볼 수 있다.

오늘도 부엌에서 어머니의 올갱이 씻는 소리가 안방까지 들린다. 올갱이 해감을 빼고 된장 삶은 물에 15분 정도 끓이면 파란색으로 변한다. 우리 가족은 이때 신문지를 바닥에 깔아놓고 동그랗게 모여 핀이나 바늘로 올갱이 알맹이를 빼낸다. 수백 개의 올갱이를 빼내는 일이 성가시고 귀찮아 동생과 나는 부모님이 작업해 놓은 것을 먹곤 했는데 그때마다 어머니께 꾸중을 들었다. 한참이 지난 뒤 올갱이 알을 밀가루에 살살 묻혀 올갱이를 삶은 파란 물솥에 아욱을 넣고 다시 끓인다. 구수한 내음이 온 방안에 퍼진다.

어린 시절 나는 수년 동안 올갱이국을 먹어서인지 간이 좋은 편이어서 숙취도 없고 친구들에 비해 빨리 술이 깨는 편이다. 그리고 올갱이는 반딧불이 애벌레의 먹이로 시력 또한 좋아 늘 내가 먼저 사람을 알아본다.

지난해 청산 방문 때는, 김덕희 친구가 실로 오랜만에 고향의 맛을 선사했다. 덕희 친구는 부산서 식당업을 하고 있는데 서울 사는 친구들을 위해 미리 올갱이를 영동서 구입해 파란 국물이 있는 토속 올갱이국 맛을 풍미하게 하곤 반세기 만에 옛 친구들과 천렵 자리도 마련했다.

꽁치 · 고등어찌개

고향 청산엔 오일장이 있어 장날이 서는 날엔 아침부터 부모님은 분주했다. 찬거리 준비할 겨를도 없어 국을 겸한 찌개 하나지만 우린 이 세상에 하나밖에 없는 어머니가 개발한 특별한 음식을 맛보았다. 그것이 바로 고등어, 혹은 꽁치 찌개다. 요즘엔 고등어와 묵은지를 넣어 조림식으로 해주는 식당들이 생겨났지만 1960년대 당시 비린내 나는 생선을 찌개로 해 먹는 일은 거의 없었다. 더욱이 고등어, 꽁치는 비린내가 많기로 유명한데 어머니는 이 생선들을 비린내 하나 없이 얼큰하고 시원하게 요리를 잘하셨다.

어머니가 그 옛날 장날마다 끓여주던 고등어찌개.

비결은 '무'였다. 지전리 우리 집 약국 건너편엔 어물전이 있었는데 장날이면 더 싱싱한 생선을 갖춰 놓았다. 어머니는 꽁치며 고등어를 몇 마리 사다가 고추장 양념한 무를 큼직큼직하게 썰어 넣고 푹 끓이니 시원한 맛과 단맛이 비린내를 말끔히 없애주고 한겨울 단백질을 풍부히 섭취할 수 있었다. 특히 생선 양념에 우러난 무맛은 일품이었다.

커다란 양은 냄비에 김이 모락모락 나는 고등어찌개가 오른 밥상에 둘러앉아 온 가족이 맛있게 후딱 밥 한 그릇씩 비워내곤 씩씩하게 등교하던 시절이 그립다.

청산 고향 친구 박영곤 어머님이 5시간을 끓여 보내오신
생선조림 맛이 최고였다.

민물고기 조림

금강 상류인 충북 옥천군 청산면을 휘돌아가는 보청천은 이름만큼이나 물이 맑기로 유명하다. 또한 수리조합 시설이 잘돼 있어 아무리 가물어도 마르지 않는다. 청산 초등학교 6학년 2반 담임이었던 이상성 선생님이 지은 초등학교 교가에도 맨 앞부분이 "칠보단장 이름난 도덕봉 밑에…"로 시작된다.

물이 좋아서인지 냇가 물고기도 싱싱해 어르신들은 물고기 요리를 다양하게 해 드셨다. 밑반찬이 변변찮던 시절이라 생선조림을 해오는 친구들도 더러 있었지만 어머니의 민물고기 조림 맛은 특별했다. 집에 물고기를 잡아 오면 아버지가 "참 많이도 잡았구나" 칭찬하며 손질을 하고 어머니는 조림과 생선 국시를 참 맛있게 조리했다.

조림은 물고기를 고추장과 양념하고 2~3시간 정도 끓인 후 나중에 파를 넣으면 가시도 먹을 수 있을 정도로 조리되어 칼슘 섭취에도 뛰어났다. 민물고기 조림은 도시락 반찬도 좋았지만 어르신들의 소주 안주로 최고였다.

고향의 맛

쌀이 귀하던 1960년대 초, 청산면민들은 천렵 때 냇가에서 잡은 물고기로 죽을 끓여 먹었는데 본래 쌀 대신 면을 넣은 것이 생선국수의 시초가 됐다고 한다.

어린 시절 동네 어르신들은 여름이면 리어카에 솥단지랑 음식 재료를 마련해 냇가로 가서 놀다 물고기를 잡아 생선국수를 해 드셨다. 냇가에 발을 담그고 땀 흘리면서 먹는 한여름 생선국수 맛은 한 번쯤 천렵의 정취를 겪어보지 않고서는 알 수 없을 것이다. 고향의 어르신들은 이렇듯 한여름 이웃과의 친목을 나누고 보양식을 겸한 지혜를 대자연 속에서 터득했다.

생선국수를 하는 식당은 청산면에 선광집, 금강식당, 찐한식당 등 몇 군데가 있으나 초등학교 동창 이왕수 친구의 어머니 서금화 씨(95세)가 1962년 처음 개업한 '선광집'이 널리 알려져 있다. 현재 막내아들 이인수 씨와 막내딸 이미경 남매가 2대째 운영하고 있다. 친구 어머니는 이후 들어선 청산면 지전리 생선국수 집들을 위해 오후 4시면 '재료가 떨어졌다'

청산 김덕희 친구가 천렵하여 끓여준 고향의 생선국수.

선광집에서 요리한 생선튀김.

며 영업을 종료해 후발 식당들도 자생하도록 온정을 베풀어왔다.

그러나 교평리 '찐한식당'이 TV 홍보되고 유명세를 타며 2018년 옥천군의 청산 생선국수거리 조성사업 지원으로 여덟 군데가 생겼다. 드라마 제빵왕 김탁구에서 유경이의 어릴 적 집으로 나왔던 식당으로 이후 '백종원의 3대 천왕'에서 백종원이 국수의 3대 천왕을 찾아 맛집 기행을 나서며 전국적으로 유명해졌다.

우리 가족들이 험난한 세상을 헤쳐오면서도 큰 병 하나 걸리지 않고 건강하게 살아온 것은 어린 시절 무공해 자연 음식을 풍부히 섭취했기 때문이리라 생각한다. 우리 가족 중 누군가가 어머니의 음식을 전수받아 오랫동안 고향의 맛과 멋을 음미하고 싶다.

배구선수로 길러준 최운탁 선생님

모든 운동은 어릴 때부터 해야 기초가 몸에 배어 나이가 들어서도 폼(자세)이 유지되는데 초등학교 4학년 때부터 중3까지 근 7년을 선수 생활을 하며 배구를 배웠다. 선친의 반대로 운동을 계속하진 못했지만 훗날 직장생활하면서 배구 스타로 떠오르며 회사 근무에 큰 활력이 됐다.

고향 방문길 초등학교 교정에 들어서면 교정이 떠나가도록 파이팅!을 외치던 순간들이 떠오른다. 운동이 끝나면 단체급식으로 옥수수죽을 끓이고 남은 딱딱한 전지분유 덩어리들을 선생님이 "수고 많았다"며 한두 개 가방 속에 넣어주면 어머니께 자랑하고 동생들과 우유를 끓여 먹던 추억도 그립다.

배구를 가르쳐준 최운탁 선생님은 키가 크셨고 영화배우처럼 잘생긴데다 밴드도 이끌어 학생들에게 인기가 좋았는데 운동할 때는 호랑이 선생님으로 변했다.

도내 큰 대회가 있을 즈음엔 성균관대학교 배구선수를 지낸 지전리 김수종 선배와 그의 큰형(김하종, 전 옥천군 청산면 지전리 이장)이 고향 후배들을 위해 큰 시합이 있을 때마다 한두 달씩 고향에 머물며 코치로 나섰다. 하종 형님은 안타깝게도 고향에서 천렵하다 오른쪽 손목을 잃었는데 왼팔 하나로도 기가 막히게 학생들을 지도했다. 그는 손을 다쳐 선수 생활을 못하게 되자 축구로 전향해 훗날 청소년 국가대표팀으로도 뛸 정도로 운동신경이 좋았다.

전통에 빛나는 우리학교 배구반 (청주출전기념)

초등학교 4학년 때부터 배구를 가르쳐주신 최운탁 선생님(가운데), 오른쪽으로 전대식, 조용암, 박응현 친구는 대신중학교 스카우트 제의를 받았으나 나는 선친의 반대로 조용암 친구만 배구선수의 길을 걸었다. 청산초, 1966

청산이 도내 배구학교로 지정되어 유명하게 된 동기는 훗날 초중등학교 시절 같이 운동하던 조용암 친구를 통해 알게 됐다. 친구는 1968년 서울 대신중학교로 스카우트되어 맹활약을 펼치다 대학 진로를 고민하게 되었는데 자신을 한양대학교 특기장학생으로 인도해준 분은 1970년대 우리나라 배구계 대부 역할을 한 모교 출신 박진관(청산면 한곡리) 선배였다고 알려주었다. 자신은 그때까지도 고향에 이렇게 훌륭한 분이 계신 줄 몰랐는데 박 선배는 국가대표팀 감독을 맡아 1978년 9월 이탈리아 안코나에서 열린 제9회 세계남자배구선수권대회 4강 신화를 기록하며 우리나라 배구를 최초로 세계무대 상위권에 진입시킨 장본인이었다. 우리나라 배구계 거목인 고향 선배의 저력을 이어받은 두 선배(김수종, 김하종)와 최운탁 선생님의 스파르타식 훈련을 통해 충청북도 남부 삼군 체육대회 출전해 우승을 거두는 등 청산초·중학교는 배구 학교로 지역 내 평판이 자자했다.

청산중학교에 진학해서도 배구를 계속했는데 마침 배구로 유명한 서울 대신 중·고 배구선수들이 모교로 전지훈련차 내려와 친선게임을 벌이던 중, 필자와 조용암, 박응현 등 3명이 스카우트 제의를 받았다. 나는 운동이 좋아 서울로 진학해 선수로 뛰고 싶었지만, 선친은 '외교관이 되어야 하는데 운동하면 배곯는다'며 극구 반대해 가질 못하고 조용암 친구만 선발되어 배구선수의 길로 나섰다.

중1 때 부친의 병환으로 우리 가족은 잠시 흩어져 지내야 해 나는 외가댁이 있는 보덕중학교로 전학을 갔다. 청산중학교서 왔다 하니 체육 선생님이 배구

충북 보은 외가댁에서 중학교 다닐 때도 학교서 배구부를 만들어 선수로 뛰었다. 왼쪽서 다섯 번째가 전대식 선수다. 충북 보은군 보덕중학교, 1969

부를 만들어 배구선수로 3학년 때까지 뛰었다. 청산중학교의 배구선수 노랑 유니폼을 맨날 입고 다녀 여학생들로부터 '노란 셔츠 입은 사나이'란 별명이 붙었고, 연대장을 맡아 매일 조회 시간 국민체조를 할 때면 연단에 올라 아침체조 진행을 했다.

초·중 시절 비록 짧은 선수 생활이었지만 나이가 들어도 조금만 몸을 풀어도 예전의 실력이 되살아났다. 1974년 현대경제일보(현 한국경제신문) 편집국 기자로 언론계 입문할 당시엔 언론인들의 체력과 친목 도모를 위해 각종 체육대회가 많았다. 배구선수로 잔뼈가 굵은 내게 이름을 떨칠 절호의 기회가 찾아온 것이다. 한국기자협회 축구대회(1977.5) 골키퍼로 출전해 대회 연속 2연패를 하는가 하면, 문화공보부 장관기 쟁탈 사진기자단 배구대회(1975. 5)에선 최우수선수로 뽑혀 3연패, 신문협회장기 배구대회(1974), 전국 일간신문·통신·방송 편집기자 배구대회(1974. 9), 심지어 기자단 탁구대회에서도 우승했다.

한국경제신문(현대경제일보) 25년사에는 필자가 근무하던 1974년과 75년을 "신문가를 주름잡은 「스포츠 現經」의 기지를 신문가에 날리던 느낌이었다"며 "74년 한때는 언론인들의 친목과 체력 향상을 위해 마련된 축구 배구 탁구 등 6개 종목 중 5개의 우승기가 현경 회의실에 장식돼 있었을 정도였다"고 기록하고 있다.(『한국경제신문 25년사』 중에서)

어느 날 편집부장님이 "혹시 편집부에서 일해보지 않겠느냐"며 부서 스카우트 제의를 하셨다. 그러나 당시 신문 편집은 모든 제목을 한문으로 다 뽑아내야 했는데 나는 한문도 잘 모르고 무엇보다 활동적인 직업이 좋다며 겸손하게 양보했다. 이렇듯 스포츠맨십을 지닌 기자는 일도 잘한다며 K 편집부장님으로부터 스카우트 제의도 받고. 초등시절 배구선수 6년 세월이 주경야독 힘겹던 나의 첫 직장생활을 희망차게 열어주었다.

스포츠맨십이란 정정당당하고 공정하게 승부를 겨루고 아무리 경쟁 관계에 있더라도 경기 후에는 깨끗한 우호 관계가 형성되므로 사람들은 스포츠로 깊

제5회 문화공보부 장관기 한국사진기자단 배구대회에서 최우수선수상을 수상하고 한국경제신문 김
동립 사장에게 트로피와 상장을 전하고 있다. 1975. 5. 25

은 우정을 쌓을 수 있다. 덕분에 경력기자로 들어간 외톨박이 코리아헤럴드 시절, 사내 체육대회가 열렸는데 갑자기 얌전하던 동료 기자가 배구선수로 나와 파이팅을 외치며 놀라운 기량을 보이자 평소 악감정을 가졌던 한 노조원이 찾아와 자신의 불손함을 용서해 달라며 사과를 한 적도 있었다.

나의 고향 청산은 동학혁명의 전진기지로 선조들께 세상을 밝게 비추는 정의감을 키워주셨고, 운동과 글짓기 은사님을 통해 인생을 멋지게 살아가는 두 가지 틀을 세워주었으니 이 어찌 감사하지 않을 수 있겠는가. 앞으로의 인생 이모작도 멋지게 살아갈 수 있는 희망이 샘솟았다.

직장도 정년하고 다소 여유가 생겨 은사님을 찾아뵈려 했으나 한발 늦었다. 투병 중이던 최운탁 선생님은 이미 타계한 뒤였다.

'청경회'와 수학여행 교통사고

'청경회'는 나의 고향 충북 옥천군 청산초등학교 52회 재경(在京) 동창회 명칭이다. 올해(2023년) 108회 졸업생을 배출했는데 졸업생 모임 중 가장 활발하다고 들었다. 초창기 모임을 이끈 이형태 친구에 따르면, 1981년 당시 문교부에 근무하던 자신과 고 황봉규, 백성수, 박대용, 박우영, 설형종 6명의 친구가 부부 모임으로 출발했다고 한다.

소문을 듣고 발 빠른 고 김옥임, 박영숙, 한동순, 이동운, 유만영, 원후희 등 여러 친구가 가세하며 모임이 본격화됐다. 이후 객지 올라와 외롭게 사는 친구들을 하나둘씩 수소문하기 시작했다. 당시에는 전화기도 없어 주소 하나만 가지고 고향 친구들을 찾아냈다.

초창기 친구들을 찾아 나섰던 형태 친구는 "그때 황봉규 친구가 머리도 좋고 특히 길눈이 좋아 주소 하나만 가지고 서울과 수도권 등지로 다니며 친구들 한 명 한명을 만났을 때 희열이란 이루 말할 수 없었다"고 전했다. 그렇게 해서 출발한 청경회 모임이 40년이 되어 정회원이 63명에 이른다. 초등학교는 다르나 같은 중학교를 같이 다니던 청성, 화성 동창들도 고향 친구로서 합류했다.

무엇이 이들을 결속시키게 만들었을까, 초기 친구들의 노력도 있었겠지만 자나 깨나 제자들의 앞날을 위해 기도해준 분들이 계셨다. 청산초 52회는 특별한 사연이 있는 동창들이었기 때문이다. 그것은 졸업기념 수학여행 때의 교통사고

이 나라에 꼭 있어야 할 사람이 되자

청산초 52회 졸업앨범에는 수학여행 교통사고로 다친 학생들의 흔적이 그대로 남아 있다. 6학년 2반 이상성 선생님과 제자들.

였다.

유년 시절 가장 멋져야 할 그들의 초등시절 졸업앨범에는 머리에 붕대를 매거나 이마에 두꺼운 반창고를 붙인 친구들이 여럿이 있다. 1966년 10월, 서울 수학여행 교통사고로 입은 상흔들이다. 그중 한 친구는 중상을 입고 뇌수술을 한 후 1년 휴학했다. 지난해 여름 이상성 선생님 다큐멘터리 영상 촬영을 위해 옥천군 안내면 정방재(듬치재) 사고 현장을 다녀왔다.

당시 사고를 목격한 동네 어르신들은 반세기가 지났는데도 그날 일을 생생히 기억하고 있었다. 한밤 청산을 출발한 지 30분도 안 돼 학생들을 가득 태운 수학여행 버스가 안내면 정방재 내리막길에서 갑자기 브레이크 고장을 일으켜 정방리 삼거리의 초가집을 들이받은 것이다. "만약 안채에 사람들이 있었다면 일가족이 몰살당할 뻔했다"고 당시 임신 중이었다는 박순자(안내면 정방리) 씨도 백발의 노인이 되어 당시 얘기를 해주었다. 사고 현장을 목격한 다른 한 주민은 "만약 집을 들이받질 않고 저기 낭떠러지 하천으로 굴렀다면 학생들이 많이 죽거나 다쳤을 거다"라고 했다.

산 중턱에서 브레이크 고장을 일으킨 사고버스는 가속도가 붙어 마침 삼거리 내리막길 정면에 있는 가게를 들이받고 초가집 안채까지 뚫고 들어가 충격

청경회 회원들이 전국합동모임을 갖고 우정 어린 시간을 보냈다. 충남 서천, 2018. 6. 16

은 완화되었지만 사고 현장은 생지옥이었다. 피비린내와 초가집이 대파되며 썩은 지푸라기 더미들이 코와 입으로 들어가 숨도 제대로 쉬지 못하게 만들었다. 나도 몸을 움직이려 해도 버스 의자에 끼어 꼼짝을 할 수가 없다. 같이 동승한 부친(전순규)은 키도 크고 힘이 장사였다. 이상성 은사님의 말씀으로는 차에 혹여나 불이라도 붙을까봐 아버지와 선생님은 다급히 학생들을 차창 밖으로 집어던지다시피 했다고 한다. 또한 인근 담배밭에서 일하던 여자들은 치맛자락을 찢어 머리에 철철 흐르는 피를 닦아주며 응급처치를 했다고 전했다.

그런 와중에도 52회 학생들은 마음이 참 갸륵했다고 한다. 사고 직후 경찰이 운전기사를 연행하려 하자 학생들이 운전기사를 에워싸며 "그 운전기사 아저씨는 죄가 없고 차가 죄가 있다"며 붙잡아 가지 말라고 일제히 소리를 질렀다는 것이다.

지난해 은사님의 다큐멘터리 영상을 남기며 세월도 많이 지났으니 은사님께 안내면 사고 현장에 한번 가보고 싶다고 말씀을 드렸으나 마음이 아픈지 끝내 가질 못했다. 인솔 교사로서 그날 밤 사고가 평생 마음의 짐으로 남아 있는 듯했다. 훗날 청경회 모임에서 "그때의 사고로 부상당한 제자들이 혹여나 사회에서 낙오가 되지는 않을지 노심초사하며 기도했다"고 속마음을 털어놓았다.

당시에는 수학여행 사고가 종종 뉴스에 나오던 시절이었다. 전복사고나 화재로 수십 명이 목숨을 잃은 끔찍한 뉴스들도 보았다. 가난한 시골서 태어나 생전 처음 서울 수학여행이지만 비용을 절약하려 한밤에 떠난 것이 큰 화를 불러왔다.

초등시절 수학여행은 못 갔지만 은사님의 기도 속에 52회 친구들은 더욱 결속해 40년 넘게 '청경회' 모임이 이어지고 있다.

기자의 꿈 키워준 일촉 이상성 선생님

전국에서도 유례가 드문 지명 탄생 1,000주년이 지난 충북 옥천 청산[靑山]은 조동호, 정순철, 이은방, 류시화 등 근현대사 걸출한 언론인과 문인들을 배출했다. 유서 깊은 동네에서 자란 나는 어릴 때부터 글짓기와 운동에 취미가 있었다.

청산초등학교 시절 두 분의 은사님은 나에게 평생 잊을 수 없는 은인이시다. 한 분은 청산초등학교 교가를 지은 일촉 이상성 선생님과 다른 한 분은 배구를 가르쳐준 최운탁 선생님이다.

6학년 때 담임을 맡은 이상성 선생님은 제자들에게 글짓기를 집중적으로 가르쳤다. 선생님은 TV도 없고 영화관 하나 없는 산골짜기에 어떻게 하면 제자들에게 문화 혜택을 줄 수 있을까 궁리하다 어린이들의 창의력도 기르고 심성도 키워주는 종합적인 것이 글짓기라 보고 근 8년여 정성을 다해 지도했다.

선생님은 제자들의 글짓기 원고를 각 신문에 투고해 지면에 많이 발표하도록 했다. 은사님께 배운 글짓기 솜씨로 소년동아일보에 동시가 당선되어 내 글이 소개된 순간을 평생 잊지 못한다. 너무 신이나 상품으로 받은 대학노트 10권을 끌어안고 잤다. 선생님은 어린이 신문에 투고하게 해 제자들의 자신감을 키워준 것이다. 그때 우리 반뿐만 아니라 많은 학생들의 작품이 신문에 발표되어 자신감을 갖게 해주었다.

청산초등학교 배구선수들과 이상성 선생님. 사진 왼쪽부터 조용암, 전대식, 최준규, 최한욱. 1966. 5. 5

청산초등학교 봄소풍 추억, 사진 왼쪽부터 구보현, 장재철, 최광식, 최한욱, 강종찬, 정진수, 김준식, 유윤수, 이왕수 동문. 충북 옥천 청산 장위리 보, 1966. 5. 5

이상성 은사님 제자들의 '글샘 모임'이 17년 만에 재개됐다. 사진 앞줄 왼쪽부터 이상순 여사, 박은옥 선교사, 홍영숙 소설가, 이상성 선생님, 이용이 시인, 홍경이 교수, 뒷줄 오른쪽 부터 박진권 회장, 한광 수 제독, 김석부 이사관, 전대식 기자, 양길영 목사. 서울 강남 쉐라톤 팰레스 호텔, 2020. 7. 17

    낮엔 학교에서 밤엔 선생님 자택에서 과외공부로 밤낮 글짓기 공부를 열심히 하던 어느 날, 청산장터에 마을사람들이 가득 모였다. 국회의원 유세가 있는 날인데 동아일보 모정란 기자(주재기자)분이 나와 단상에서 연설하는데 어쩌면 저렇게 말을 조리 있게 잘할 수 있나, 청중들을 사로잡는 모습을 보곤 '기자는 아는 것이 많고 똑똑한가봐' 하며 그때부터 기자를 동경하게 됐다. 그리고 우연찮게 꿈이 현실이 됐다.

    은사님은 이후 41년 교직 생활 중, 청주 한벌초등학교 교사 시절 한국글짓기지도회 충북지부장을 역임하고 충북 어린이 글짓기 지도 분야의 선구자적 역할을 해오기도 했다. 어린이들의 바른 맘·고운 꿈을 가꾸기 위해 충북글짓기지도회(1970년)를 창립하고 28년간 총무, 부회장, 회장, 고문을 역임하며 매년 알찬 행사와 글짓기 지도에 관한 연구를 하는 데 앞장서왔다. 특히 충북 글밭을 갈아온 실적은 전국적으로 인정받아 1974년 한인현 글짓기지도상을 받았고, 1998년 5월 한국교육자대상을 받은 바 있다.

글짓기에 탁월한 재능을 지닌 이상성 선생님의 제자들 중엔 소설가, 동시 작가, 시인, 목사, 해군 제독 등 대부분 이상성 선생님과 같은 충북 옥천군 청산면 출신으로 다수의 제자들이 문단에 등단해 활동해오고 있다. 선생님은 첫 부임지인 예곡초등학교 교사 시절부터 웅변도 가르쳤는데 그 영향으로 한광수(빈첸시오, 예비역 해군 소장) 해군 제독 등 사회에서 성공한 제자들이 양길영 목사의 주도로 '글샘 모임'을 조직하여 수십 년째 사제 간의 우의를 쌓아오고 있다.

이상성 선생님은 TV, 도서실 하나 없는 충청도 산골에 교사로 봉직하면서도 살아 있는 대자연의 섭리를 시와 언어로 승화시키는 교육을 꿈 많은 어린이들에게 심어주고자 노력했다. 필자도 산으로 냇가로 다니며 글짓기를 배우던 유년 시절의 감성들이 기자 생활 40년을 지치지 않게 이끌어주었다.

내게 말할 수 없이 큰 자산을 준 일촉 이상성 선생님은 나의 영원한 생명이고 은인이다.

졸업앨범과 송담 박두현 선생

　청산초등학교 졸업앨범을 수십 년간 제작한 고 박두현(박영곤 친구의 부친) 옹은 타고난 예술 감각이 있는 분이었다. 2018년 작고하기 1년 전, 옥천군 청산면 판수리 자택을 방문할 기회가 있었는데 박 옹은 구순이 넘은 연세에도 안방에서 서예에 몰두하고 있었다. 주변에 직접 그린 그림들을 살펴보니 잘 모르지만 예사로운 솜씨가 아님이 느껴졌다. 1960년대 어려웠던 시기 사진을 촬영하고 등사판을 밀어 일일이 활자를 넣고 앨범 제작을 하려면 보통 정성이 아닐 텐데…. 청산초 향토박물관에서 비치된 역대 졸업앨범을 한장 한장 넘기며 얼마나 많은 노력을 기울였는지 감사하지 않을 수 없었다.

　시, 분, 초를 다투는 언론사 생활 41년을 마치고, 나에게는 모처럼 여유 있게

박두현 작 〈어느 해 겨울〉. 2016. 12. 3

박두현 선생이 남긴 청산초등학교 52회 앨범에는 사라진 청산 장위리 보, 옛 한다리 등 옛 풍경을 촬영하여 역사적 기록으로 남기고 있다.

동창 모임에도 참여하고 고향에 대한 그리
움과 감사의 시간을 갖는 기회가 찾아왔다.
때마침 청경회 회장인 안영구(서울 백악관
관광나이트클럽 회장) 친구가 오랜 사교계
사업과 건축업을 한 선친의 피를 받아서인
지 의외로 문화예술 감각이 있었다. 출판문
화가 전문인 필자와 의기투합해 전국 각지
동향인 모임을 결속시키기 위해 「청경회 수
첩」(2018. 3)을 만들고 이어 졸업앨범이 없
는 친구들을 위해 「청경회 앨범」(2019. 1)도
제작했다.

서울사진관 박두현 옹.

　반세기 전 추억의 자료들을 발굴하기 위
해 충청북도 두메산골 옥천군 청산면 고향을 두 번 방문했는데, 청산초 최정랑
교장선생님이 협조를 해주셨다. 교내에는 청산초 향토박물관이 있었는데 개교
113년 역사를 자랑하는 졸업앨범들이 잘 보존되어 있었다. 마침 52회 졸업앨범
은 매 장마다 방습지를 덧대어 사진이 살아 움직이듯 생생했다.

　종일 앨범자료 검색을 마치고 11월 15일 영동병원 집중관리실에서 9일째 생
사를 다투고 계신 송담 선생(당시 91세)을 박영곤 친구의 안내로 찾아뵙고 진
심으로 감사의 인사를 올렸다. 선생은 의식이 또렷하진 않았지만 청산초 박물
관에 영구보관 중인 졸업앨범 이야기를 드리며 인사를 드리니 갑자기 눈빛이
초롱초롱해졌다.

　카메라가 귀했던 시절, 송담 선생은 일생에 하나밖에 없는 우리들의 영원한
추억을 위해 온 힘을 기울였을 생각을 하니 수천 장의 자료사진을 밤샘하며 보
는데도 지치지 않았다.

　영동병원에서 송담 선생을 뵙고 온 지 일주일 후에 소천 소식을 들었다.

천렵하는 시골 아낙네들

80년 만에 서울에 단시간 가장 비가 많이 내린 지난 8월 9일, 맘먹었던 청산 고향 땅에 내려가 서울사진관 송담 선생이 촬영한 1960년대 우리 부모님 사진들을 보곤 눈을 의심했다. 60년 전 촬영한 사진들인데 마치 동영상을 보듯 생생히 그 옛날 모습들이 되살아났다. 필자는 사진 속 배경과 주인공들을 몇 번이나 보며 관련된 인물들을 살피는데 정작 내 부모님 얼굴은 찾아내기가 어려웠다.

철물점을 하던 옆집 영준이 엄마, 고무신 가게 성림이 엄마, 서울사진관 영곤이 엄마는 알겠는데…. 우리 어머니는 키가 저렇게 크지 않을 텐데 그땐 키도 크고 얼굴도 이제껏 보아오던 어머니 인상과는 많이 달랐다. 두메산골 여인치고는 너무나 얼굴이 고왔다.

어머니께 카톡으로 사진을 보내드리니 자신이 맞다고 한다. 나는 놀라서 몇 번이고 다시 보았다. "키가 그렇게 안 크신데 옆에 영준이 엄니랑 비슷하신 거 같아요. 얼굴형도 많이 다르시고요"라고 말씀드리니 그땐 키(163cm)가 컸는데 나이가 들어 쪼그라들어서 작아졌다고 한다. 어머니의 그 고운 얼굴도 중1 때 아버님이 병이 나 30년 동안 4남매 키우느라 가시밭길 세월 속에 변해버린 것이었다.

영곤 친구가 곁에 와서 사진 속 주인공들을 확인해주는데 고향에서 계속 살

보청천 천렵 후 장구치며 노래하는 어머니들. 1962. 6

청산 보청천에서 천렵을 마친 아버지들. 맨 왼쪽이 필자의 선친(전순규)이다. 1965. 5

았기에 정확히 기억하고 있었다. 난 영곤 친구를 꼭 껴안아주고 고생 많은 어머니를 마지막까지 더 잘 모시라고 인도한 거 같다며 가슴이 복받쳤다.

아버님의 병으로 중1 때인 1968년도 고향을 떠났으니 그 많은 사진 중에 부모님 사진은 3장만 발견되었지만 참으로 반가웠다. 아버지는 건강이 좋지 않아서인지 단체사진에도 눈에 잘 띄지 않아 아쉬웠다. 다음날 아침 앨범을 다시 꺼내 한장 한장 꼼꼼히 살펴보다 직감적으로 내 모습과 비슷해 보이는 인상의 사진 한 장을 발견했다. 그것은 1965년 여름 천렵 단체기념 사진인데 혹시나 맞는가 싶어 어머니께 보내드렸더니 맞다고 한다. 믿어지질 않아 상경해 집에 돌아와 확인하니 "너는 아버지 얼굴도 모르느냐?"며 나무라셨다.

옛날 사진들을 보고 있노라니 청산면 소재지 내서 가게를 운영하다 보면 경쟁심도 생겨 이웃과의 관계가 원만하지 않을 수도 있는데 서로 우의를 돋우기 위해 시시때때로 천렵과 모임, 여행을 다니거나 또는 푸짐한 음식들을 직접 만들어 대소사를 함께하는 모습에서 종교 이상의 사랑을 나누는 모습들이 정겨워 보였다.

초등학교 동창 박영곤 친구 어머니와 우리 어머니는 사진도 늘 곁에서 찍어 단짝임이 확인되었는데 영곤 친구 모친은 오랜만에 만나면서 어머니의 옛날 모습이 많이 없어졌다고 했다. 객지 생활의 모진 풍파가 얼굴도 바뀌어 버리게 한 것인지 무심한 60년 세월이 매정했다.

서울엔 비가 많이 왔지만 고향 청산엔 비가 오질 않아 너무 가물어 있었다. 보청천 냇가는 순환이 되질 않아 다슬기도 없고 물고기도 많이 죽었다. 때마침 서울서 비를 몰고와 이틀 내내 비가 밤새도록 내렸다. 비가 오니 활동사진을 보듯 옛 추억들이 새록새록 되살아났다. 고향 청산으로 오는 기차에서 형태 친구가 우리 친구 중에서 부모님 살아 계시는 친구는 대식이랑 영숙이 엄니밖에 없는 것 같다고 했다. 이번 고향 청산 방문은 마지막 남은 어머님들께 효도를 다 하라고 친구와 부모님이 선물한 여정이었다.

구타 없앤 의무근무대 시절

대한민국 남성들 대화 중 가장 많이 나누는 이야기는 아무래도 군대 시절 이야기 같다. 그러나 요즘은 군대 얘기만 나오면 질린다며 손사래를 쳐 아예 꺼내기조차 어렵다. 그런데 왜 군대 이야기가 가장 실감 나고 재미있을까? 그것은 일반사회에서는 경험할 수 없는 특별한 추억이기 때문이다.

그러나 나는 군생활 얘기하기가 싫다. 꿈에 나타나기 때문이다. "분명 제대했는데도 행정절차가 잘못됐다, 재복무해야 한다"라며 환갑이 다 된 나이까지 30년 동안 꿈속에 나타났다. 일종의 트라우마다. 차라리 최전방 소총수로 배치받았으면 꿈속이나마 그처럼 고난의 시간이 없었을 텐데 늦깎이 나의 군대 생활은 달랐다.

가정 사정으로 대학 진학도 늦었지만 군대는 3년이나 늦어져 고향 친구들은 그 시기 이미 제대를 앞두고 있었다. 뒤늦게 입영해 논산훈련소에서 위생병으로 차출되어 후반기 주특기 교육을 대구 국군군의학교에서 받고 춘천 103보충대에 떨어졌다.

매일 호로 없는 트럭들이 어디론가 장병들을 싣고 산길을 굽이굽이 돌며 떠났다. 한겨울 칼바람 맞으며 움추린 장병들이 측은해 보였다. 남은 장병들은 "저 길로 가면 최전방 고생하러 간다"라며 안도의 한숨을 쉬었다. 또 다음날엔 국방색 버스가 왔는데 "저 버스는 후방으로 가는 차"라며 모두 그 버스에 오르길 소망했다. 그런데 나중에 알고 보니 그게 아니었다.

　모두가 부러워하는 버스에 올라타고 후방인 11사단 의무근무대 자대배치 신고를 마치자 인사계 주임상사가 불렀다. 같이 입대한 동료 병사들보다 스스로 봐도 형님 같아 보이는 나의 사회경력을 쭉 살피더니 "무슨 일을 제일하고 싶으냐?"고 물었다. 나는 주저 없이 사회서도 돌아다니는 일(?)을 했으니 "바깥에 돌아다니는 일을 하고 싶습니다!"라고 답했다. 인사계는 늦깎이 입대한 필자를 배려하느라 일종계(주식, 부식 수령) 업무를 맡도록 배려해주었다. 기상하면 점호도 받지 않고 바로 병참부대로 가서 부식 수령을 하고 오후에 귀대하는 것이 주 임무였다.

　자대배치를 받자 인사계 주임상사는 아버지처럼 다정한 목소리로 "그동안 이

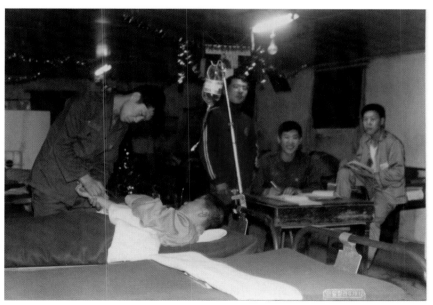

11사단 의무근무대 병실서 환우들에게 혈관주사를 놓아주고 있는 전대식 병장, 자신의 혈관주사 맞는 것도 보질 못했는데 군대 와서 혈관주사 도사가 되었다. 오른쪽은 중앙대 약대 출신인 사수 홍 병장과 페치카 당번 후배인 서 일병, 오래되어 성만 기억이 난다. 1979. 12

발도 못 했으니 구내 이발소 가서 시원하게 이발을 하고 오라"고 했다. 필자는 후방에 오니 이런 후한 대접도 받는구나 "이제야 내 집에 왔구나" 하며 매일 긴장된 훈련소 생활 속에 처음으로 안도의 한숨을 쉬었다.

부대 내 이발소를 가니 모자에 하사 계급장을 단 깎사(이발병)가 "너 혹시 대식이 아니냐?"라며 소리쳤다. 나도 깜짝 놀라 고개를 들어보니 고교 동창 함태석 친구였다. 영화 속 한 장면같이 실제 이런 만남이 있을 수도 있구나! 내심 반가웠지만 이발소 내에 고참 병장들이 있어 나는 끽소리도 못한 채 눈짓으로만 반가움을 표시했다. 그런데 친구의 과도한 애정이 화근이 되었다.

고교 동창 친구가 선임하사 계급장을 달고 일종계 사수로서 나를 감싸주고 있었으니 부대 선임병들은 곱지 않은 시선을 내게 보내고 있었다. 특히 같이 자대배치를 받은 오창복 이병은 대학 시절 행정학과를 다녀 부대장 당번을 맡았는데 사수의 백으로 입영 다음날 특별외출까지 받았으니 우리 둘은 미운털이 단단히 박혔다. 자대배치 다음날이 주일이었는데 우리 둘만 행정과 소속이라 특별외출을 다녀오니 부대는 난리가 났다. 갓 입대한 졸병들이 겁도 없이 특권으로 외출했다며 전체 선후임 병사들을 연병장에 집합시켜 '군기가 빠졌다'라며 팬티 차림에 얼차려를 받았다. 그때부터 우리 둘은 미운털이 박혔다.

당시 홍천 국도는 비포장도로였다. 매일 아침 점호 후 8킬로미터를 맨발로 달리는데 오 이병은 구보 중에도 '군기가 빠졌다'라며 구타당하는 장면이 목격됐다. 얼마나 괴로웠는지 어느 날 탄약창고 앞에서 야간 보초를 서면서 같이 부둥켜안고 울기도 했다. 이러다 사고라도 날 것만 같았다.

결국 오창복 전우는 군 고위층을 지냈다는 부친의 힘을 빌려 사단 직속 의무실로 전출을 갔다. 이후 구타는커녕 최상의 대우를 받고 있다고 들었다. 그는 논산훈련소부터 대구 국군군의학교, 제103보충대, 11사단 의무근무대까지 함께한 전우였다. 전생에 무슨 연이었는지 제대 후엔 오창복 전우의 제수씨가 내 아내의 고교 동창이란 사실을 알곤 더욱 놀랐다.

동기는 잘 지내게 되었지만 백도 없는 나는 이후 온갖 수모를 혼자 감내해야 했다. 필자의 사수가 하사라지만 병들이 주류인 세계에선 계급이 높아도 보호해주지 못했다. 어느 날 하얀 타일로 도배한 2평 남짓 부식창고에서 조리 담당 병장에게 처참하게 구타를 당했다. 신고하려 해도 보복이 무서워하질 못했다.

그토록 맞으며 2년을 견뎌냈다. 군대에선 배울 것이 하나도 없다고 하지만 나는 인내를 배웠다. 이후 선임 상병이 되니 나의 13명 동기가 부대를 장악하기 시작했다. 나는 동료들에게 호소했다. "우리 동기들부터는 구타 없는 부대를 만들자"라며 우리부터 구타만큼은 없애자고 다짐했다. 나는 그때부터 홍천에 있는 성당엘 나가기 시작했다. 구타한 고참 병장에게 몇 배 더한 복수를 하고도 싶었지만, 나의 장래를 위해 그들을 용서하기 위해서였는지도 모른다.

이후로 자대배치 받은 후임들을 보면 다들 내 친동생 같았다. 부모님들이 면회 올 때마다 "귀한 자식이니 잘 부탁한다"라며 신신당부했다. 그때는 군대 내 구타와 총기사고 등 각종 사고가 잦을 때였다.

상병부터는 후송병 업무를 맡았는데 어느 날 군 트럭을 운전하다 교통사고로 중상을 입은 사단 예하 부대 병사가 한밤에 도착해 부대는 비상체제에 돌입했다. 그러나 의무근무대 내에선 손을 쓸 수가 없어 피투성이인 전우를 구급차에 태우고 급히 원주 후송병원으로 향했다. 나는 고통을 호소하는 부상병에게 "조금만 더 기다려줘요, 큰 병원 가서 처치하면 괜찮을 거야"라며 연신 인공호흡을 시켜가며 고통을 줄이고자 했지만 안타깝게도 차량까지 고장이 나 더욱 다급해졌다. 당시만 해도 2차 세계대전 때 사용하던 미군이 쓰던 구급차를 사용해 사전정비를 해도 갑자기 멈춰 서는 경우가 많았다. 결국, 그 병사는 홍천~원주 중간지점인 삼마치 고개에서 갑자기 구급차 후송 침대에서 천정에 머리가 닿을 정도로 세 번 크게 요동치더니 더는 인기척이 없었다. 후송병원에 도착하니 이미 숨도 멎고 맥박도 없었다.

혈관주사 놓는 것도 보지 못하는 필자는 군대 와서 직접 혈관주사도 놓고 피투성이 수술 장면도 도와주다니 천지가 개벽할 일이었다. 후송병 업무를 보다 병실서 부상 입은 동료들을 간호하면서 남다른 전우애도 생겼다. 그리고 「포근한 병영생활」이란 글을 전우신문에 투고하며 우리 모두 사랑해야 할 전우애를 알렸다. 그땐 가톨릭 신자가 아니었는데 원고 말미에 프란치스코 성인 기도문을 인용했더니 훗날 나의 세례명도 프란치스코가 되었다. 제대 후 전우신문에서 근무하게 된 것도 소명인 듯했다.

포근한 병영생활

깊은 밤!

송림 사이로 내달리는 찬바람 소리는 동장군을 부른다. 초병의 막사 위로 사락사락 눈이 쌓이고 내무반 손잡이 쇠가 쩍쩍 손바닥에 달라붙는 본격적인 겨우살이가 시작될 무렵, 우리에게 없어서는 아니 될 소중한 친구가 있다.

다시 말하여 페치카의 존재가치란 전방부대의 병사 외는 인정하지 못할 것이다. 황건적, 산적 두목, 깜씨 등의 푸짐한 이름은 올겨울 페치카 당번을 맡으면서 오르내린 나의 별명이다. 별명치곤 조금 걸맞지 않지만 그래도 이 짓궂은 별명들에 흐뭇해한다. 한밤 페치카와 이뤄지는 정겨운 사연들이 있기에 말이다.

깊은 밤, 세찬 바람에 이따금 출입문이 덜그럭거리고 추위에 떠는 양, 앞산 부엉이 소리도 가냘프기만 하다. 양손을 호호 불어가며 경계근무를 마친 초병 몇이 들어오자마자 페치카를 끌어안는다. 눈썹 위로 하얗게 핀 서리 자국을 문지르며 갈 수 없는 나라를 그리는 듯 한동안 말이 없는 그들에게 향긋한 칡차를 건네주고 나면 "역시 깜씨 병장 최고야"라며 엄지손가락을 세우고 함박웃음을 짓는다. 잠시 흐뭇한 미소 속에 "그래 수고 많았어" 이 얼마나 전우애가 감도는 병영생활이던가. 동상 예방을 위한 따뜻한 물을 동료에게 건네주면서 서로를 신뢰하는 대화가 오간다.

방한모를 눌러쓰고 새까맣게 탄 재가 흐르는 작업복을 입은 채 아궁이 앞에

다가선다. 쇳덩이도 녹일 만한 용광로와 같은 불덩어리가 나를 반긴다. 셔츠가 땀에 젖고 팬티가 축축해지면 아궁이에서의 작업이 거의 끝난다. 굴뚝 위로 치솟는 하얀 연기가 캄캄한 밤하늘 위로 어지럽게 퍼진다. 시뻘건 불에 뜨거운 전우애를 읽으며 마지막 겨울은 페치카와 동고동락하며 지내리라 다짐해본다.

물론 나의 임무이긴 하나 페치카의 따스한 온기에 은근한 정은 숨길 수 없다. 비록 황건적과 같이 시뻘건 쇠꼬챙이를 휘두르고 산적 두목같이 휘황한 옷차림과 석탄 창고의 삽질에 깜씨도 되고 아궁이의 석탄재를 뒤집어쓴 나의 몰골에

따에는 온갖 생각도 굽이치지만, 이 추운 겨울 포근히 잠들어 있을 동료들 생각에 비할 바 아니다.

페치카 불을 지펴놓고 들어와 고향 꿈에 젖는지 모포를 차버린 전우에게 모포를 살포시 덮어주고 하나둘 낮에 짓궂던 동료들을 살핀다. 옆 전우를 사랑스러운 애인인 양 착각, 두 팔로 껴안고 자는 전우, 어머님의 품 안이 그리웠는지 옆 동료의 팔을 베고 자는 전우, 빙긋이 웃음 짓는 전우, 한낮 그 우직

페치카 당번 시절.

스럽던 동료들이 이 밤엔 너무나 사랑스럽다. 오늘 있었던 오해나 잘못은 이 순간 깨끗이 씻어버리고 해맑은 이들의 모습이 평화스럽다.

문득 성자 성 프란치스코의 말씀이 생각난다.

이해받기보다 이해하고
위로받기보다 위로하고
사랑받기보다 사랑하자

그렇다. 군대란 싱싱한 젊음의 이상과 진리가 한자리에 모여 충성의 성을 쌓는 곳이다. 서로서로 위하고 아껴주는 마음으로 병영생활에 임한다면 아무리 추위가 우리 주위를 엄습한다 해도 포근한 병영생활에 늘 온기를 느낄 것이다. (전우신문, 1979)

외삼촌 팔순 생신

　어머니를 모시고 온양서 최근 아산역 인근으로 이사한 막내 외삼촌 댁을 다녀왔다. 외삼촌은 어머님보다 네 살 많아 올해 팔순을 맞이하는데 가까운 친지들을 초대해 조촐한 팔순 기념 음식을 나누었다.

　외삼촌께서 벌써 팔순이라니 세월은 유수와 같다. 외숙모는 허리가 매우 안 좋은데도 집에서 직접 음식상을 마련했다. 외삼촌이 연신 외숙모 곁에서 돕더니 나중엔 설거지를 도맡아 하는데 그 많은 그릇이 순식간에 정리되었다.

　외가댁은 원래 외할아버지부터 큰외삼촌, 둘째 외삼촌, 이모 모두 키들이 큰데 외삼촌만 작은 편이다. 예전에 외할머니에게 이유를 여쭈니 군대 근무할 때부터 하도 고생을 많이 하고 식사도 제대로 못해 키가 자라지 못했다고 했다.

　군대 시절 외삼촌이 자신을 희생해가며 성실히 근무하는 모습을 보고 한 장교가 매료되었다. 훗날 나라의 재상이 된 그 장교분은 외삼촌을 가족같이 여기며 평생을 함께했다.

　내가 알기로 외삼촌은 친구가 없는 것으로 알고 있다. 젊은 시절 군대 생활을 하고 곧바로 관청에서 평생을 봉직했기 때문이다. 이제는 은퇴하고 자녀들과 노후에 쉬기 위해 온양으로 내려왔고 자녀들과 행복한 시간을 보내기 위해 아산으로 이사를 온 것이다. 아직도 나무 향이 가득한 외삼촌 댁 2층에 올라가보니 정겨운 가족사진들이 눈에 띄었다.

외삼촌 내외는 매년 집에서 음식을 장만해 외할머니 생신을 축하해드렸는데 후손들도 지극한 효심을 잇도록 영향을 주었다. 오른쪽 두 번째가 외숙모이다. 서울 삼청동 1975. 7

공자는 "효자가 어버이를 섬기는 마음이란, 기거하심에는 그 공경을 다 하고 봉양함에는 즐거움을 다하며, 병든 때엔 근심을 다 하고, 돌아가신 때엔 슬픔을 다하며, 제사 지낼 땐 엄숙함을 다한다"라고 했다. 성경에도 십계명 중 제4계명에 부모에게 효도하라 하며 "하느님의 부성(父性)은 인간이 지닌 모든 부성의 근원이다"(가톨릭교회 교리서 2214항)라고 가르치고 있다. 하느님의 이 부성은 인간이 자기 부모를 존경해야 하는 근간이 되는 이유다.

외삼촌은 나와 우리 가족에게 많은 도움을 주면서 부모님께 어떻게 효도하는지 방향을 가르쳐준 분이다. 외삼촌이 부모님을 생각하는 마음은 어린 시절부터 남달라 많이 배웠다.

알뜰한 살림으로 소문이 난 외숙모는 외할머니 생신날은 반드시 집에서 음식을 장만해 온 가족을 초대했다. 오른쪽이 외삼촌, 외숙모 내외다.

충북 보은 임한리 외가댁에서 1971년 중학교에 다닐 때, 외삼촌은 총재님을 수행해 속리산을 종종 들르셨는데 그때마다 촌음을 내어 16킬로미터 떨어진 외갓집에 와서 정성껏 외할아버지, 외할머니께 인사를 드리고 가곤 했다. 또 외할머니 생신 때마다 친지를 집에 초대해 직접 만든 음식을 나누었다. 내 기억엔 외식 자리에 모신 적은 단 한 번도 없었다. 그리곤 외할머니께 조곤조곤 조용히 부드럽게 깊은 애정으로 말씀드리는 그 모습이야말로 자식으로서 부모님을 공경하는 최상의 예라고 보았다.

그리곤 "대식 조카, 어머님께 정성을 다해 모셔야 해~" "어머님은 요즘 누가 모시고 있냐?" 외삼촌은 만날 때마다 어머님 이야기를 하지만 그렇게 하지 못하는 내 자신이 부끄럽기만 했다. 그리고 아버지도 병들고 장남인 네가 잘되어야 집안이 중심을 잡을 수 있다며 젊은 나이에 일자릴 잡게 해주고 끝까지 돌봐주었다. 정직. 성실. 진정성 있는 외삼촌은 사회인으로 성장하면서 세상 살아가는 롤모델이 되었다.

국내 최대 단일 교회 담임목사로 있는 친구와 만나면 늘 논쟁거리는 "예수님 믿지 않으면 구원받을 수 없는가" 하는 것이었다. "예수님 탄생은 2천 년 전이고 우리 민족은 5천 년 전인 단군 시대부터인데 그렇다면 신앙을 갖지 못한 선조나 우리 외할머니는 구원받을 수 없단 말인가?"라며 밤새 논쟁했다.

외할머니는 그야말로 세상 법 없이도 살아갈 정도로 마음 선한 분이었고, 외삼촌은 선대로부터 이어받은 선한 마음씨로 팔십 평생을 살았다. 그분들은 신앙은 없었지만 이웃과 세상을 위해 값진 삶을 살았다.

우리 가족 신앙의 길

지금부터 꼭 30년 전인 1981년 초가을, 서로 일생을 함께하기로 한 우리 부부는 한남동 한 카페에서 양가 부모님을 모시고 첫 상견례를 가졌다. 대화가 무르익던 중 아버님과 장인 어르신은 마침 서로의 고향인 충북 옥천과 보은은 이웃 동네라는 사실을 알고 너무나 반가워 혼례날을 서둘러 잡는 바람에 배우자 로사와 만난 지 6개월 만에 명동성당에서 세례를 받고 혼배성사를 올리게 됐다.

처 외할머니(최선분 안나)가 천주교 세례를 받지 않으면 손녀딸을 절대 내줄 수 없다고 천명했기 때문에 혹여나 중간에 탈락할까봐 유아세례를 받은 배우자 로사가 매주 명동성당 교리반에 나와 봉사하며 도와주었다. 이때부터 나의 인생은 변화하기 시작했다. 프란치스코란 이름으로 세례를 받고 결국 직장도 일간 신문사에서 교회 언론사로 옮기게 되었다.

우리 부부의 첫 열매인 딸 빈나가 세상에 나오기도 전인 1982년 아버님은 세상을 떠나셨고, 아버님의 유해는 당시 천주교 금호동교회 신용협동조합 이사장인 장인 어르신의 배려로 성심원 수녀회서 운영하는 경기도 수지 천주교 공원묘지에 모실 수 있었다. 갑작스러운 선종으로 경황이 없었는데 장인 어르신께서 서울서 가깝고 수녀님들이 기도 올리는 좋은 곳을 선택해준 것이다.

비가 오던 날, 나는 어머님과 우산을 쓰고 이리저리 산을 헤매던 중 현재의

양진복(블라시오) 장인 어르신의 팔순 생신 잔치. 서울 금천구 시흥동, 2007. 2

양지바르고 앞이 확 트인 전망 좋은 곳에 아버님의 묫자리를 쓰게 되었다.

　나와 우리 집안에도 좋은 일을 마련해준 장인 어르신이 향년 85세 일기로 세상을 떠나셨다. 장인 어르신 빈소에는 수백 명의 조문객이 다녀갔다. 전국 각지에서 사정이 있어 못 온 분들도 예의를 차려 유가족의 슬픔에 함께하고자 했다. 장인 어르신은 복이 많은 분이다. 아니 하느님께서 그런 복을 주셨다고 본다.

　비록 돌아가시기 전까지 극심한 고통을 받아 보는 이들의 마음을 안타깝게 했지만 휴일 아침 9시 14분 선종하여 본당 신부님의 인도로 병원서 성당 빈소로 모실 수 있었고 수많은 본당 교우분과 가족들, 평화방송·평화신문 사장 신부님을 비롯한 신문국 직원들, 둘째 처남 내외가 열심히 한 신앙생활을 하고 있는 시화 바오로 본당의 교우분들은 전세버스까지 대절해 조문을 왔다.

기도하는 최안나 할머니. 6·25 때 여섯 번 포로로 잡혀 구사 회생으로 살아
난 장인 어르신(양진복, 블라시오)은 장모인 처 할머니를 평생 모시고 살았
다. 최안나 할머니는 딸만 넷을 두었는데 온 가족과 함께 '주님의 기도' 노래
를 들으며 100세로 영면했다. 서울 금천구 시흥동, 1987

우리 부부가 소속된 시흥동본당에 지난 8월 부임한 주수욱 베드로 신부님은 1970년대 JOC(가톨릭노동장년회) 초기 멤버로 늘 가난한 이들과의 삶을 모토로 사제의 생을 살아온 분이다.

주 신부님이 본당에 부임해 제일 처음 한 일은 시흥동 마을 가난한 이들을 위한 영안실을 만드는 일이었다. 장인 어르신은 영안실이 꾸며지고 모든 것이 안정된 네 번째 모시게 됐다. 마치 한가족 이상으로 정성을 다해준 연령회 가족 분들에게 다시 한 번 감사드린다.

모든 인간은 언젠가 죽음을 체험한다. 때는 모르나 모든 사람 예외 없이 한 줌 재로 돌아가는 인생이다. 장인 어르신은 수원 연화원에서 한 줌의 재로 화장이 됐다. 1시간 30분 정도 1,000도 넘는 온도에서 온몸이 바스러지는 그 순간 나는 관상기도에 몰입하게 됐다. 이 같은 기도는 십 년 전 크로아티아 메주고리에 성모 발현지에서 저녁 떼제 기도 시간 이후 처음 있는 일이었다. 나는 지금 그 시간 아버님이 한 줌의 재가 된다는 사실에 너무나 겸허한 마음으로 기도 올리고 싶었다.

아버님의 육신이 모두 태워지고 그 연기와 바람이 하늘나라로 오르며 그 바람을 타고 우리의 염원이 이루어지길 기도했다. 희고 흰 넓은 길을 타고 아버님께서 하늘나라로 향하는 길이 보이기 시작한다. 춤을 추신다. 먼저 가신 할머니를 만나고 덩실덩실 춤을 추신다.

지금의 장모님과 중매를 한 처외삼촌도 만나셨을 것이다. 군 시절 강원 홍천 수송부대에서 만나 어머님을 중매한 바로 그 처외삼촌과 9월 4일 기일이 같은 것도 하늘나라의 묘한 인연이 되었다.

착한 큰처남도 만나셨을 것이다. 아들딸 자식 한창 성장해 마냥 행복한 시절 누리지도 못한 착한 처남이 세상을 떠난 지 꼬박 10년이 지났는데 이제 아버지를 만나 덜 외로울 것이다. 아버님은 저희에게 많은 희망을 주고 떠나셨다.

빈소에서 모처럼 만난 큰처남댁은 눈물을 글썽이며 10년 만에 머리를 풀었다고 했다. 두 아들딸을 친정과 시댁 의지 없이 홀로 키우기 위해 머리 한 번 풀지 않고 멋내볼 겨를도 없이 그렇게 10년이란 세월을 보냈다. 그 10년이란 세월이 가녀린 여인에게 얼마나 큰 고독이었으며 외로움이었을까.

그렇게 키워낸 두 자녀는 훌륭한 모습으로 할아버지의 빈소를 꿋꿋이 지키고 있었다. 이른 새벽 모자를 눌러 쓰고 모진 노동으로 일구어낸 고통의 열매들이 조만간 크게 맺으리라 생각해보았다. 자신을 밝히고 싶지 않아 사무실 분들도 모르게 빈소에 왔다는 큰처남댁은 이젠 머리도 풀고 자신의 정체도 밝히며 떳떳하게 살아가고자 다짐했다.

지난 10년간 오직 자녀 뒷바라지로 세상을 살아왔던 지혜 엄마의 앞날에도 새 희망이 보이기 시작했다. 이제 우리 집안이 하느님의 자녀로 더욱 일치해 사랑의 공동체 가정으로 거듭나게 되는 날이 오리라 본다.

하늘나라 가신 분은 말이 없지만 반드시 저희에게 어떤 징표를 주고 떠나신다. 이번 아버님의 선종은 저희에게 희망의 메시지를 주었으며 저희들은 그 메시지를 잘 받아들여 하늘에 계신 부모님을 더욱 기쁘게 해드리고, 살아 있는 저희들이 더욱 사랑으로 일치해 지혜롭게 슬기로운 생활을 하도록 일깨워주셨다.

나의 로맨스 시절

사람들은 나를 보고 열정이 넘친다고들 한다. 아내를 만나 결혼에 골인한 것도 아마 나의 열정이었기 때문이라 본다. 로사는 세심한 성격이라 활발한 나와는 대조적인데 무슨 일이든 창조적이고 대범하게 처리하는 스타일을 보곤 의지하고 싶은 마음에 우리는 만난 지 6개월 만에 결혼식을 올렸다.

1981년 봄 신문사 절친인 황영대 친구의 집이 있는 서울 성동구 옥수동에 놀러 갔다. 그때 친구의 부인 카타리나는 가난한 도시의 여성 근로자들을 위한 가톨릭 엠마우스의 집을 운영하고 있었는데 마침 옥수동성당서 친구랑 노인대학 학장을 맡고 있었다.

부인 카타리나 씨가 앨범을 펼쳐 보이며 "대식 씨, 우리 성당에 좋은 사람을 소개해주고 싶은데요"라고 했다. 사진을 보니 깔끔하고 내가 바라던 인상인 듯해 한번 얼굴이나 보고 싶다고 하니 마침 로사가 주일날 성가대를 나가니 성당으로 나오면 볼 수 있다고 해 옥수동성당을 갔다. 주일미사를 마치고 성가대 단원들과 계단을 내려오는 로사(아내의 세례명)의 모습이 환해 보였다. 살랑살랑 봄바람에 하얀 바지를 입고 코발트 머플러를 휘날리며 계단을 내려오던 로사의 첫인상이 영원히 잊히질 않는다.

나는 두말할 필요도 없이 카타리나 씨에게 소감을 전하니 로사 할머니가 호랑이 할머니신데 "성당서 세례를 받지 않으면 손녀딸을 결코 내줄 수 없다"라고

1982년 교제 당시 배우자 양송옥(로사) 씨, 두 사람의 헌신적 교제 모습을 지켜보던 주말 교리반 신자들이 네 커플이나 탄생, 결혼까지 골인했다.

혼인예식을 주례한 마 도널드 신부, 약혼식을 주례한 정글라라 수녀와 함께. 명동성당, 1982. 11. 27

했다. 당시 나는 신문사도 다니고 학교도 다니고 삶이 너무 피폐해 그러잖아도
종교를 하나 가졌으면 했는데 군대서도 성당엘 잠시 나간 적이 있으니 성당에
나가겠다고 하니 그때부터 본격적으로 명동성당 주일 교리반에 등록하고 세례
준비를 했다. 그런데 로사도 매주 같이 교리반에 출석했다.

　로사는 유아세례를 받고 집안 모두가 독실한 가톨릭 신자였지만 혹여나 내
가 도망(?)갈까봐서인지 매주 교리반에 나와 같이 교리를 들었는데 수녀님의
권유로 봉사자가 되었다. 당시 우리 주일반만 해도 예비신자가 600명이 넘었고
주말반, 평일반을 합하면 1천 명이 넘었다.

　명동성당이 민주화운동의 성지로 불리던 시대였고, 한국천주교 200주년 기
념사업의 일환인 1984년 5월 교황 요한 바오로 2세 방한을 앞두고 한국가톨릭
교회는 최대 정점에 오른 시기였다. 그렇게 젊은이들이 많았다.

우리 부부의 연을 맺어준 황영대·문경수 부부와 함께.

주말반 교리를 가르치던 정 클라라 수녀님(샬트르 성 바오로 수녀회)은 '향수'의 정지용 시인 친손녀인데 그림도 잘 그리고 시도 잘 쓰고 다재다능했다. 어느 날 교리 시간 수녀님은 교탁에 가득 채워진 물잔을 들며 "여기 있는 물잔이 가득 채워져 있지만 조금은 빈잔이 마시기도 좋고 더 부어줄 수도 있기 때문에 보기에도 편하지 않으냐" 며 "우리 젊은이들의 각박한 삶도 이와 같이 조금씩 서로 비우고 살아가면 훨씬 여유 있고 행복하지 않을까요"라 며 말했다. 순간 나는 머리가 가벼워지는 것을 느꼈다. "나의 지금 삶도 가득 채워져 더 힘든 것이 아닐까?" 직장생활에 야간대학에 열심히 산다고는 하나 너무나 각박한 생활에 수녀님의 말 한마디에 내 영혼까지 평온해졌다.

산업화시대 세상 사람들이 생활에 찌든 시기여서인지 김수환 추기경님도 명동성당 강론 때마다 마음을 비우라는 말씀을 했지만 수녀님의 말씀이 내 마음을 편하게 이끌었다. 나뿐만 아니라 우리 교리반 예비신자들도 그런 공감대가 형성되어 있었다. 어느 날 예비자들이 교리를 마치고 명동 국립극장 옆에 있는 엘칸토예술극장에서 〈춤추는 허수아비〉란 모노드라마를 보았다.

드라마 주인공 오영수 선생은 〈오징어 게임〉으로 한국인 최초로 골든 글로브 상을 수상한 배우이지만 당시엔 극단에서만 활동하던 무명 시절이었다. 공연 중 나는 깊은 감명을 받았다. 마치 수녀님의 '비워진 잔'처럼 젊은이들의 이상 을 드높여주는 이상적인 드라마였다. 공연이 끝나자 우리 예비신자들 모두에게 보여주고 싶었다. 오영수 선생께 부탁을 하니 선뜻 응해주셨다. 그래서 시작된 것이 명동성당 예비신자들이 1천여 명이 준비한 '빈나의 밤'이다.

행사준비위원회가 마련되니 예비신자들 중엔 능력 있는 젊은이들이 여기저 기 나섰다. KBS 작가도 있어 행사가 커졌다. 양희은, 이문세 등 이름 있는 가수 들도 초청하고 3일간의 축제 기간을 펼치니 명동성당 교리반 이후 처음 있는 일

명동성당 혼인 가족 기념사진, 1982. 11. 27

이라며 "참으로 특별한 교리반"이라며 행사 당일 김수환 추기경님도 오셨다. 명동성당 사무실 2층 있는 피아노를 문화관으로 옮기려면 비용도 많이 들고 시간도 없는데 우리들이 직접 옮기자며 계단이 많은 문화관까지 100미터 거리를 10명의 신자가 비지땀을 흘리며 옮기던 열정으로 행사는 대성공리에 끝났다.

예비자들은 성남 우리 집에도 와서 모임을 가졌는데 그때 나는 '빈나의 밤' 회보를 보여주며 "우리가 결혼하고 아이를 낳으면 빈나라고 이름 지을 거다"라고 했다. "비록 가진 것은 없지만 마음을 비우고 이웃과 나누며 로사랑 행복하게 살겠다"라고 다짐했다.

'빈나의 밤' 행사 이후 예비자들의 신앙심은 더욱 드높았다. 교리가 끝나고 명동성당에서 세례를 받는 날 나는 뜨거운 눈물을 흘렸다. 회개와 감사의 눈물이었다. 세례식 후 드디어 명동성당서 로사와 나는 혼배성사를 올렸다. 당시 옥수동본당에서 부부일치운동인 한국ME운동(월드와이드 매리지 엔카운터)을 도입해 펼치던 마 도널드(미국 메리놀수도회) 신부님이 주례를 맡으셨다.

약혼식도 명동성당서 치르며 예비자들이 부러움의 대상이 되어 우리 주일반에서만 네 커플이 탄생했다. 그러나 아쉽게도 교리를 가르치던 클라라 수녀님도 웨딩드레스를 입고 수녀회를 떠나고 말았다. 수녀님께 성당서 약혼식까지 부탁하며 너무 세속적으로 다가가게 하진 않았나 죄책감도 있었으나 행복하게 사는 그들을 보며 다 하늘의 뜻으로 새기게 됐다. 그러나 수녀님만이 아니었다. 주례 사제이던 마 도널드 신부님도 한국ME운동을 열정적으로 펼치곤 본국에 돌아가 봉사하면서 만난 한 여성과 만나 결혼해 환속했다. 그래서 신부님이 못다 한 ME운동을 열심히 해달라는 뜻이었는지 우리 부부는 20년간 ME운동에 투신했다.

제2부 나의 사진기자 시절

40년 기자 생활 회고

나는 1954년 백말띠다. 말띠 중에서도 하늘을 난다는 백말이라서 그런지 나의 생애는 가만히 앉아서 하는 일보다 늘 세상 방방곡곡을 돌아다니며 느끼고 보고 공유하는 것으로 인생을 살아왔다.

그 좋은 것들을, 행복한 순간들을, 아름다운 순간들을 혼자만 간직하기엔 너무나 아쉬웠는데 결국 신문기자가 평생 업이 되었다. 1973년 현대경제일보 편집국 기자로부터 시작했으니 어언 40년 세월을 보낸 셈이다.

거기에 카메라를 들고 현장을 다니는 사진기자가 주업무였으니 현장을 가지 않고는 할 수 없는 일들이었다. 그것도 한 신문사에서만이 아니라 경제지, 국방지, 영자지, 종교 신문에 이르기까지 여러 영역을 다니며 눈으로 보고 가슴으로 느끼며 여러 사람들을 만났다.

각계각층의 사람들을 만나며 특수한 지식도 접했지만 종국엔 종교회사로 인도해 김수환 추기경님, 그리고 훌륭한 사제, 수도자들도 만나 가치관 있는 삶도 배웠다. 그러나 여전히 부족한 점이 많다. 그래서 종국엔 어렵게 사는 세상 사람들을 두루 만나며 그들을 보다 이해하고 도우며 살라고 오늘에 이런 일까지 하도록 인도하셨단 생각을 해본다.

한국경제신문 시절(1973-1977)

현대경제일보(현 한국경제신문사) 사진부 이세환 부장님은 초년기자 시절, 나의 인생 여정을 인도한 등대와 같은 분이다. 당시 같은 부서에 근무하던 김경문 기자(현 순복음 부천 중동교회 담임목사)와 "이세환 국장님께서 구순이 넘으셨는데 조만간 찾아 뵙자"며 경기도 용인에 계시는 사모님께 통화를 드렸더니 아뿔싸, 지난해 정초 세상을 떠났다고 했다.

사모님이 다리가 불편해 매일 이 국장님이 아파트 아래 내려가 쓰레기를 버리곤 했는데 그날도 쓰레기 분리수거를 마치고 돌아서려는데 그냥 주저앉으며 용인 세브란스병원서 고관절 수술을 받고 이틀만인 1월 2일 소천한 것이다.

사모님은 전화를 주어 너무 반갑다고 하며 "현대경제일보 시절을 그렇게 아름다운 인생의 추억으로 남기며 돌아가셨다"며 자신도 "올해 88세 건강이 안좋아 교회도 못 나가고 거동은 못하지만 오로지 하느님께 감사기도를 매일 바치고 있다"라며 김 목사와 사진부 식구들의 안부도 전했다.

10년 전 봄, 경기도 양평 갤러리 '와'에서 김수환 추기경 추모 3주기 전시회를 열고 그동안 고마운 은인분들을 찾아 뵈며 전시장으로 모신 적이 있었다. 마침 사진전을 열 수 있도록 인도해준 동아일보 전민조 선배와 필자와 같은 동네 성당서 사진 봉사하던 경향신문 조명동 선배도 함께 모셨다. 이 국장님은 한국일보, 경향신문에서도 근무했었는데 모처럼 신문사 후배들과 오붓한 자리가 된

것이다. 이 국장님은 팔순이 지
났는데도 담배를 피울 정도로
건강하고 단신이지만 목소리는
예전처럼 쩡쩡 울렸다. 역전의
노장답게 롤라이 휴대용 카메라
를 목에 두르고 전시장 입구 김
수환 추기경 흉상을 이런저런 각
도로 촬영하던 모습이 눈에 선
하다.

원래 이 국장님은 1959년 한
국일보 기자 입사 이전엔 공군
사관학교 생도로 조종사가 꿈이
었다. 그런데 6·25전쟁이 나자 1
개월 만에 공군 특무대로 차출
되어 특수교육을 받고 첩보작전

1970년대 당시 현대경제일보(현 한국경제신문) 사옥,
남대문 옆 현재의 신한은행 본점 자리다.

을 지휘하는 최전방 분견대장으로 이북 원산 앞 영흥만의 모도와 함경북도 성
진 앞 양도에서 위험한 첩보작전을 수행하다 죽을 고비도 여러 번 넘겼다고 한
다.

이 국장님은 전시장 2층 갤러리 카페에서 일행과 담소를 나누다 갑자기 안주
머니 지갑을 꺼내더니 "이게 전쟁이 끝난 후 50년 만에 찾은 참전유공자증입니
다. 이제 가족과 후손들에게도 6·25 참전용사였음을 떳떳하게 말할 수 있어 기
쁩니다"라며 참전유공자증을 자랑스럽게 보여주었다. 조국을 위해 목숨을 바
친 전쟁 영웅들이 참전유공자증 하나 받질 못하고 하직한다면 얼마나 안타까
울까. 이 국장님은 살아 있는 옛 전우들의 한을 풀어주기 위해 백방 노력 끝에
여러 증거자료를 찾아내 함께 소원을 푼 것이었다.

평소 조국 통일의 염원을 늘 가슴에 품고 이 국장님은 같은 공군 동기생인 조종사 김동진 소령이 조종하는 T-33기에 동승해 국내 최초이자 유일한 휴전선 고공 촬영에 성공한 바 있다. 1965년 1월 1일자 경향신문 1면에 실린 서해 강화도부터 동해 속초까지 4만5천 피트 상공에서 휴전선 일대 155마일을 한눈에 보이도록 촬영해 특종 사진을 남긴 것이다. 사선을 넘나든 전쟁터에서 젊음을 불사른 이 국장님은 남다른 국가관과 기자로서의 소명 의식이 남달랐다.

1963년 세상을 떠들썩하게 했던 고재봉 살인사건 직후 넉 달 만에 처형되는 인천 부평 산골짜기 사형장에 농사꾼으로 변장해 총살당하는 모습을 직접 촬영한 가슴 섬뜩한 일화 등 취재경험담도 털어놓았다. 보통의 기자로는 도저히 접근조차 할 수 없는 직업관이야말로 과거 전쟁 시 생사를 넘나든 특무대 대장으로서 강단에서 나온 것이라 짐작됐다.

이 국장님은 매우 가정적인 분이었다. 리라유치원 노랑색 유니폼을 입은 막내 따님 현아 양을 직접 출근길 지프에 태우고 출근했는데 꾀꼬리 같은 목소리가 편집국 사무실을 울릴 때면 아~ 이쁜이 현아가 왔구나 하며 편집국 직원들이 근무하다 시선을 돌리며 잠시 편안한 웃음을 지었다.

퇴근 시엔 삼각지 로타리 있는 유명한 곱창집에서 회식을 종종 하곤 했는데 회식이 끝나면 국장님 지프에 사진부 여섯 식구가 눌러 타고 노래를 부르며 대방동 백양메리야스 공장 옆(지금 구로 디지털역 인근) 2층 붉은 건물 자택으로 향하곤 했다. 지금도 국장님 댁 2층으로 올라가는 계단 통로에 길게 내걸린 산악 사진가 이훈태 선배의 암벽등반 흑백사진이 떠오른다.

1970년 초 당시엔 실력도 실력이지만 백이 통하던 세상이었다. 공채제도가 시작될 무렵이었지만 사진부는 지인을 통해 아름아름 채용되던 시절이었다. 선후배 서열이 엄격한 언론사 환경에서 자칫 부서 내 분란을 초래할 수 있는 사인들이 도사리고 있었으나 국장님 특유의 친화력으로 직원들을 다독이며 사진부 위상이 떨어지지 않도록 노력을 기울였다.

현대경제일보 이세환 사진부장이 보도사진전 수상한 기자들과 함께(왼쪽부터 전대식, 이훈태, 이세환 부장, 이우진 기자). 1975

　특히 가정 사정으로 공부할 시기를 놓친 필자가 당시 바쁜 신문사 생활 속에서 야간 학교에 간다는 것을 알고 국장님은 "인생은 죽을 때까지 공부해야 한다"라며 기꺼이 허락해주었다. 특히 시험 기간에는 한 시간 일찍 퇴근해야 되기에 소속부장과 선배들께 인사드리는 것도 죄송했는데 번거롭게 하지 말고 눈치껏 알아서 퇴근하라라며 배려해주었다.

　훌륭한 스승 밑에서 사진도 열심히 배웠지만 이 부장님의 친화력은 바른말 잘하고 직설적인 나의 직장생활을 유연하게 변화시켰다. 실력만으론 성공할 수 없다. 대인관계도 능력이다. 동료를 이해해주고 품어주고 아껴주는 포용적 리더십이야말로 최상의 지도자란 것을 일깨워준 분이다.

의로운 사진인 이훈태 선배

1974년 한국경제신문(전 현대경제일보, 일요신문)서 만난 이훈태 선배는 필자가 1980년 전두환 군부의 언론사 통폐합으로 복직이 안 되자 국방일보에서 일하도록 추천해주었다. 이후 옮긴 영자 신문사에서 노조로 맘고생을 할 때 괜히 종합지에 가서 고생하지 말고 편하게 일하라며 자신이 몸담고 있던 신생 경제지로 스카우트했다. 6개월 지나자 나의 능력을 인정한 회사는 차장으로 승진시키고 약속대로 월급을 배나 올려주었다.

이 선배와 한국경제신문 선후배로 만난 것은 행운이었다. 이 선배는 사진기자이자 산악인, 스포츠인이다. 1977년 히말라야 에베레스트, 일본 북알프스, 1979년엔 아이거 북벽을 한국 최초로 등정해 한국산악사에 한 획을 그은 악우회 회원이다. 암벽등반도 힘든데 무거운 장비를 매고 산을 타는 국내 최초 산악 사진가로도 유명했다. 동아일보서 스카우트 제의가 왔지만 종합지에 가면 주일마다 산을 탈 수 없다며 고사했다.

선배를 따라 몇 번 북한산을 올랐지만 고소공포증이 있어 나는 흉내도 못 냈다. 선배는 매주 인수봉에 깎아지를 듯한 암벽에 올라 암벽등반을 즐겼는데 1976년 겨울 설악산 토왕성폭포 빙벽 320미터를 오르다 상부 지점서 추락했다. 다행히 신이 도왔는지 중간지점 나무에 걸려 완충작용으로 생명은 구했다.

남대문 한영산악센터 등산용품점은 이 선배의 단골로 월급날만 되면 나를 데리고 등산용품점을 들렀다. 등산용품들은 고가로 가끔 선배 집에 들르면 형수님은 "맨날 월급은 제대로 안 주고 등산용품이나 산다"라며 볼멘소리를 했다. 가계는 힘들었지만 이후에도 계속 산악사진을 담아 신세계백화점서 첫 전시회를 열기도 했다.

한겨울 인수봉 귀바위에 매달려 잠을 잘 정도로 강단도 세지만 정도에 벗어난 일이 있을 땐 물불을 가리지 않았다. 가끔 남대문 일대에 소방차 웽웽거리는 소리가 나면 반사적으로 후다닥 캐비닛 문을 열어 카메라를 메고 2층 편집국서 목조계단을 나르듯이 내려가는 소리가 요란했다.

훗날 한국경제신문 자매지인 일요신문이 청량리 대왕코너 화재 대특종도 이런 선배의 자세가 일조하지 않았나 생각해본다. 한번은 사회부 모 기자에게 취재 다녀온 사진을 건네주자 사진이 이것밖에 없냐며 필름을 보여달라고 하자 이 선배는 대뜸 "당신이 사진부 데스크냐"라며 책상을 몇 개나 뛰어넘어 호통치던 때가 떠오른다.

사진기자가 취재기자의 종속관계인 양 신문에 이름도 밝히지 못했던 시절, 이 선배의 과도한 행동이었지만 같은 편집국 소속 기자로서 평등한 대우를 받아야 함은 당연한 일이었다. 그날 이후

이훈태 선배는 사진기자의 자존감을 심어준 만능 스포츠 맨이었다. 1975년 홍릉 사내 야유회에서

이러한 불공평이 서서히 개선되는 분기점이 되었다. 이후 필자가 여러 신문사 근무할 때 영향을 미친 것도 사실이다.

선배는 태권도가 7단에 배구도 잘해 기자단 배구 시합서 세타를 맡아 나의 강스파이크를 잘 살려주었다. 머리는 늘 스포츠머리를 깎아 운동 연습이 끝난 후 남대문 호수호텔 사우나에 회사 직원들과 단체로 들어가 목욕을 하는데 인근 배재고교 야구선수들이 동급생인 줄 알고 반말을 했을 정도로 동안이었고 건강하게 생을 사셨는데 어느 날 갑상선을 앓곤 재발해 일찍 세상을 떠나셨다.

인명은 재천이라지만 이 선배는 나의 첫 사회생활 길을 놓아주고 올곧은 삶을 인도한 영원한 은인이다.

치악산 등반 이야기

고 김수환 추기경님이 "세상에 우연이란 있을 수 없다"라고 하셨듯이 사람의 만남도 우연이 아님을 느낀다. 1970년대 초 남대문 현대경제일보 근무 시절 만난 김경문, 김왕열, 이승권, 이준호, 이준철, 이종원, 전한기, 황영대 친구들은 어려운 시기이었지만 지난 시절을 돌아보니 모두 하나의 끈으로 연결되어 있었다.

세월이 지나 곰곰이 생각해보니 친구들은 대부분 어려운 환경에서 자라 도상길 보급소장님을 통해 서로 돕고 살라고 인연을 맺게 해주신 거라 보았다.

황영대 친구는 배우자 문경수 씨를 통해 나의 배우자를 만나게 해주었고, 김경문 친구는 치악산 등반을 통해 사진기자 생애를 이어주었다. 전한기 친구는 광고부 근무하는 형님을 통해 대학 편입을 인도해주었고, 김왕열(전 천주교 서울대교구 등촌1동 본당 총회장) 친구는 꼴찌로 가톨릭 신자가 되었지만 왕성한 교회 활동으로 내가 유 바오로 신부님과 첫 사진 전시회를 여는 데 도움을 주었다. 특히 김경문 목사(순복음 부천중동교회 담임)의 인도로 지방 개척교회서 사역하고 있는 이종원 친구 목사는 나의 큰처남과 동서지간이 되기도 한다. 참으로 오묘한 인연으로 맺어져 있다.

그땐 사는 것이 힘들어 몰랐지만 이 모든 것이 서로 도우며 살라고 진학, 결혼, 직업, 사회활동 등 주요한 인생길 고비마다 인연을 맺게 해주었으니 영원토록 소중한 친구들이다. 우리들은 결혼하고 자녀들이 자라며 가족 단위로 만나

여행도 다니고 우애 깊은 관계를 이어갔는데 준호 친구가 먼저 세상을 떠나고 가교 역할을 했던 영대 친구가 해외로 떠나면서 모임은 중단됐다.

영대 친구가 돌아와 20여 년 만에 만나던 날, 우리들의 이야기는 밤을 지새우게 했다. 그만큼 첫 사회생활 버팀목이 되어 의지하고 만나던 친구들, 우리에게 가장 잊히지 않는 것은 치악산 겨울 등반이다. 그때 치악산 여행은 내게 새로운 인생길을 인도했지만 가슴 아픈 추억도 있다.

1970년대 초, 서울 중구 남대문로 현재의 신한은행 본점 건물터는 본래 현대경제일보 사옥 자리였다. 2층 목조건물인 신문사 뒤로 막다른 여관 골목이 하나 있었는데 현대경제일보 보급소가 있었다. 그곳은 편집국, 광고국, 공무국, 보급소 등지에서 일하는 젊은 직원들의 아지트였다. 군 출신인 도상길 보급소장님은 마흔의 노총각으로 보급소 친구들과 숙식하고 있었기 때문에 잘 어울릴 수 있었다. 도상길 소장님은 우리 젊은이들을 여기저기 여행도 많이 시켜주었다.

퇴근 후 친구들은 이곳에 모여 기타 치며 노래도 부르고 보급소 앞 화미루 중국집에서 배갈과 탕수육을 시켜 회식 자리도 종종 만들었는데, 황영대 친구는 거의 맨날 저녁이면 화미루에서 살다시피 했다. 당시 짜장면이 50원, 배갈 40원, 야끼만두 40원 했는데 외상장부를 만들어 우리는 월 15,000원 정도 적은 월급이지만 부담 없이 다녔다.

당시 젊은이들은 야외캠핑을 동반한 등산을 즐겼는데, 친구들과 서울 근교는 물론 강원도 등 전국으로 등산을 다녔다. 그중 한겨울 설원의 치악산 등반은 오랫동안 잊히지 않는 추억으로 남아 있다. 결국 이 여행이 평생 사진기자의 길을 걷는 단초가 되었다.

가족도 없이 혼자 살아 늘 중국집 화미루를 내 집처럼 드나든 황영대 친구가 치악산 겨울 등반을 제안했으나 부친이 선종해 정작 참석지 못하고 총 9명이 동반했다.

1974년 신년 연휴를 맞아 일행은 중구 북창동 회사 인근 단골 쓰리세븐다방

첫 언론사 입문 한국경제신문 동료들과 치악산 정상에서 라면을 들고 있는 동료들, 오른쪽부터 이준호, 김왕열, 김경문, 전대식. 강원 원주 치악산 까치봉 정상, 1974. 1. 1

에 모여 출정식을 가졌다. 청량리서 원주 가는 열차를 타고 치악산에 이르니 전날 폭설이 내려 치악산 일대는 온통 은빛 세상이었다.

사진부 김경문 친구가 캐논 7 카메라를 꺼내 멋진 풍경들을 배경으로 촬영하는데 폼도 참 멋지다. '철커덕' 셔터 누르는 소리가 경쾌하게 들린다. 나도 한번 찍어 봐도 될까 부탁해 카메라를 들고 촬영을 해보니 사진작가가 된 듯 기분이 좋았다. 아! 이렇게 해서 우리들 모습이 영원히 남게 되다니…. 사진기가 너무나 신기하고 고마웠다.

문득 초등학교 때 아버님이 사용하던 롤라이플렉스 카메라를 해체해 두툼한 돋보기로 친구들 모자에 이름을 새겨주며 장난치다 아버지께 죽도록 맞던 때가 떠올랐다. 그 뒤론 카메라 근처엔 얼씬도 안 했는데 사진도 찍어보고 마침 경문 친구가 근무하는 사진부 암실에서 인화 과정을 지켜보니 너무나 신기하고 재미있었다. 빛 하나 새지 않는 깜깜한 암실에서 필름현상을 하고 필름을 확대기에 넣어 빛을 쪼이니 음화(陰畵) 현상이 나온다. 현상액에 담궈 까만 부분부터 서서히 드러나는 친구들의 정겨운 모습과 설경, 일련의 현상인화과정이 신기했다. 잠자리 들면서도 인화지에 서서히 등장하는 영상이 눈에 아른거렸다.

당시 사진부 김경문 기자가 없었다면 그 자리에 들어가기가 어려웠을 텐데 묘한 인연으로 만나 영대 친구와 같은 부서에서 2년 일하다 사진부로 자리를 옮겼다. 다시 치악산 여행으로 돌아가 치악산 여행하면 제일 먼저 세상 떠난 이준호 친구를 잊을 수 없다. 그리고 가까이 보살펴주지 못해 너무 미안하다.

치악산 정상 까치봉에 올라 시나브로 가스버너에 끓인 라면 맛은 일품이었다. 요즘은 산에서 버너를 피운다면 바로 처벌되지만 그때는 흔한 광경이었다. 산 정상에서 라면을 맛있게 먹고 미끄럼 타듯 눈길을 하산하여 마을 민박집 숙소에 들어왔는데, 신발들이 눈에 모두들 젖어 군불 때는 아궁이 위에 신발들을 말렸다. 신발들이 젖거나 말거나 밤새도록 우리는 기타 치며 노래를 부르고 우정을 나눴다. 그런데 새벽에 고무 타는 냄새가 이상해 아궁이를 보았더니 아뿔싸! 신발 몇 켤레가 이미 쪼글쪼글 타버린 것이다.

요즘 같으면 오토바이 배달이라도 부르면 되겠지만 교통도 좋지 않은 원주 시내까지 나갔다 오지 않으면 안 되었다. 하필 내가 차출되어 친구들에겐 "시내서 신발을 사서 원주 가는 치악산 시골 버스 막차가 3시에 있으니 그때 버스정거장에서 만나자"라고 약속하고 나왔다.

당시는 원주 시내서 치악산 가는 시골 버스가 하루 몇 대밖에 없어 차를 놓치면 모두 다음날 회사 지각하는 꼴이 되기에 나는 부지런히 시내서 신발을 사서 친구들과 만나기로 한 버스 정류장에 도착했다. 그러나 오후 3시 막차가 올 시간이 다 되었는데도 일행들의 모습은 보이질 않아 불안했다. 핸드폰이니 삐삐도 없던 시절이니 더욱 불안했다. 드디어 마지막 원주행 버스가 시골 어르신

몇 분을 태우고 정거장에 도착했다.

나는 운전기사분께 사정을 말씀드렸다. "기사 아저씨, 우리 친구들이 오고 있을 테니 5분만 기다려주세요." 기사님은 안 된다며 다들 기다리는 사람들이 있다고 했다. 그래도 조금만 봐주세요. 시간을 끌며 애타게 기다려보았지만 5분이 지나도 친구들 모습은 보이질 않는다. 버스가 빵! 빵!거리며 신경질을 낸다. 나는 버스 앞에 아저씨 금방이면 됩니다. 5분만 더 기다려주세요, 나중엔 시골 어르신들도 차창 밖으로 빨리 가야 된다고 아우성이다. 나는 버스 앞 눈길에 누워버렸다. "우리 여덟 명 내일 아침 회사 지각하면 모두 잘려요"라며 통사정했다.

순간 저 멀리서 친구들이 일부는 뛰어서도 오고 일부는 기타를 치며 여유 있게 걸어오고 있다. 나는 오는 친구들이 너무 미워 오는 족족히 여자친구만 빼

강원 홍천 두타산 입구 준호, 준철 형제 친구의 부친 별장서 자주 부부 모임을 가졌다. 강원 홍천, 1986. 12

고 한 대씩 주먹으로 후려갈겼다. 그런데 맨 마지막 오던 준호 친구는 더 힘이 들어갔는지 그냥 바닥으로 쓰러졌다. 눈이 소복이 쌓인 길바닥에 나가떨어진 친구의 입안에 피가 고여 보니 앞니가 두 개나 나갔다.

친구는 돌아오는 열차에서도 화가 풀리질 않았는지 열차에서 뛰어내리겠다며 난간을 붙잡고 놓질 않는다. 너무나 미안했다. 이후 우리는 화해하고 나의 큰 처남하고도 낚시를 갔지만 내성적인 스타일이라 하룻밤을 지내곤 불협화음이 생겼다.

준호는 마음이 섬세하고 음악을 좋아해 충무로 음악다방 DJ도 하며 사내 젊은 여성들에게 인기가 많았다. 기라성 같은 젊은 기자들도 많은데 비서실 여직원들까지 그를 좋아한 것만 봐도 특별한 매력을 지닌 것은 맞다. 그 후로 친구는 결혼하고 중동에도 다녀와 고생은 했지만 아들도 연신 둘을 낳고 행복한 가정을 이뤄가는 것 같았다. 그런데 한동안 소식이 끊기더니 40대 초반 갑자기 요절하고 말았다. 너무나 가슴이 아팠다. 내가 종종 전화도 하고 만났어야 했는데….

친구와 낚시터에서 갈등을 일으켰던 큰처남도 일찍 하늘나라 불려갔는데, 루프스란 희귀병으로 햇빛을 보면 안 된다고 해 나중엔 방에서만 지냈다.

나의 주변엔 내성적인 친구들도 더러 있지만 준호처럼 솔직하고 사려 깊고 신중한 의사결정에 많은 도움을 받을 때가 있다. 그들의 뛰어난 능력과 잠재력을 존중하고 가까이 다가서는 노력이 필요함도 절실히 느끼게 되었다.

우리 옛 신문사 동료들의 자녀들도 이제 대부분 출가해 행복한 노년을 보내며 종종 그 시절 추억에 감사하며 우정을 나누고 있다. 준호가 살아 있었다면 50년 된 친구들의 우애가 더욱 끈끈하게 이어져왔을 텐데 그의 빈자리가 너무도 크다. 보고 싶은 준호 친구, 그리고 고마운 우리 현대경제 친구들이다.

전우신문 시절

　나의 생애 가장 열정적으로 일을 했을 때는 전우신문(국방일보 전신)사 시절이었다. 무엇이든 적극적이고 능동적이고 창의적인 나의 업무 스타일이 패기 넘치는 국방일보 젊은 독자층과 어우러진 것 같다.

　그러나 일만 열심이지 성격 급하고 다혈질인 나의 성격에 큰형님처럼 다독여주고 이해해준 분들이 계셨기에 8년(1980~1987) 동안 무사히 근무할 수 있었다고 본다. 그중 사진부 데스크를 맡으신 박춘배 부장(1941년생)님은 나의 큰형님 이상으로 자상하게 대해주어 평생 잊을 수가 없다. 또한 비슷한 시기 입사한 동료(소림사 10인방)들이 허심탄회하게 직장 분위기를 이끌어 신명 나는 직장생활을 영위할 수 있었다.

　국방부 별정직 신분으로 월급은 타사에 비해 훨씬 작았지만 일도 열심하고 보람도 컸다. 1980년 입사 당시엔 국방일보, 국군의방송, 국군영화제작소가 대통령령인 국군홍보관리소로 통합돼 용산서 새 보금자리를 틀고 정점을 찍을 때였다. 일간 종합지에서나 사용한 대당 수십억 원 상당의 최신형 옵셋 인쇄기가 두 대나 되었고 전군 50만 장병들에 매일 보급되었던 신문이니 시스템은 일간 신문이나 다를 바 없었다. 이전 근무하던 한국경제신문 사진부가 5명이었는데 국방일보는 사진기자 6명이 바쁘게 뛰었다.

　경쟁지가 없으니 사내 경쟁하는 분위기는 없었지만 스스로 뒤처지지 않도록 노력하면 안 되었다. 즉 날마다 일간신문 중 눈에 띄는 좋은 기사들이 보이면 즉시 스크랩(벤치마킹)하며 사력을 다해 일로써 젊음을 불태웠다. 퇴사할 때 보니 스크랩북이 수십 권이 쌓였다.

그러나 여기엔 기자들이 충분히 일하도록 뒷받침해준 박춘배 부장님이 계셨기에 가능했다. 박 부장님은 내부 조직적인 업무도 매끄럽게 잘 처리했지만, 특히 현장에서 기자들이 충분히 능력을 발휘하도록 사진장비를 최신장비들로 보강해 일간신문에 뒤처지지 않도록 배전의 노력을 기울였다.

특히 86아시안게임, 88서울·올림픽 경기에서 기자들이 취재를 훌륭히 할 수 있도록 발군의 능력을 발휘했다. 박 부장님은 다양한 루트를 통해 86아시안게임 2년 전에 일본 카메라 전문 니콘(NIKON)사의 정보를 입수해 기존의 렌즈보다 2배나 밝은 NIKON ED 렌즈를 사전 구입해 86아시안게임 모든 경기를 생

국방일보 사진부 식구들, 오른쪽부터 고 신영강, 박춘배, 심종원, 전대식 기자.

최대섭 편집실장과 다큐멘터리 제작 차 퇴임 후 36년 만에 국방일보를 공식 방문했다. 오른쪽부터 최대섭, 박춘배, 전대식, 기국간 신문부장, 이승복 편집팀장. 2023. 2. 9

생히 취재하도록 이끌었다. 경기장에 초대형 ED 망원렌즈로 촬영하다 보면 여기저기 사진기자들이 다가와 처음 보는 렌즈라며 부러움을 사기도 했다.

실내 경기는 최소한 1/125초 이상 빠른 셔터 속도(shutter speed)를 끊어야 스포츠 경기를 촬영할 수 있는 데 적정 노출이 불가하기에 필름 감도(ISO)를 2배씩 올려 촬영하니 사진도 거칠고 생생한 장면을 독자들에게 보여주기 힘들었는데 렌즈 밝기가 F2.8 고해상도 ED 렌즈로 촬영하니 이제껏 보지 못한 뛰어난 색감이 재현된 것이었다. 사진이 좋으니 매일 화보로 아시안게임 특집면을 실었다. 이어 88올림픽 경기도 86아시안게임에서 익힌 감각으로 훌륭히 치러낼 수 있었다.

박 부장님과는 묘한 인연으로 퇴직 후에도 같은 서울 금천구 시흥동서 이웃

하며 살게 되어 종종 뵐 때마다 당시의 기억들이 생생히 떠오르게 되었다. 행복했던 시절을 떠올리며 오동나무 카메라 보관함으로 귀한 장비들을 오랫동안 사용할 수 있게 했고, 수십 년간의 필름 자료들을 정리하며 역사의 기록물로 보관되도록 힘썼다. 필름 자료들은 조사실에서 정리하기가 역부족이기에 박 부장님이 매일 아침 기자들의 필름을 정리했는데 날짜, 장소, 촬영 내용까지 소상히 기록해 우리나라 국방안보의 호국 현장이 영원히 기록으로 남게 됐다.

아직도 국방일보를 생각하면 제일 먼저 떠오르는 것은 청파동 자택에 계실 때가 잊히지 않는다. 입사 후 얼마 되지 않아 서울엔 폭설이 내렸는데 박 부장님 동네 2층 목로주점서 노래 부르며 동료들과 회식을 마치고 다음날 아침 형수님이 끓여준 김칫국은 50년 세월이 흘렀지만 잊히질 않는다. 김칫국도 맛있었지만 후배들을 따사로이 맞아준 박 부장님과 사모님의 온정이 깊어서일 것이라고 생각했다.

박 부장님은 어느새 팔순을 지나 구순을 향해 질주하고 있다. 요즘엔 다리도 안 좋고 몸도 많이 야위어진 듯해 마음이 아프다. 가까이 계시는 최대섭 편집실장님과 오랫동안 건강해 행복하게 사시도록 기도하고 있다.

열정만 가득하고 주변을 돌아보지 못한 젊은 시절, 이해해주고 후회 없이 일하도록 이끌고 도와준 분들을 떠올려본다. 국방일보 박범채 신문부장님, 최대섭 편집실장님과 이상윤, 최형익 실장님, 고 안선진 부장님, 사진부 박춘배 부장님, 신영강, 심종원 선배, 차희년·한인섭 씨, 편집부 오홍진 부장님과 임광수·권태혁 선배 그리고 우리 정겨운 소림사 동료들 김명환, 김응섭, 김이경, 남정식, 이성영, 문영구, 고 김성현, 고 정순훈, 고 최병운 기자 등 은인들을 기억하며 고마움을 남기고자 한다.

특종! 개봉교 인명구조 현장

1987년 7월은 전국적으로 비 피해가 컸다. 충남 서산지역 일대가 집중폭우로 상당한 피해를 입어 근 일주일 동안 현장에 머물며 군인들의 대민지원 취재를 했다. 몸은 녹초가 되어 서울로 귀가하려는데 난리였다. 지하철도 통제되고 시내 교통이 마비돼 천상 시흥동 처가에서 하루를 자고 다음날 서울 신월동 집에 들러 출근 준비를 하려는데 인근 개봉동 일대가 물바다였다. 전봇대 상층부까지 물이 찼다. 충남지역보다 더 심각한 상황이다. 물만 보아도 지겹지만 '현장은 다시 돌아오질 않는다'라는 소명으로 회사에 연락하고 현장으로 달려갔다.

개봉동 일대는 이미 교통은 마비되고 군 지원 보트만이 여기저기 떠다니며 시민들을 구조하고 있었다. 군 보트로 취재하며 보니 저 멀리 개봉교 위에서 사람들이 구름떼처럼 모여 있었다. 급히 노를 저어 가보니 민간인 한 명을 구조하던 공병부대 군인들이 물살에 휩쓸려간 대원을 구조하기 위해 사투를 벌이고 있었다. 숨 가쁘던 순간을 지켜보던 시민들이 밧줄을 내려 개봉교 다리 아래서 휩쓸려가는 군인을 함께 구조하기 위해 안간힘을 쓰고 있었다. 민간인을 구하느라 기진맥진한 군인들은 손이 미끄러워 한 손을 잡으면 한 손을 놓치고 그야말로 숨 막히는 순간이었다.

1980년 초에는 전두환 군부가 정권을 장악하고 국민과의 원만한 관계를 형성하기 위해 군인들의 대민지원사업에 박차를 가하던 차, 국방부 기관지인 전

서울 개봉천 범람으로 떠내려가는 시민을 구조하다 급류에 휘말린 동료 장병을 사력을 다해 끌어올리는 공병부대 장병과 시민들. 이 장병은 힘이 다해 구조되지 못하고 다시 급류에 휩쓸려 떠내려갔다. 서울 개봉동, 1987. 7. 29

우신문도 대민지원 적극 홍보방침이 있었기에 이 현장은 대민지원의 총체적 흐름을 한 장으로 표현해줄 수 있다고 보았다.

전우신문 이상윤 편집실장에게 상황을 보고했더니 지금이 강판 시간인데 윤전기를 세울 테니 급히 취재해 들어오라고 했다. 이 실장님은 상기된 표정으로 보름째 수해 취재로 만신창이가 된 김영수(전 동아일보 근무) 기자와 필자를 격려하며 급히 기사 송고를 지시했다.

'군과 민이 하나가 된 줄' 1면 통단 사진과 기사로 제목이 나갔다. 필자는 물과 얽힌 특종들이 주로 많다. 수해 현장 취재는

생사를 다투는 개봉천 육군 9287부대 장병들의 인명구조 현장이 전우신문 1면 톱으로 실렸다.

여러 위험이 수반된다. 도로 사정도 그렇지만 집중호우로 기상이 급변할 경우에는 헬기 이동 취재는 더욱 불안하다.

1984년 서울 풍납동 수해로 국방부 장관상을 받자 아내는 이제 후배들에게 양보하고 좀 쉬라고 사정했지만 어차피 나의 몫인 것 같아 이후에도 수해 현장에는 단골로 달려갔다.

편집기자 스카우트 해프닝

최대섭 실장님은 1964년 국방일보 전신인 전우신문 창간멤버로 40여 년을 봉직하며 1980년 필자가 입사할 당시엔 편집실장이었다. 신문기자로서의 최고 정점인 편집국장직을 세 번이나 맡았고 전우신문 25년사를 펴낸 일이며 특히 국내 신문 중 가로짜기 편집 개척에 성공한 분으로 알려져 있다. 1980년대 중반 중앙 일간지 등 모든 신문들이 세로 편집에서 가로 편집으로 바뀔 때 전우신문 편집자의 능력을 인정받아 각 신문사에 스카우트 전우신문 기자들이 안 가 있는 곳이 없을 정도였다. 전우신문은 당시 신문 발행이 어려워질 정도가 되자 기자들이 상부에선 기자들이 빠져나가지 못하도록 각 신문사에 협조공문을 보내는 웃지 못할 해프닝이 벌어지기도 했다.

한 번 선택한 직장이 마땅하다 생각 들면 좀처럼 자리 이동을 하지 않던 필자도 너무나 얇은 월급봉투와 기자의 울타리가 좁다고 생각해 아내의 병원 입원을 핑계로 휴가를 내어 경력기자 시험을 치르고 들어간 곳이 코리아헤럴드 영자신문이다. 혹시나 공든 탑이 무너질까 우려해 회사에 입사공고방이 붙고 나서 갑자기 사직서를 내자 회사(전우신문)는 비상이 걸렸다.

88올림픽 ID카드(취재출입증) 신청을 이미 해놓았는데 주요 자리가 줄어드는 상황을 만들었기 때문이다. 이후 동호회 모임에서 88올림픽 취재를 총괄했던 동료 김응섭(전 국방일보 편집실장) 기자는 당시의 아쉬움을 토로해 미안도

했지만 내 인생에 진로를 결정하는 중차대한 순간이었기에 어쩔 수 없는 상황이었음을 고백하지 않을 수 없었다.

회사를 옮기니 월급도 배나 오르고 기자협회에 소속되어 활동반경도 넓어졌다. 그러나 필자는 그곳에서 근무한 지 1년도 안 되어 뛰쳐나왔다. 그것은 80년대 중반 언론사에 관행처럼 번지던 노조가 기승을 부려 회사에서 임용 당시 체결한 호봉도 깎아내려 새 임지에 적응하지 못한 것도 이유였겠지만 인간적이고 따스한 우애가 뭉쳐진 전우신문 분위기와 사뭇 달랐기 때문이다.

코리아헤럴드를 나온 후 자매지인 내외경제신문 편집부장을 지내던 최병운 기자는 필자와 전우신문 동기인데 입사 후 얼마 되지도 않아 30대 중반에 갑자기 세상을 떠났다는 소식을 들었다. 아마도 급변한 회사 분위기와 격무에 시달

최대섭 편집실장님은 사람을 좋아해 후배 기자들을 자주 자택으로 초대했다. 왼쪽 앞줄부터 전대식, 최 실장님, 고 최병운, 김응섭, 황석순, 김명환 기자. 서울 독산동, 1984

8년간 젊음을 불태워 일했던 국방일보 건물(왼쪽). 제호를 전우신문에서 국방일보로 바꿨다.

린 이유도 있지 않았을까 생각해보았다.

　1980년 아내의 정성스러운 도시락을 싸 들고 8년간 출근했던 전우신문은 비록 월급은 적었지만 입사 동기 애칭인 소림사 10명의 기자와 어우러져 인간미 넘치는 직장 분위기를 조성했다.

　또한 전우신문은 당시 신문 판형도 세로 편집에서 가로 편집으로 정착해 젊은 장병들의 가독성을 높이기 위해 읽는 신문에서 보는 신문으로 전환되던 시기라 사진기자의 능력이 더욱 빛을 발하던 때, 필자는 일요신문, 한국경제신문에서 익힌 경험을 바탕으로 맘껏 일에 대한 열정을 불태웠다. 주로 출장지역이 전후방으로 지금처럼 교통이 좋지 않아 한주 내내 집에 들어가지 못하는 일도 허다했다.

　대중교통으로 2시간 걸리는 경기도 성남에서 출퇴근하느라 이른 새벽 도시락까지 챙겨주던 아내는 그래도 그 시절이 가장 행복했다고 말한다. 비록 공무원 신분(별정직)이라 회사 월급도 적어 가계 꾸리기도 어려웠을 텐데 재형저축을 들어 내 집 마련을 꿈꾸고 가끔 회사 직원들과 여행도 다니며 우정을 쌓아가던 소박한 꿈들은 세상 어느 것과도 비교될 수 없었던 소중한 추억이다.

　요즘도 매일 아침 자택으로 배달되는 국방일보를 만나면 힘이 되고 많은 발전이 이뤄져왔음을 실감한다. 훌륭한 인재들을 영입해서인지 편집이나 내용도 여타 일간지에 비해 손색이 없고 과감한 시각적 편집이 뛰어나다.

　국방일보를 퇴사한 옛 동료들은 국방일보동호회를 마련해 친목과 사회 정보를 공유하고 안보현장 방문, 현직 후배 기자들과의 모임 등을 통해 국방일보 발전을 위해 힘쓰고 있다.

백년가약을 맺어준 한 장의 사진

전우신문 입사해 가장 왕성하게 활동했던 시기는 1982년이다. 인륜지대사 큰 선물이 내려 그 해에 장가를 갔다. 결국 사진 한 장이 아내와의 백년가약을 맺어준 것이다. 전우신문에 입사한 지도 2년이 지나니 예전 일간신문에서 배우고 익힌 경험이 되살아나고 마침 서구 신문의 디지털화 바람으로 편집방침이 읽는 신문에서 보는 신문으로 전환되던 시기여서 더욱 능력이 발휘되었다. 전우신문은 가로쓰기 편집 선두주자였기에 이윽고 일간 신문들이 가로 편집으로 들어서자 전우신문 편집기자들이 대거 일간지로 이동되는 사태가 발생하기도 했다. 전우신문도 특집부를 사진부로 개편해 사진기자도 보충하고 『승리』 화보집을 만들어 대내외 국방홍보의 위상을 드러내던 참이었다. 매주마다 1면에 통단 사진기사를 배치해 좋은 사진들은 가시효과를 드러냈다. 일에 대한 한 두려움이 없었던 필자는 젊은 기지를 맘껏 발휘하며 땅과 바다. 하늘을 누볐다.

이런 왕성한 시기에 배우자와 더욱 가깝게 고리를 이어준 것은 동작동 국립묘지에서의 취재가 큰 역할을 했다고 생각한다. 신문사 동료 배우자의 소개로 만난 짝꿍은 썩 내키지 않았는지 처 할머니께서 "천주교 세례를 받으면 가능할지도 모르겠다"며 묘한 운을 뗐다. 하루는 친절하게 옥수동 한옥 앞까지 바래다주었는데 문밖에서 "웬 놈이 이 늦은 밤에 여염집 처자를 넘보느냐"며 물 바가지 세례를 받았다. 그러나 결혼이 성사되든 말든 종교는 어차피 하나 가지는 게 좋을 것 같다는 생각에 천주교 명동성당에서 교리를 받기 시작했다. 그러던 어느 날, 현충일이 다가오며 군의 대민지원을 신문 편집방침 일환으로 내걸었던 뜻에도 부합하며 '어린이들과 군인과의 만남'이란 이미지가 떠올랐다. 마침 배우자가 운영하고 있는 곳이 어린이 미술학원이어서 "어린이들을 현충원에 일일학습 겸 초대하고 싶다"고 하자 학부모님들과 상의해보겠다고 하더니 며칠 만에 회답이 왔다. 학부모들도 매우 반가워하고 학원도 협조하기로 했다고 했다. 필자는 사무실에 대형 버스 한 대를 지원 요청하고 동작동 현충원에는 육, 해, 공군 의장대와 군악대

순국선열들의 묘소 앞에서 숭고한 표정으로 꽃을 받쳐 든 어린이들, 이 한 장의 사진이 배우자와 평생 가약을 맺어주는 동기가 됐다. (사진 왼쪽 어린이들 뒤로 두 번째가 배우자 양송옥 씨다.)

를 지원 협조 요청을 했다. 사무실 차량계에서는 '전 기자가 또 뭔 일을 저지르나 보네'라며 웃으며 이른 아침 신길동 학원으로 버스를 보내 신나 하는 어린이들과 학부모 그리고 학원 선생님 등 40여 명을 승차시켰다.

순국선열 묘소 앞에 숭고한 표정을 지으며 꽃을 받쳐 든 어린이들, 그 뒤로 육, 해, 공군 의장대가 참배를 올리자 군악대의 추모곡이 울려 퍼졌다. 결국 이 한 장의 사진이 배우자와의 평생 가약을 맺어주는 계기가 됐다. 훗날 아내는 그때 현충원에 학원생들과 다녀온 후 "어떤 일도 옳다고 생각하면 두려워하지 않고 실행하는 필자의 신념을 보곤, 자신을 평생 굳게 지켜줄 것이란 믿음이 들게 되었다"고 술회했다.

내 마음의 고향, 국방일보

국방일보(전우신문 후신) 40주년을 맞아 지난 시절을 회상해달라는 김응섭 편집실장의 전화를 받고 가슴이 뛰었다. 국방일보에서 근무하던 그때는 신혼이었다. 배우자가 색동 한복을 입고 도시락을 전해주며 "든든히 드시고 힘껏 뛰세요"라며 배웅하던 소박하고 꿈 많던 날들이 새록새록 떠오른다.

"지난 시절은 아름답다"고 누가 말했던가. 국방일보에서 일한 지 20년 세월이 지났지만 요즘도 국방일보는 어머니 품처럼 포근한 마음의 고향으로 자리잡고 있다.

기왕 생생한 순간들을 떠올리기 위해 당시 취재현장들이 기록된 스크랩북을 펼쳤다. 신문에 실린 사진 한 장, 기사 한 줄에 얽힌 사연이 주마등처럼 스치며 장병들의 드높은 함성과 포성이 귓가에 쟁쟁하다.

1980년에 입사, 20-30대 청춘 일기가 보석처럼 새겨진 8년 세월, 전우신문은 나의 젊은 시절을 일로써 불태우게 했다. 취재 현장에서, 다시 말하면 국방의 현장에서 흘린 땀 한 방울 한 방울은 삶의 보람으로 무르익었다.

당시 국방일보는 대통령령에 의해 전우신문, 국군방송, 국군영화제작소가 국군홍보관리소로 통합되고 용산 사옥에 함께 뭉쳐 명실공히 군홍보의 요람으로 자리를 잡아가던 시기였다. 소속 부서인 사진부도 국방부의 특별지시로 『승리』 화보를 창간하고 인원을 보강, 안선진 부장을 정점으로 박춘배 부장, 신영강 차장, 심종원 선배 차희년 씨 등 5명의 사진기자들이 육해공 전국 주요 취재 현장을 누비고 다녔다.

또한 요즘 국내외 모든 신문들이 독자들의 시대 감각에 맞추어 비주얼화되고 '읽는 신문'에서 '보는 신문'으로 전환했지만 20년 전 국방일보는 매주 월요일마다 한 주 빅뉴스 사진 기사를 1면 전면에 통단으로 배치하는 등 과감한 편집을 시도하고 있었다. 신문은 매주 컬러 화보를 실을 정도로 과거 군 홍보물의 딱딱한 이미지에서 벗어나 젊은 장병들의 기호에 맞추고 가독성을 높이는 등 지면 쇄신에 주력했다.

세계선수권대회서 메달을 휩쓸어 국위 선양한 국군 상무부대 사격선수들의 밝은 표정을 『승리』 화보 표지에 실었다. 축하라도 하듯 마침 촬영 약속 전날 태릉엔 백설이 내렸다. 태릉선수촌 사격훈련장, 1981. 12

"보도사진은 장비와의 싸움이다"란 말이 있다. 사진기자는 취재 현장에서 순간 포착에 필요한 장비에 따라 특종 여부가 결정되기도 한다. 국방일보는 역사적인 86아시안게임과 88올림픽에 대비 1985년 일간지에서도 보기 드문 니콘 AFED 렌즈 장비를 일괄 구입하여 만반의 태세를 갖추고 있었다. 일본 니콘사에서 세계적 대회를 앞두고 사람 눈보다도 밝은 8군의 초망원 ED렌즈를 생산해 출시한다는 정보를 입수하고 2~3년 전부터 사진부 박춘배 부장이 준비해왔다.

당시 수주된 사진장비는 니콘 줌망원 AFED 80~200mm 2대, 300mm AFED 2대, 400mm, 600mm, 180~600mm 등 대당 가격이 수백만 원대에 달했다. 국방일보는 이런 고가장비들을 대거 구입하여 만반의 태세를 갖추었다.

이 장비들이 86아시안게임, 88올림픽에 투입되며 국방일보의 지면에 생생한 사진기사를 전해준 공로는 두말할 나위가 없다. 아시안게임 대회신기록을 세우고 은퇴하는 수영 2관왕에 빛나는 최윤희 선수의 '환희의 눈물' 모습과 국군 상무부대 레슬링 금메달리스트 김원기 선수의 '투혼' 장면 등 과거 원거리 실내 촬영은 엄두도 못 내던 장면들이 선명하게 장병들에게 전달되었다.

거센 풍랑으로 하선을 못해 놓칠 뻔한 해사 생도들과 독도 해안경비대원들이 태극기를 게양하는 모습을 광복절 특집으로 실었다. 독도, 1985. 8

일간 경제지, 종합지, 영자지, 전문지 등에서 27년 동안 일선 사진기자로 활동하며 주요한 역사 현장을 파수꾼처럼 지켜왔다. 때론 목숨까지 위협하는 순간도 만났지만 이 직업에 만족을 느끼고 있었다. 특히 전우신문에 근무하면서 멋진 사진기사가 장병들의 사기에 큰 영향을 주는 사례들을 종종 보아왔다.

당시 소띠 해를 맞아 성실한 소띠 대대장을 표지 기사로 올리는 기획이었는데 부대를 방문해보니 대대장을 중심으로 간부들과 모든 장병들이 소처럼 성실하고 희생하며 근무하는 모습을 곳곳에서 확인할 수 있었다. 사진은 거짓을 모르는 법, 대대장을 중심으로 똘똘 뭉친 장병들의 모습이 신년 표지 기사로 나간 이후 부대는 더욱 결속해 우수부대로 선정되고 대대장과 부대 전원의 서명이 담긴 감사패를 받았을 때 국방일보 기자로서 일하는 남다른 보람을 맛보았다.

또한 독도 분쟁으로 한일관계가 어수선하던 1985년 해군사관생도들의 연안 실습 동승 취재하던 때가 생각난다. 접안시설도 없는 독도를 상륙하기 위해 상륙주정에 편승한 생도들이 하선 직전 거센 풍랑으로 돌아가려 해 특종(?)을 놓칠 뻔한 안타까운 순간이었다. 나는 순간의 기지로 "대한민국 해군이 이 정도 풍랑에 상륙하지 못한다면 어떻게 독도를 지킬 수 있느냐!"며 하선을 요청했다. 결국 한반도 동쪽 끝 독도에서 아침 햇살을 받으며 태극기를 올리는 대한민국 해사 생도들의 늠름한 모습을 촬영할 수 있었다. 이 사진은 8·15 광복절 특집으로 전우신문 1면 통단에 '태극기! 아 조국의 영원함이여'라는 제하 기사로 소개되었다.

그러나 호사다마(好事多魔)라 했던가. 해사 생도들과의 일정을 마치고 동행했던 취재부 최병운(1990년 작고) 기자와 중간에 하선하여 울릉도 해안경비대 취재가 이어졌다. 그러나 우리는 당시 울릉도 일대를 집중 강타한 1급 브랜다호 태풍으로 일주일간 섬에 갇혀 끼니도 굶고 죽도록 고생한 적도 있었다.

나는 물과 인연이 깊다. 요즘도 게릴라성 집중폭우로 해마다 수재민들이 고통을 겪고 있는데 1987년 7월 전국적으로 몰아닥친 집중폭우 피해도 역사에 기록될 만한 것이었다. 7월 29일 대민지원에 총력을 기울이고 있는 육군 00부대 서산 당진 일대 수해 취재를 마치고 파김치가 되어 돌아오는 귀갓길은 이미 수도권에서부터 통제가 되고 있었다.

가까스로 서울 시내 진입에 성공하니 안양천이 범람해 개봉동 일대가 온통 물바다로 변해 있음을 알았다. 즉각 회사에 보고한 후 동행했던 김영수 기자와 보트로 개봉교 인근을 거슬러 오르니 사람들이 인산인해를 이루고 있었다.

도도히 흐르던 개봉천의 다리 밑에서 격류에 휩싸인 한 생명을 건지기 위해 육군 9287부대 장병들이 개봉교 난간에 밧줄을 묶고 필사적인 인명구조를 펼치고 있었다. 한편 드라마와도 같은 장병들의 감동적인 인명구조 끝에 한 사람의 생명이 구해지자 숨죽이며 바라보던 시민들은 일제히 "국군 만세! 대한국군 만세!"를 외쳤다.

이 사진은 다음날 "60만 국군이 나를 붙잡는 감격…"이란 부제로 1면 통단 사진과 기사로 게재되었다. 대어를 낚고 부리나케

대만 5대 일간지 중 하나인 청년일보를 방문해 발행인과 기념 촬영했다. 사진 오른쪽은 동행 취재한 고 정순훈 기자.

회사에 당도하니 강판을 걸어놓고 상기된 표정으로 맞으시던 이상윤 편집실장님의 모습을 잊을 수 없다. 얼마 전 갑작스럽게 세상을 떠나셨지만 투철한 기자정신과 꼼꼼한 업무 스타일이 후배들의 귀감이 된 분으로 때론 취재와 관련해서는 호되게 꾸짖기도 했다. 돌이켜보면 이 실장님의 충고가 사회생활에 큰 자산이 된 것만은 틀림이 없다. 지방 출장으로 문상조차 다녀오지 못해 무척 서운하셨으리라는 생각이 든다.

일에 대한 의욕들이 넘쳐나던 시절, 자칫 일로 앞서다보면 서로간 상처를 줄

수 있는 것이 직장생활의 생리인데 우리 국방일보 식구들은 참으로 순수했던 것으로 기억된다. 비록 넉넉지 못한 봉급으로 생활을 꾸려가면서도 전우애로 다진 우정과 의리, 특히 선배들의 포용성이 풍요로운 관계로 이끌어주었다고 본다.

그 시절 동료들이 지금은 반백이 되어 일간지와 전문지, 국방일보 현역에서 주요한 역할을 하고 궂은일 슬픈 일 함께 돕는 모습이 든든하기만 하다. 달포 전인가 취재부 옛 동료인 정순훈 기자 부친상 때에도 선후배 모든 분들이 찾아와 국방일보 식구들을 격려하며 우의를 나누는 착한 마음을 다시 한 번 느낄수 있었다. 이렇듯 전통 있는 우정을 나누며 국방일보를 40년 반석 위에 올려놓기까지 수고한 모든 분들께 진심으로 감사를 드린다.

인생도 불혹의 나이를 맞으면 새로운 내일을 준비하듯 국방일보도 한반도 안보의 견인차 역할을 하며 흔들림 없이 지켜나가길 바란다.

재직 당시 대만 국방부에서 발행하는 청년일보를 방문할 기회가 있었다. 그 신문은 현지에서 유력 5대 일간지에 속하며 우렁찬 목소리를 내고 있었다. 그 점이 부러웠다. 우리 국방일보가 청년일보를 능가하는 신문이 되어 자주통일을 위해 헌신하며, 장병들의 굳건한 안보 지킴이로 자리매김하고, 나아가서는 국민에게 희망을 주는 신문으로 더욱 성장하기를 비는 마음 간절하다. (『국방일보 40년사』 중에서, 2003)

해사순항훈련 취재기

필자는 다양한 언론사에 근무하며 일반인들은 갈 수 없는 특별한 지역까지 들어가 체험했다. 그중 국방일보에 근무할 때는 전차, 군함, 헬기를 타고 육해공 전후방을 누볐다. 1960~1970년대 한국공군 주력기인 F4E 팬텀 전투기도 편승할 기회가 있었지만 어린 시절 고막 수술로 최대속도 마하 2.27을 관통하는 전투기는 비행이 불가해 타질 못했다. 대신 구축함을 타고 태평양을 건넌 기념으로 해군으로부터 명예승조원증을 받았다.

1983년 10월 초, 제00기 해군사관 생도들의 원양훈련 구축함이 진해항을 출항한 지 닷새 만에 대만 가오슝항에 도착하자 고국서 비상 상황이 떨어졌다. 아웅산 폭탄테러가 발발해 같이 승선했던 경향신문 김종두 등 몇몇 언론사 기자들은 급히 복귀했으나 필자에게는 계속 취재지시가 내려와 동남아 6개국을 방문, 생도들의 원양훈련 취재를 이어갔다. 2개월여 한국 해군의 위용을 알리는 훈련 속에 국위선양도 하며 마지막 기항지인 필리핀에 도착했다. 그런데 도착하자마자 속히 복귀하라는 해군 작전명령이 하달됐다. 그때 태풍이 필리핀서 한반도 해협으로 가는데 태풍의 진로 방향을 따라가야만 하는 형국이었다. 필리핀 내항을 벗어나자마자 군함이 요동치기 시작했다.

배멀미로 고생하는데 뭐라도 먹어야 멀미를 덜 한다고 해 아침에 기어서 식당에 가니 메뉴는 계란탕 하나다. 흔들리는 배 안에서는 숟가락질도 힘겹다. 입

태풍을 뚫고 귀항하는 동남아 해사순항훈련함대 충남함. 1987. 11

에 잘 조준해 퍼넣다시피 하곤 다시 침대로 기어들어 왔지만 갈수록 배는 더 요동쳤다. 기자단 침대는 맨 후미라 그래도 좀 나았다.

　군함이 공해상으로 들어서자 앞에서 "꺼어, 꺼억" 구토하는 소리가 여기저기 들린다. 이 파도가 바로 유명한 삼각파도인데 롤링과 피칭이 교차하는 파도 속을 일반 배들은 항해할 수 없고 군함만 항해할 수 있다고 했다. 제아무리 배를 잘하는 사람도 당해낼 수가 없다고 했다. 한번 얼마나 센지 보고 싶다고 했지만 다들 말렸다. 그래도 이 파도를 뚫고 헤쳐가는 조타실 해군 장병들의 늠름한 모습을 카메라에 담고 싶었다. 나름 안전 도구를 챙겨 힘겹게 함상에 올라 조타실에 들어서니 모두 깜짝 놀랐다. 며칠은 잠을 못 잤는지 충남함 함장은 입술이 다 부르터버렸다. 함교를 내려다보니 난생처음 보는 파도였다. 구축함 뱃머리에 8미터급 거대한 파도가 함수를 때리니 "쾅쾅쾅~" 소리와 함께 조타실까지 진동이 느껴졌다. 거센 파도가 군함을 산산조각 낼 수도 있을 것 같았다. 이런 파도에 진해까지 갈 수 있을까 걱정했는데 군함은 좌우로 배가 수면에 닿을 정도로 기울어도 절대 침몰하지는 않는다고 했다.

필리핀을 출항한 지 닷새 만에 진해항에 무사히 도착했다. 하선해 뱃머리를 보니 구축함 선미가 거센 파도로 만신창이가 됐다. 아내는 어떻게 알았는지 해군기지까지 환영나와 헤어진 지 석 달 만에 뜨거운 재회의 기쁨을 나눴다.

행운의 금강산 특종

사진기자는 노력과 집념도 필요하지만 행운이 뒤따라야 특종도 거둘 수 있다. 때론 행운이 99퍼센트가 될 수도 있기에 늘 마음가짐을 바로 해야 한다.

1987년 영자신문 코리아헤럴드에 입사해 달포간 88올림픽을 취재한 원기로 제25회 보도사진전 수상작 「민정당 연수원 점거」 사건도 취재하고 새해 멋진 금강산 설경을 취재해 독자들에게 선물할 수 있었던 것은 행운이었다.

1998년 김대중 정부 들어서 시작한 금강산 관광은 10년 전만 해도 그저 노래 속으로만 불리던 온 국민의 소망이었다. 88올림픽으로 국력을 신장한 한국은 우리 문화를 세계 곳곳에 알리고 글로벌 대한민국의 위상을 국외로 알리던 시기, 국방부 전우신문에서 155마일 휴전선을 다각도로 취재한 경험이 있던 필자는 금강산을 누구보다 가까이서 조망할 수 있는 GOP를 파악해두고 있었다.

모든 일간 신문사 사진부는 신년호 메인 컷을 위해 회의를 다각도로 여는데 때마침 1989년 1월 1일자 신년호 특집은 필자에게 취재 지시가 떨어졌다.

전문 사진인들은 한 겨울 일출 장면이나 원거리 촬영 때 시계가 좋은 추운 날씨를 택하는데 마침 동해 출장 가는 일정이 있었다. 이른 새벽 강원도 고성 최전방에 올라와 보니 바람은 거세지만 구름 한 점 없는 동해바다 수평선 위로 붉은 태양이 솟구쳐올랐다. 연거푸 셔터를 누른 후 고개를 돌려 멀리 북녘 땅 금강산 연봉을 바라보니 최정상 비로봉부터 옥녀봉까지가 한눈에 들어왔다.

◉ THE PHOTO JOURNALISTS ASSOCIATION OF KORI

寫眞記者 '88/겨울

「그리운 금강산」
분명 우리의 國土이면서도 가지 못하고 망원Lens
보만 바라볼수 있는 금강산을 손에 손잡고 우리모두
가 볼 수 있는 날은 언제쯤 일런지...
(코리아헤럴드 전대식)

● 특집 ①
• 제25회 보도사진전(입상작 및 수상소감)
• 백담사 취재기
• 미지의 大國브라질(2)
● 특집 ②
• 紙上 중계(TV 방담)

금강산 집선봉 사진은 사진기자 회보 표지에도 소개됐다.

안내 장교가 최전방 근무하는 병사들도 이런 날씨는 일 년에 한두 번밖에 보질 못한다고 귀띔한다. 차량을 부지런히 몰아 금강산이 눈 앞에 펼쳐지는 GOP로 향했다.

고황봉에 올라가 본 눈앞에 펼쳐진 금강산은 장관이었다. 동해 붉은 아침 햇살을 받아 채하봉, 육선봉, 집선봉, 옥녀봉 해발 1,500미터급을 넘나드는 금강산 연봉들이 손을 벌리면 닿을 것만 같았다. 이렇게 맑은 날씨를 주신 하느님께 잠시 감사 기도를 한 후 500밀리 반사 망원렌즈를 탈착했다. 망원렌즈를 삼각대로 단단히 받치고 살피니 그중 구룡폭포 위 오묘한 형태를 띠고 있는 집선봉이 하늘을 찌를 듯 웅장하다. 정신없이 셔터를 눌렀으나 해금강이 면해 있는 금강산은 기상이 시시때때로 변한다더니 불과 몇 컷을 촬영하고 나니 짙은 농무에 가려져 더 이상 볼 수가 없었다.

그로부터 20년 후인 2000년 1월 1일 필자는 아내와 설원의 금강산을 올랐는데 구룡폭포 위 집선봉을 보며 그때 짙은 농무를 피해 촬영하도록 행운을 주신 하느님께 다시 한 번 감사 기도를 올렸다.

평화신문 시절(1989-2012)

경력기자 시험을 치르고 입사한 코리아헤럴드는 1년이 지났지만 왠지 마음이 편치 않았다. 마침 한국경제신문 이훈태 선배가 자리를 옮긴 신생 경제지로 떠날 것이라 마음은 정했지만 창간되는 신문이라 걱정이 되었다. 헤럴드 김영일 소속부장은 말렸다. 신생 신문이 살아나기가 쉽지 않다는 판단에서였다.

이후 퇴근 직후 날마다 나는 동양경제신문 저동 사옥을 1층부터 꼭대기 층까지 오르락내리락하며 어떤 회사인가를 살폈다. 자본은 넉넉하다 이미 소문이 났고, 회장은 육사 JP 동기인데 언론사주로서 필요한 재력도 뒤지질 않지만 매일 점심 식사를 짜장면으로 할 만큼 알뜰한 회장님으로 소문나 있었다. 또한 편집국 스카우트된 주요 인물들을 살피니 편집국장에서 주요 보직 부장들이 일간지에서 명망 있는 선배들이 포진하고 있어 한편으로 마음 든든했다. 특히 여타 신문사보단 월급도 후하게 주었다. 좋은 여건에서 근무하며 잘 지낸다 싶었는데 드디어 우려하던 일이 현실로 다가왔다.

회사 사주는 사내서 언론노조 얘기만 나오면 즉시 문을 닫겠다고 선언을 했는데 편집국 기자들이 내가 보기에는 별 의미도 없는 노조를 만들겠다고 하자 회사는 이내 문을 닫아버렸다. 일부 구사 대원들이 회사를 살리려고 노력했지만 허사였다. 나는 한창 젊은 나이 실직자가 되어 가족들이 불안해할까봐 회사가 폐업했다고 얘기하질 못하고 6개월여 회사 인근 다방으로 출근해 혹여나 다

메리놀회 79주년 기념식장에서 평화신문 초창기 식구들. 벌써 세 분이나 세상을 떠났다. 왼쪽부터 전대식, 고 문혜경, 이남기 기자, 고 장승록 부장, 김말구 수사, 김무열 기자, 이충우 국장, 이연숙 기자. 서울 중곡동, 1990. 6. 29

시 재출범하지나 않을까 기대를 걸고 있었다. 그러나 결국 회사는 문을 완전히 닫았고 나는 배우자에게 그 사실을 전해줄 수밖에 없었다. 그러자 배우자는 전혀 다른 얘기로 나의 마음을 붙잡아 주었다. "여보, 그동안 당신 신문사 생활하느라 제대로 쉬지도 못하고 고생했는데 이제 자신도 추스르며 앞으로 더 좋은 일이 생길 거예요" 하며 격려해주는 것이 아닌가. 나는 아내가 참으로 고맙고 든든했다.

이후로 그동안 바쁘다는 핑계로 미뤘던 성당의 미사도 열심히 나가고 매일 새벽 미사도 거르지 않았다. 그리고 나에게 도움을 준 친지나 은인들을 찾아뵙고 인사하는 시간들도 가졌다. 성당을 자주 오가다 보니 우리 부부가 정겨워 보였는지 마침 부부성가대 식구를 모집하는데 우리 부부를 초대하고 싶다며 성가대 단장인 이성기(사무엘) 형님이 우리 부부를 이끌었다.

　성가대 식구들과 10여 간 활동하며 가족과 같이 지냈고 같은 단원인 강희성 (프란치스코, 천주교 서울대교구 옥수동본당 총회장) 형제가 어느 날 내게 이번 교회주보에 평화신문에서 기자를 모집한다는데 형제님이 제격일 거라면서 소식을 알려주었다.

　실직자 생활한 지 1년이 다가오면서 그동안 몇 군데 신문사에서 스카우트 제의가 왔지만 여건이 맞질 않던 차에 평화신문이라니 이것도 하느님의 뜻인가 생각 들었다.

　본당 주임이신 송진(발렌티노) 신부님은 좀처럼 신자들에게 추천서를 써주시지 않는 분으로 알고 있는데 웬일인지 추천를 기꺼이 써주셨다. 아마 매일 미사와 부부성가대를 열심히 나온 덕분이 아닐까 생각해보았다. 그동안 신문사서 일하며 틈틈이 모은 스크랩북을 평화신문 사장 신부님과 수녀님이 보더니 바로 내일부터 출근해달라고 했다.

　평화신문 근무 후 일간신문보다 교회 기관지로서 성장하기에 조금 부족한 면도 있었지만 나를 교회로 인도해준 장모님이 가장 좋아하셨다.

　평화신문에서는 기자들의 신심 강화를 위해 유럽 성지순례를 보내는 제도를 만들었는데 사장 신부님은 1번 타자로 나를 보내셨다. 비용만 해도 천만 원은 소요되고 시간적으로나 개인적으론 엄두가 나지도 않은 일정으로 러시아를 경유해 로마, 포르투갈, 이스라엘, 프랑스를 여행하며 보다 큰 세상을 경험했다. 특히 이스라엘 예수님의 발자취를 순례하며 성경 말씀이 일점일획도 틀리지 않음을 실감한 후 성경 말씀에 깊게 빠져들었다.

　그리고 이전 신문사가 폐업을 하고 실직자가 된 후 성당에 열심히 배우자와 가게 되었고 결국 종교 직장을 선택하게 해 하느님의 일꾼으로 삼게 하려는 하느님의 뜻을 새기게 되었다.

　평화신문회사 입사 후에도 몇몇 언론사에서도 스카우트 제안이 왔지만 움씬을 하지 않자 일간신문 동료들은 영원한 평화 귀신이 되었다며 그 후론 소식이 끊어졌다. 평화신문이나 어딜 가나 나의 도전정신과 열정은 끊임이 없었다. 특히 회사에서는 1인 2인역 체제로 기자가 취재와 사진, 어느 땐 영상취재까지 처리하는 구조였기에 그동안 교회 언론서 시도하지 못한 다양한 주제의 특집 기사들을 제공해 독자들의 사랑을 받았다.

바쁜 신문사 생활에도 우리 부부는 ME운동(부부일치운동)에 20년 가까이 봉사했다. 딸 빈나를 업고 다니면서 시작했으나 우리 부부는 ME운동을 국내에 도입한 마 도날드 신부님으로 혼인성사를 받음으로써 이 또한 하느님의 뜻인 줄 알고 열심히 봉사했다.

평화신문 입사 직후 다녀온 유럽 성지순례는 미적지근한 신앙을 결속시키고 영원한 평화맨으로 이끌었다. 이스라엘 통곡의 벽, 1990. 10

그만큼 ME운동은 나와 가정은 물론 이웃 가정까지 변화를 줄 수 있는 큰 힘이 있었다. 2박 3일 ME 주말을 봉사하려면 한 분의 사제와 세 부부가 6개월을 준비하는데 기적은 매주말마다 이뤄졌다. '우리가 세상을 변화시킬 수 있다'라는 희망으로 지치지 않았다.

ME 회보, ME 30년사 등 언론사 생활하며 얻은 역량을 십분 활용해 ME 홍보 업무에도 재량을 기부했다. 신문사서 퇴근하자마자 ME 회보를 제작하는 원효로 출판사로 다시 출근해 밤을 새워가며 일하고 다음날 신문사로 출근해도 피곤한 줄 몰랐다. 그것이야말로 사랑의 힘이었다. 아무리 힘든 일도 사랑으로 함께하면 새 에너지로 넘쳐 다른 일도 잘 이뤄졌다.

종교 신문에서 20년 넘게 일하며 참으로 훌륭한 분들도 만났고 나름으로 깨친 부분도 많다. 그러나 무엇이든 가까이 들여다보면 허점도 많이 보이고 단점도 많이 보인다. 그래서 '사랑은 망원경 보듯 해라'고 국방대학원 강의 중에 어느 목사님이 일러주었다.

상대의 허점이나 안 좋은 것을 발견하기보다 종교기관에서 일하며 특히 ME 활동을 하며 나의 단점을 많이 고치게 되었다. 그것은 감사하며 살아가는 것이었다.

50대 중반도 채 되지 않은 앞날이 창창한 나는 정년퇴임을 앞두고 여러 걱정거리들이 밀려왔다. 내 집 마련하느라, 바쁜 신문사 생활하느라 남들처럼 대학원 진학도 하지 못한 채 노후대책을 전혀 하지 못한 내겐 두려움까지 엄습했다.

그러나 정년퇴임 하던 날, 평화신문 아침 미사 때 복음 말씀은 내게 커다란 울림으로 다가왔다. "공중에 날아가는 새들도 잘 먹이시고, 들에 핀 야생화도 솔로몬 왕의 화려한 옷보다 더 잘 입히시거늘, 만물을 지으신 하느님께서 이보다 더 잘 입히고 더 잘 먹여줄 것이 아니냐. 너희는 먹고 입을 것을 걱정하지 말라, 오늘 하루에 걱정은 오늘 하루도 족하다."(마태 6:26)

내 집 마련과 ME운동

서울 수도권에 살며 내 집 마련은 도시인들의 큰 꿈이다. 우리 가족도 서울 살다 도저히 내 집 마련 장만이 안돼 먼지 풀풀 나는 고양시 외곽 도로를 타고 이사와 3년 만에 신도시서 내 집 마련 꿈을 이뤘다. 그날은 마침 아내의 생일이 었는데 아파트 당첨을 알리는 "축하합니다. 신청하신 아파트가 당첨되었습니 다"라는 ARS 전화를 켜놓고 밤새 잠을 못 이뤘다.

지금도 그 시절이 우리 가족사 중 가장 행복한 시절이 아니었나 떠올리며 가 난했지만, 희망의 꿈을 꾸며 이웃들 간 진한 사랑이 묻어나는 시간이었다. 특히 원당 성당에서 오기오 신부님이 보내주신 ME 주말이 우리 부부와 가정에 등 대가 되었다.

10년 가까이 신월동성당 식구들과 생활은 행복하고 은혜로운 시절이었지만 우리 가족은 떠날 수밖에 없는 시점이 왔다. 더 시기를 놓치면 내 집 마련이 물 건너간다며 마침 노태우 정권 시절 주택 200만 호 건설로 분당, 일산에 제1기 신도시가 들어선다는 뉴스를 듣고 그쪽 근처에 살고 있으면 그래도 희망의 있 을 거라며 이사를 했다. 로사는 서울 성동구 금호동서 태어나 이사를 한 번도 해본 적이 없는데 시집온 지 6년 만에 벌써 5번째다.

경기도 외곽 행주산성을 지나 원당 국도는 비포장도로로 이삿짐 위에 걸터앉 아 흙먼지 풀풀 나는 길을 덜커덩거리며 가는데 눈물이 왈칵 쏟아졌다. 하지만

아내의 생일날 치열했던 신도시 아파트 당첨 소식을 듣고 우리 가족은 밤새 잠을 못 이뤘다. 거실이 좁아 뒷 베란다를 주방으로 꾸민 협소한 곳에서 5년간 아내가 고생이 많았다. 경기도 원당, 1993. 11

처남이 마련해준 13평 규모의 작은 아파트였지만 그 안에서 우리 가족의 꿈은 영글어 갔다.

신월동에서 부부성가대를 10여 년 하곤 이제 아무도 알지 못하는 곳에서 은 둔하며 좀 쉬고 싶었는데 신은 그대로 우리 부부를 놓아주지 않았다. 이사한 구역이 마침 쉬는 신자를 족집게처럼 찾아낸다는 세례명도 처음 들어보는 이창관(빨라끌리토. 천주교 서울대교구 레지오마리애 세나뚜스 고위 간부) 형제가 바로 이웃에 살았으니 이렇게 좋은 먹잇감을 지나칠 수 없는지 거의 매주 찾아왔다. 빨라끌리토 형제는 늘 웃으며 다가온다. 말도 별로 없다. 그렇게 일 년이 지나자 완강히 버티던 나도 무너졌다. 처음엔 구역반 모임엘 나가고 다시 성당 활동이 시작됐다.

원당 본당 오기오(요한 금구, 2018년 선종) 신부님은 필자를 사목위원에 임명했다. 오 신부님은 자연생명운동도 활발히 펼쳐 신문에도 몇 번 소개됐지만 우리 부부와 더 가까이 인연이 닿은 연유는 ME운동(부부일치운동)을 하면서이다. 신부님은 당시 ME 서울협의회 감사직을 맡을 정도로 ME운동에 헌신적이셨는데 우리 부부의 위험한 관계를 알아차린 것이다. 부부 관계는 주변 즉 친인척에 의해 더욱 가중된다는데 우리 부부에게 IMF로 가계가 위축받게 되자 제일 먼저 부부 관계에 금이 가기 시작했다.

서로를 신뢰할 수 없을 정도까지 이르자 본당 신부님이 알아차리고 ME 주말을 권유하셨다. 처음엔 회사도 바쁘고 별로 갈 생각도 없어 몇 번을 미루다 ME 부부들의 행복한 모습을 보고 1992년 봄, 네 살 된 어린 딸아이를 처가에 맡겨두곤 ME 주말 수강을 받게 됐다.

ME 주말은 한 사제와 세 부부의 진행으로 2박 3일간 진행되는데 발표팀으로 황재하(멜키아데스), 권희순(데레사) 부부, 이익생(베드로), 정황영(로사) 부부, 박윤수(야고버), 변수원(엘리사벳) 부부 그리고 이해욱(프란치스코) 신부님이 온힘을 다해 봉사해주었다. 주말 수강을 받은 지 30년이 지났지만 주말의 아름다운 순간들은 잊지 못한다. 특히 지금은 하늘나라에 있는 부산 이익생 형님의 을숙도에서의 로맨스를 들을 때는 나도 같이 천국에서 아내와 데이트하는 것 같은 감동을 느꼈다.

나는 주말 내내 펑펑 눈물을 쏟았다. 진정 회개와 아내에 대한 감사의 눈물이었다. 내 평생 그렇게 눈물을 흘려본 적이 없을 정도였다. 주말을 마치곤 아내에 대해 그 어떠한 일도 신뢰하게 되었다. 안방 문 앞에 ME 주말 수강 후 선물하는 신뢰 배너를 수십 년 동안 걸어놓고 서로 믿고 사랑하게 됐다. 제2의 혼인 생활이 시작된 것이다.

우리 부부는 ME 공동체에서 받은 은혜가 너무 커서 평생 봉사하기로 다짐하고 딸아이를 업고 다니며 전국 일원으로 20여 년간 봉사활동을 했다.

첫 발표 봉사팀으론 김한기(시몬, 원주교구 은퇴 사제) 신부님과 김우(안드레아), 이영옥(사무엘라) 부부는 우리 부부가 첫 발표 봉사팀으로 합류했는데 평생 잊지 못한다. 김한기 신부님은 어디선가 많이 뵌 분이었는데 걸음걸이가 특이해 알고 보니 예전 한국경제신문 경제부 기자로 근무할 때 만났는데 이후 신부님은 호주로 유학 가서 사제가 되었다. 직장 동료에서 사제 평신도 관계로 다시 만나게 되어 더욱 인연이 깊었다.

나의 ME 봉사활동은 김우 안드레아 형님이 ME 공동체 연결고리가 됐다. 1990년 당시 서울 ME 지역협의회 대표로 김득권(귀엘모, 서울대교구 은퇴 사제) 신부님과 활동하고 계셨는데 우리 젊은 부부를 '예쁘다'라며 홍보분과로 영입시켰다.

이후 교회 언론사에서 근무하니 ME 공동체에서는 우리 부부를 홍보 분과에서 적극적으로 봉사하도록 했다. 처음엔 홍보분과 위원으로 회보, 홍보영상 등을 맡다. 나중엔 전국 ME 홍보분과 대표를 맡아 ME 대외홍보활동 목적으로 서울 중앙언론사 간담회까지 열며 ME 홍보 극대화를 꾀했다. 이전만 해도 ME 주말 프로그램이 밖으로 나가면 ME 기둥이 흔들린다며 홍보를 극도 자제해왔던 통념을 깨버렸다. 여기엔 ME 아시아 대표를 지내신 조덕(알렉산델), 이명숙(아네스) 부부와 하화식(베드로, 춘천교구 총대리, 은퇴 사제) 신부님과의 환상적인 호흡이 절대적이었다.

마침 한국ME 협의회 조덕 대표는 스웨덴에 본사를 두고 있는 세계 굴지 기업의 한국지사장으로 사업 수단이 탁월한 분이고 그의 아내 아네스 형수님 또한 전국의 사제와 부부를 아우르는 친화력이 뛰어났다. 하 베드로 신부님은 한국ME운동을 가장 먼저 받은 사제로 선구자적 역할을 하신 데다 멀리 춘천서도 단 한 번 ME 모임에 빠짐없이 오는 열정과 예수님을 닮은 인간적이고 조직적인 지도력을 지닌 분이었다.

하 신부님은 비디오카메라가 귀하던 시절, 우리 부부들의 정겨운 회의 모습

흙먼지 나는 원당으로 이사했지만 우리 가족은 새집과 ME 봉사 두 마리 토끼를 잡은 셈이 됐다. ME 첫 주말을 마치고 원당 자택에서 쉐링모임을 열었다. 1992

등을 비디오에 담아 편집해 보여주곤 했는데 바쁜 사목 일정에도 밤샘 편집하며 신자들을 사랑하는 사제의 거룩한 모습이 떠오른다.

ME 대표팀과 각 분과대표 부부들의 열정에 힘입어 매달 ME 회보를 제작하고 ME 홈페이지를 만들었다. 이전 서울 ME 회보 1년 즈음 제작하며 함께하던 인천교구 최수영(아브라함)·최정화(사라) 부부는 장애 부부셨는데 퇴근 후 우리 홍보분과 부부들은 출판사에 모여 밤샘 작업을 할 때가 많았다. 어느 날 아브라함 형제가 출판사를 나와 차를 타려는데 휠체어 앉은 채 속에 있는 것을 다 토해내더니 얼굴이 갑자기 백지장처럼 하얗게 변했다. 너무나 힘에 겨웠다. 중단시켰어야 했는데 아브라함 형제님은 마음이 순수해 회보 일을 마치고도 낮엔 같은 장애인 환우들이 부탁하는 약재들을 집집마다 대주었다. 형제님은 건강이 좋지 않아 먼저 하늘나라로 불려 갔다.

낮엔 직장 일을 하며 퇴근하곤 본당 ME 공동체를 다니냐며 잠 못 자는 날이 많았다. 그러나 지치지 않았다. 다음날 거뜬히 회사 출근해 기분 좋게 더욱 열심히 일했다. 사랑스러운 일을 하며 시너지 효과가 배가 된다더니 참으로 묘한 일이었다.

우린 교회 울타리를 벗어나 일반 사회까지 역량을 넓혀 한국ME 25주년 기념 연중행사 일원으로 펼쳐진 ME 언론인간담회 직후엔 멀리 강릉지방 선사 스님까지 찾아와 ME 주말 수강을 받았다고 하니 부부 위기, 가정해체가 위협받던 시기 ME운동이 최고조에 달했다. 아내는 지난 일을 회상할 때마다 이때가 우리 부부 인생에 가장 행복할 때였다고 한다.

"봉사는 남을 위한 것이기도 하지만 실로 자신을 위한 것이다"라던 청산초교 일촉 이상성 은사님 말씀이 실감이 났다. 낮 근무 시간에 주로 회사로 전화 오는 일이 많아 직원들에게 미안해 사진필름 작업하는 깜깜한 암실에서 조곤조곤 통화했던 날이 숱하다. 뜬눈으로 밤새 활자와 씨름하며 고된 봉사활동 시간들이 나의 황혼 인생길에 밑거름이 될 줄은 그땐 몰랐다.

이 또한 하느님의 계획 안에 진행된 일이었다. 생각하니 지난날이 은혜롭기만 하다. 그것은 필자에게 가톨릭 세례를 주시고 우리 부부의 혼인 주례 사제이신 마진학(도널드, 메리놀수도회 소속, 2011년 선종) 신부님이 한국ME를 국내 도입하고 전파한 분이라는 것을 한참 후에 알게 된 것이다.

수녀님의 기도 편지

　가톨릭교회에서 '우표 선교 신부님'으로 알려진 고 최익철 신부(베네딕토, 2020년 선종)는 전 세계 성인들의 우표를 수집하며 책을 내어 우표 신부라고도 알려져 있다. 최 신부는 이 책을 전국의 사제들과 지인들에게 선물로 보냈는데 감사 인사를 전해 온 곳은 불과 몇 군데뿐, 인사를 받으려 보낸 것은 아니지만 우리나라 사람들이 감사 인사에 너무 인색하다고 했다.

　그래서인지 최 신부님이 선종하기 2년 전 설 연휴를 맞아 그의 자택을 방문했을 때도 감사에 대한 글귀가 여기저기 붙어 있었다. 설날 수녀들이 세배를 왔을 때도 감사 카드를 만들어 선물하고 평화신문 기사에 소개된 한국 근현대 순교자들 시복 청원 81위 순교자들의 명단을 거실 중앙에 붙여 놓고 한국교회를 위해 하루 세 번 감사 기도를 올리고 있었다.

　김수환 추기경은 사제들의 축일과 신자들에게 꼭 답장을 보내는 것으로도 알려져 있지만 광주대교구 윤공희 대주교도 엽서 한 장을 보낼 때도 몇 번을 보며 진심 어린 내 마음이 잘 전해지는지 확인한다고 한다. 인간관계는 진심 어린 나의 마음을 잘 전하면 웬만한 오해는 다 풀어지고 관계도 원만하게 이뤄진다. 그 마음을 전달하는 것 중 하나가 편지인데 요즘은 사라져 아쉽기도 하다.

　취재기자들도 마찬가지다. 열정 어린 취재 후 독자들의 반응이 뜨거울 때 힘이 배가 된다. 필자도 그런 응원의 편지는 액자 속에 보관해 수십 년째 보관하는 편지가 있다.

그날은 새봄 상춘객들의 인파가 전국적으로 일고 있는 5월의 첫 주말, 청주의 예수고난관상수녀원에서 종신서원식이 열리는 행사취재였다. 관할교구장 허락 없인 문을 열지도 못하는 봉쇄 수녀원 종신서원식은 처음으로 접하기에 나름 아침 일찍부터 준비하고 취재 차를 타고 길을 나서는데 이미 중부고속도로로 빠지는 88올림픽도로부터 마비가 되었다. 아뿔싸, 좀더 깜깜한 새벽에 떠났어야 했는데, 이리저리 우회로를 이용해보지만 서울 저동 사무실을 출발한 지 4시간이 지나서야 동서울 중부고속도로 요금소 들어섰다. 휴~ 행사 종료 1시간

청주 갈멜 봉쇄수도원 수녀의 기도 편지가 힘들고 지칠 때 힘이 되었다.

봉쇄수녀원은 관할교구장 허락 없인 문도 열지 못하는데 종신서원을 받고 가족들과 헤어지는 수녀의 눈물이 고였다.

전이다. 너무 고생하며 운전하는 차량계 이 반장에게 미안하기도 했다. 가봐야 이미 행사도 다 끝났을 테고 비지땀을 흘리고 있는 차량계 이 반장에게 회사로 돌아가야겠다고 하니, "여기까지 왔는데 일단 가보고 늦으면 밥이라도 먹고 오지요" 하며 액셀을 더 세게 밟았다.

서둘러 행사장에 도착하니 미사는 끝나고 축하식도 거의 끝났는지 무대에선 웃음소리와 행사 종료를 알리는 듯 박수 소리가 요란했다. 행사장에 들어서는

데 멀리서 오늘의 주인공인 듯 얼굴이 불그스레 달아오른 수녀님이 머리에 축하 화관을 두르고 감사 인사를 하는 장면이 들어왔다. 나는 순간적으로 망원렌즈를 꺼내 천사와 같은 서원 수녀의 미소에 초점을 맞추었다. 찰칵! 셔터 소리가 수녀의 밝은 미소로 세상 평화를 줄 것만 같은 예감이 들었다.

행사장에 참석한 수녀의 가족들과 봉쇄 수녀원 쪽문 하나를 사이에 두고 뜨겁게 작별 인사를 나누는 모습들을 더 취재한 후 취재 일행은 안도의 한숨을 쉬었다. 평화신문 1면 「쪽문 사이로 살포시 비친 해맑은 영혼」이란 부재로 실린 종신 수녀원 박스 기사는 5월의 장미만큼 화사했다.

기사가 나간 다음날 바로 청주교구 서정혁(프란치스코) 신부님이 편집국장에게 직접 전화를 해 감사의 인사를 전하셨다. 신부님은 "생전 그렇게 감동적인 기사는 처음 접했다"며 사제로서 솔직한 마음을 전하셨다.

그리고 며칠 지나 편집국으로 편지 봉투에 금슬묵주 꽃잎이 새겨진 정성 어린 편지 한 통이 도착했다. 루시아 수녀님의 감사 편지는 5시간 동안 교통지옥에서 헤매며 고생했던 시간들을 상쾌하게 씻어주었다. 필자는 그런 활력으로 명예로운 정년퇴임을 했고 함께하던 오세택 기자도 30년간의 취재기자 생활을 마치고 올해 정년퇴임을 했다. 감사는 사랑의 지렛대요, 원천이다.

오세택 기자와 함께

평화신문 근무하며 오세택 기자와 취재를 참 많이 다녔다. 너무 붙어 다닌다고 시샘까지도 받았지만 어쩔 수 없었다. 무엇이 서로 통하게 했을까? 꾀부리지 않고 부족하지만 열심히 하는 것이 통했다. 거기에 공을 자기 것으로 세우지 않는다. 공동체 생활 중 중요한 덕목인 겸손이다.

오 기자는 가장 늦게 퇴근하고 가장 일찍 출근하는 기자다. 대부분 퇴근 후 취재는 다음날 출근해 기사 쓰는 것이 정설이다. 그러나 오 기자는 저녁 취재가 끝난 후에도 회사에 다시 들어와 기사를 마무리하고 간다. 회사 경비실서도 다 아는 사실이다. 퇴근 후엔 한여름 사무실 에어컨 작동도 안 되는데 선풍기를 들고 양말을 벗고 바지저고리를 걷어올린 채 기사를 마무리하는 열성은 누구도 따라가지 못한다.

두 번째는 겸손이다. 교육자 집안 출신인 오 기자는 문화 관련만 30년 취재했는데 시인, 소설가, 화가, 건축가, 음악인 등 가톨릭 유명 문화예술인이라면 오 기자를 모르는 이가 없을 듯하다. 그분들 취재하러 가면 하나같이 활짝 웃으며 반긴다. 마치 한가족처럼 지냈다.

오 기자의 겸손이 가톨릭 문인들과 깊은 교감을 나누었고 그런 결과로 가톨릭 문인들의 등용문인 '평화문학상'이 출발됐다.

세 번째는 개인적 가정사이긴 하지만 근검절약 정신이 강하다. 늦게 자녀를

한국가톨릭사진예술인협회 창립전에서 만난 오세택 기자(오른쪽)와 본 자서전 프로필 표지를 촬영한 유창우 사진가(가운데). 명동 평화화랑, 2013. 12. 25

낳아 맞벌이하는 배우자의 노력도 크겠으나 그 또래 내 집 마련을 회사서 가장 먼저 한 것 같다. 지방이나 해외 취재를 다니면서 단돈 천 원도 헤프게 쓰는 것을 보지 못했다. 필자가 회사를 나오면서 후배들에게 너무 인색하면 어떠하나 걱정됐지만 밥도 종종 사고 술자리도 한다고 해 반가웠다.

해외 출장은 대개 기획한 기자가 출입처에서 따온 기자의 몫인데 오 기자 때문에 중국 해외 출장을 두 번이나 다녀왔다. 또한 회사서 1인 2역 초기, 고생도 많이 시켜 미안하다. 그때마다 두말하지 않고 자기 시간을 베풀었다.

평화신문사에서 받은 특종상(꿈엔들 잊힐리야)은 오 기자와 받은 것이 유일한데 이 상도 오 기자의 겸손으로 지면이 꾸며지게 된 것이다. 평양교구 사무실에 숨어 있던 60년 전 소중한 사진들이 지면에 오르기까지 꼼꼼한 오 기자의 기사 정리 스타일과 사진 감각이 어우러져 독자들의 특히 실향민들의 이목을 끌었다.

여기엔 임광빈 편집부장의 탁월한 편집 감각이 기사를 살려주었다. 우리 몇몇 기자들은 매주 화요일 신문이 쇄출된 후 낙원동 선술집에서 그 주 화제기사와 못다 한 얘기들을 나누며 우정을 나누었다. 함께 다닌 발자취들이 기록에 남아 있으니 그 아름다운 추억들도 영원히 잊히질 않을 것 같다.

큰처남의 새천년 선물

1970년 서울로 이사와 사당동 달동네도 살아보고 한강 홍수로 출근길 나룻배를 타고 나오다 7명이 익사한 방배동에서도 살았다. 그래서인지 달동네에 대한 추억이 내게는 많다.

한 살 차이인 큰처남은 난곡동 달동네서 가까운 서울 시흥동에 거주했는데 만날 때마다 "이렇게 무거운 가방을 드니 허리가 안 좋다"며 종종 카메라 가방을 대신 어깨에 메어주곤 했다. 그렇게 착한 처남이 루푸스란 희귀병을 앓다 나이 45세, 처자식을 두고 일찍 세상을 떠났다. 너무나 착한 처남이었는데….

처남은 햇빛을 보면 안 되기에 집안에서 신문이나 책을 보며 소일하고 있었는데, 어느 날 조간신문을 보여주며 서울시에서 처음으로 사진대전을 개최한다니 한번 응모해보면 어떻겠냐고 했다. 그러잖아도 평화신문은 특수지라 한국사진기자회에서 주관하는 보도사진전 등 대외활동이 안 되기에 필자의 사진기사가 어느 정도 독자들의 마음을 끌 수 있는지도 공모전에 응하기로 했다. 그런데 기회는 바로 내 주변에 있었다.

관악산 기슭에 있는 본가로 퇴근하려면 서울대에서 시흥동 산간 도로를 지나는데 난곡동 달동네가 한눈에 내려다보이는 야산에 올라 옛 추억에 잠기곤 했다. 물지게를 지고 가난했지만 희망을 꿈꾸던 시절이 행복으로 다가왔다.

2,000년 정초, 서울 시내엔 폭설로 눈이 엄청나게 쌓였다. 새로운 천년을 맞

이하는 해 서설로 뒤덮인 달동네는 하나의 거대한 지붕을 이룬 것 같았다. 순간! 오래전 상영된 인도 갤거타 슬럼가의 애환을 담은 영화 '시티 오브 조이'의 마지막 신이 떠올랐다. 그동안 수차례 시도를 했지만 집들의 형체가 살아나지 않았는데 지붕마다 눈이 소복이 쌓이니 집들의 형체가 또렷이 살아난 것이다.

흥분된 마음으로 집에서 장비를 챙겨 자정 즈음 달동네 도착하니 눈은 그치고 노란색 가로등 불빛에 비친 집들이 형체를 드러내며 천국 마을을 내려보는 것만 같았다.

제1회 서울사진대전 수상작 〈우리는 한가족〉. 서울 난곡동, 2000. 1

'컹~컹' 개 짖는 소리, '응애 응애' 간난아기 우는 소리, '하하 호호' 정초 무슨 기쁜 일이 있는지 깊은 밤 달동네 여기저기 들려오는 소리가 정겹다. 서설이 내린 달동네에 희망의 빛이 내리길 소망하며 손이 얼어가는 줄도 모르고 셔터를 눌렀다.

이 작품은 〈우리는 한가족〉이란 제목을 붙이고 제1회 서울사진대전에 출품했다. 공정성을 기하기 위해서인지 심사과정이 모든 시민에게 공개되었다. 10여 명의 심사위원이 수차례 심사과정을 거치며 드디어 〈우리는 한가족〉이 제1회 서울사진대전 특선작으로 뽑혔다.

서울사진대전에 수상작으로 뽑힌 이후 국내외 사진전에도 공모했는데 출품하는 장면마다 수상작으로 뽑혔다. 나아가 평화신문 독자들에게보다 감동적인 영상을 선사하기 위해 한국사진작가협회 및 가톨릭사진가회 회원으로도 활동했다. 결국 큰처남의 공모전 응모 권유는 보다 넓은 영역으로 갈 수 있는 기회를 만들어주었던 것이다. 자신의 꿈은 채 이루지 못한 채, 보다 넓은 사진 세상을 열어준 큰처남에게 〈우리는 한가족〉 작품을 바친다.

불굴의 사진가 박간영 선생

생태사진가 고 박간영 선생은 사진에 대한 집념이 대단한 분이다. 암에 걸려 시한부 인생을 사는 마지막 순간에도 그의 평생 역작을 완성키 위해 카메라를 메고 눈보라가 치는 대천 앞바다로 나갔다.

서해안 지역 폭설 예보가 뉴스에 뜨자 대천 앞바다 형제 소나무가 생각이 났던 것이다. 거센 눈보라를 헤치며 외로이 선 형제 소나무 이미지를 완성시키고자 꽁꽁 언 카메라를 얼굴에 박고 셔터를 누르기 두어 시간이 지나자 얼굴에 두꺼운 동상이 생겼다.

그즈음 박간영(대한민국 사진전람회 초대작가) 선생은 평화신문에 성경을 주제로 한 사진 이야기 '영상복음'을 연재하고 있었는데 어느 날 충무로 현상소에서 만나 대천 다녀온 얘길 꺼내며 "이제야 원을 푼 것 같다"며 영광의 동상(상처)을 입었다고 웃었다.

영상 칼럼은 원래 1년간 연재키로 했지만 독자들의 뜨거운 반응으로 2007년 9월부터 3년 6개월간 연재됐다. 독자들의 반응을 나타내는 신호는 당시만 해도 인터넷 검색 기록이었는데 일반적인 기사가 메인 기사라 해도 500회를 넘지 않았는데 박간영 선생의 '영상복음'은 평균 1,400회가 넘었으니 독자들의 관심이 높았음을 모두가 인정했다.

박 선생은 젊은 시절 사고로 몸이 좋지 않았다. 건물 옥상서 사진을 찍다 추

박간영 작 〈비양도〉. 내가 제일 좋아하는 사진 중 하나다.

락사해 대수술을 받았다. 이후 여러 학원을 설립해 사업가로 성공하는 듯했으나 그 또한 실패해 노후 단칸셋방 살며 경제적 어려움을 겪었다. 그러나 비록 생활은 어려웠지만 카메라 장비만큼은 최고의 제품을 고집했다.

"똑같은 장소와 여건에서 같이 촬영했을 때 결과적으로 장비 좋은 쪽이 더 좋은 작품을 선점할 수 있다"라며 신문사 기자들이 사용하는 천만 원이 넘는 캐논 D1 마크 3를 사용했다. 일본 태생이라 일본 카메라사 정보도 능통한 작가는 자연 색감을 그대로 표현해내는 캐논의 해상도(망점) 원리에 대해 상세히 설명해주기도 했다.

어느 날 건강이 안 좋아지고 병원비 마련도 어려워졌을 때 망원동 집을 들렀는데 조그만 방안에 카메라 장비와 필름들로 가득했다. 노작가의 어려움을 호소하는 '사랑이 피어나는 곳에' 평화신문 기사가 나가자 1,500만 원의 성금이 마련됐다. 박 선생은 병원 입원 중에도 사랑해준 신자들의 고마움을 갚으려는지 마지막까지 사력을 다했다.

서울대병원에서 암 투병 중에도 복도에 나와 필자의 전시 사진 선택을 돕고 있는 고 박간영 작가.

이때 필자는 사진전(사제의 해 특별사진전, 명동 평화화랑 2009. 6)을 준비하며 전시할 사진들을 고르느라 고민하고 있었는데, 그가 입원 중인 서울대병원으로 작품들을 모두 가져오라고 했다. "중도 제 머리는 못 깎는 거다"라고 했다. 바싹 야윈 몸에 링거 줄을 몇 개나 달고 병원 복도로 나온 박 선생은 전시될 사진들을 보더니 갑자기 눈이 번뜩였다.

역시 프로는 육체적 한계를 뛰어넘는 근성이 있구나, 이것도 하느님의 창조라 생각하며 누구는 이런 박 선생의 근성을 탓하지만 이해가 갔다. 전시 사진을 도와준 박간영 선생은 그날 이후 한 달 뒤 하늘나라로 불려 가셨다.

추기경의 눈물

2005년 12월 17일 아침 출근길엔 하얀 눈이 소복이 내렸다. 전철을 타려고 역 계단에 올라서는데 신문가판대 맨 위에 김수환 추기경님 눈물 흘리는 사진이 크게 실린 '추기경의 눈물'이란 제하의 기사가 조간신문 톱뉴스로 실렸다.

순간 발걸음이 멈춰지며 아! 진실은 역사의 현자로 인해 밝혀질 수밖에 없구나라며 탄식했다. 〈추기경의 눈물〉 사진을 직접 촬영한 필자로서 그 감회는 남달랐다. 하마터면 이 특종 사진이 잊혀질 뻔했기 때문이다. 회사 출근해 책상 위 놓인 〈추기경의 눈물〉 사진기사를 보던 편집자도 눈을 동그랗게 뜨며 거듭 기사를 확인했다.

고 김수환 추기경 3주기 추모전시회 길을 열어준 이는 김형진(VOA, 미국의소리) 기자다. 세계가 좁다 하고 오지랖 넓은 후배는 갤러리 '와' 관장님을 소개했고 적극적 후원을 받아 추모전시회가 열렸다. 그는 "선배가 촬영한 추기경 사진 중 가장 상징적인 장면은 역시 〈추기경의 눈물〉이다"라고 했다.

사람이 진실을 전할 때 눈물만큼 진한 것은 없다. 이후 종교인이든 정치인이든 눈물로 호소하는 장면을 뉴스로 보지만 때론 악어의 눈물도 있다. 그러나 추기경의 눈물은 우리나라 국민들을 진정 사랑하는 대인의 눈물이었다. 현자가 사라진 이 시대가 아쉬울 뿐이다.

그날 아침 집무실로 걸어오시는 추기경의 발걸음은 왠지 무거웠다. 불면증에

2005년 성탄을 앞두고 중앙 일간지 1면 헤드라인을 장식한 '추기경의 눈물' 사진기사는 혼돈에 빠진 국민들의 마음을 움직였다.

잠을 못 주무신 걸까…. 간단히 인사 후 탁자 위에 놓인 조간신문을 잠시 바라보며 배아줄기세포 진위 논란에 관한 질문에 대답하다 추기경은 갑자기 목소리가 울컥해지더니 고개를 숙이고 입술을 바르르 떠셨다. 불과 1~2초 사이 나는 반사적으로 80~200밀리 망원렌즈를 탈착하며 자세를 바짝 낮췄다.

"하느님이 한국인에게 너무 좋은 머리를 주셔서 그래요," 추기경은 눈물을 닦으며 "소처럼 우직하고 정직하게 살아야 하는데…. 우리 모두의 문제입니다."

필자는 추기경님 모습을 30년 넘게 촬영했지만 우시는 모습은 처음이었다. 어린 시절 어머니로부터 "너는 어찌 그리 돌부처 같으냐"라고 불평까지 들었던 추기경이신데 팔순이 지난 노구에 왈칵 굵은 눈물을 쏟은 것이다. "그것이 사실이, 사실이 아니기를 바랐는데, 그것이 얼마나 세계 앞에 부끄러운 일인데"라고 말하며 추기경님은 한참을 흐느끼셨다. 12월 15일 평화신문과의 신년 대담 때의 일이다.

크리스마스를 한 주 앞둔 12월 16일 출근길 서울엔 화이트 크리스마스 하얀 눈이 소복이 내렸다. 지하철 계단에 올라서자 조간신문 1면에 「추기경의 눈물」 이란 제호로 김수환 추기경님이 우는 사진이 커다랗게 실려 눈을 의심했다. 순간 표현할 수 없는 전율이 솟았다. 아! 이렇게 진실은 역사적 현인[賢人]을 통해 밝혀지는구나.

필자가 촬영해 제공한 조선일보 1면에 실린 「추기경의 눈물」 사진은 나라 안이 온통 황우석 박사의 '배아줄기세포 논문 조작' 사태로 혼란에 빠져 있을 때 국민의 신망을 받고 있는 노 추기경이 눈물로 진실을 호소하는 듯 다가왔다.

마침 이날 오후에는 황우석 박사가 2004~2005년, 미국 『사이언스지』에 발표한 '줄기세포 연구논문' 진위여부를 둘러싸고 서울대 조사위의 중대한 발표가 있는 날이어서 국민들의 충격은 더욱 컸다. 모든 TV 방송들은 이날 저녁 황우석 박사 논문의 실상을 발표하며 추기경님의 눈물 모습 장면을 계속 내보냈다.

추기경님은 대인(大人)이다. 대인은 모든 사람의 잘못을 자기 탓으로 돌리며 오히려 그들을 일찍이 설득하지 못함을 한탄할 뿐이다.

훗날 추기경님은 이날 일간지에 실린 기사를 보곤 "난 눈물이 마른 남자라고 생각해왔는데 그렇지가 않았다. (신문에 나가니) 좀 당황스럽고 그것은 자괴감에 흘린 눈물이었다"고 훗날 회고했다.

'잊지 못할 취재 현장'

가톨릭평화방송 TV 박광수 촬영감독과 통화 인터뷰

1973년 한국경제신문 입사 후 직장을 다섯 번이나 옮겨다녔다. 1980년 언론 통폐합 이후 사라졌던 신생 언론사들이 1986~1988 올림픽을 전후해 많이 들어서며 기자들의 이동이 잦았기 때문이다.

나는 평화신문, 평화방송에 근무하며 소신 있는 소위 정의로운 후배를 만나 외롭지 않게 정년퇴임까지 마칠 수 있음에 감사를 드린다. 마침 그런 후배를 만 났기에 자칫 역사의 뒤안으로 숨어버릴 뻔했던 '김수환 추기경 눈물' 특종도 놓 치지 않고 세상에 드러날 수 있었다.

평화방송 박광수 씨도 필자와 같이 〈추기경의 눈물〉 기사를 그런 관점에서 묻히는 것을 결코 볼 수만 없었다. 8·15 광복절 공휴일인데도 근무를 마치고 귀가한 박광수 씨와 오랜만에 통화가 이뤄졌다. 아랫글은 박 감독과의 통화 내 용을 전재한 것이다.

전대식 : 가톨릭평화방송·평화신문에 23년 있으면서 생각이 많이 나는 후배 가 박광수 씨이고 현장도 같이 많이 다녔고 또 이렇게 지난 얘기하면 생각나는 인물이 광수 씨인데 같이 취재 다니면서 보람된 일이라든지 강하게 와 닿은 순 간들이 있다면 들려주면 고맙겠네.

박광수 촬영감독(이하 박 감독) : 그래요, 말로 해도 돼요?

160

전대식 : 말로 해도 되지, 생각나는 거 메모했다가 한꺼번에 해줘도 돼.

(박 감독은 바로 메모도 없이 이야기를 꺼냈다.)

박 감독 : 그러니까 제가 우리 형님하고 같이 취재 다니면서 느꼈던 점이라기보다 가장 인상 깊었고 얼른 떠오른 추억이 있다면 그중의 하나가 황우석 사태 때 김수환 추기경님께서 흘리신 추기경의 눈물 사건이고 또 하나는 혜화동 주교관에 붉게 물든 만추 아래를 거니시던 김수환 추기경님의 모습을 사진과 영상으로 기록을 남겼을 때라고 생각됩니다. 특히 〈추기경의 눈물〉은 어떻게 보면 세상 속에 묻힐 수 있었던 일이었지요.

전대식 : 맞아!

박 감독 : 2005년 12월 16일 성탄을 일주일 앞두고 나와 전 선배랑 이 국장, 전성우 PD, 그다음에 김원철, 김혜영 기자 이렇게 여섯 명이 함께 김수환 추기경 인터뷰를 갔는데 그때 추기경님께서 흘리신 눈물의 의미를 같은 시간 현장에 모두 있었지만 제대로 파악하고 느꼈던 기자는 다는 아니었던 것 같아요. 당시 세상 사람들은 특히 난치병 환자와 함께 살아가는 가족 입장에서는 황우석 박사는 희망이요. 최후의 희망이라고 보았지요. 전 세계를 흥분케 하고 그로 인해 그 과학자가 국민적 영웅이 됐는데 모든 것이 거짓이라니 세계 앞에 얼마나 부끄러운 사건이겠습니까? 그 황우석 사태에 대한 질문을 우리가 던졌을 때 그 얘기가 나왔고 저는 당시 상황을 ENG카메라에 레코딩하면서 이어폰으로 들었기 때문에, 사실 추기경님 목소리는 고령이시기에 멘트가 명확히 전달력이 좀 떨어지셨거든요.

전대식 : 맞아.

박 감독 : 와이어리스 마이크(무선 송수신기)를 통해서 들어오는 추기경님의 목소리가 양쪽 제 귀에 낀 이어폰을 통해 정확히 들렸기 때문에 추기경님의 떨리는 음성에서 흐느끼는 추기경님의 눈물이 저는 강하게 임팩트 있게 다가왔죠! 그것은 결국 국민들에게 흘리는 추기경님의 눈물이란 것을 느낄 수 있었

혜화동 주교관 뜰을 산책하는 김수환 추기경.

어요. 이것은 (추기경의 눈물) 국민의 인식을 바꿀 수 있는 어떤 큰 분수령이나 전환점이 될 수 있을 거라는 예감이 들었어요.

　전대식 : 그때 취재를 마치고 오면서 차 안에서 "이거 대특종입니다. 추기경님 수십 년 사진 찍었지만 우시는 모습은 처음"이라며 취재진들과 얘기를 나눌 때는 모두들 "추기경님이 눈물을 흘리신 것은 처음 보았다"고 하며 큰 뉴스구나 다들 공감을 하고 좋아했는데, 귀사해 국장이 회의실 다녀오며 입장이 확 바뀌었어. "교회 어르신이 눈물 흘리는 모습이 신문에 나가는 것이 교회 권위를 떨어뜨릴 수 있다"라는 비슷한 입장을 보였어. "그래도 가톨릭 최고위 성직자인 추기경님의 눈물은 세상에 진실을 호소하는 것인데 누구도 할 수 없는 사실을 교회가 정의롭게 이런 뉴스를 그대로 내보내야 하는 거 아닙니까"라며 비중 있게 실어야 한다고 얘기했지만 사주가 내린 지침이니 누구도 대응할 수가 없었

지. 참으로 답답했어, 조판을 짜는 것을 곁눈으로 보니, 〈추기경의 눈물〉 사진이 1면도 아니고 내지 1단으로 귀퉁이에 조그맣게 배치가 되는 것을 보고 너무나 안타까웠지. 답답했어.

박 감독 : 저도 그냥 묻혀서는 안 된다는 게 신앙인이자 언론인으로서의 양심이었어요. 하느님의 가르침에 대한 양심과 우리는 언론인이자 방송 선교사라는 어떤 사명감을 가지고 있잖아요. 그래서 제가 형님한테 그 얘기를 했어요. 이거 그냥 묻히면 안 된다. 아무리 우리 회사가 현직 교구장인 정 추기경님의 눈치를 살핀다 하더라도…. 이거 이대로 묻혀서는 큰일납니다. 역사 속에 묻힙니다. 근데 회사는 단호히 그랬었죠. 이거는 우리 보도 못 나가!

전대식 : (회사의 보도방침을 알고) 우리 사무실에 와서 그런 얘기를 했었지.

박 감독 : 제가 형님한테 만나자고 그랬었죠. 바로 몇 시간 전 취재하고 나선 우리는 처음에 뛸 듯이 기뻤어요. 이건 특종이라고.

전대식 : 나갈 줄 알았지.

박 감독 : 네, 당연히 나갈 줄 알았는데…. 국장부터 시작해서 우리 TV국, 보도국, 신문국 전부 다 안 된다고 했을 때 저는 이것은 우리 손으로 해결할 수 있는 게 아니라 "외부의 힘을 빌려서라도 사실을 알려야 된다"라는 생각을 갖고 있었던 거죠. 그것이 교회의 올바른 가르침에 대한 실천이자 방송 선교사의 책임이라고 보았던 거죠.

전대식 : 그렇구나.

박 감독 : 제가 김대중 대통령의 잠시 말을 빌리자면 "행동하는 양심"이고 교회의 가르침에 빗대어 생각해보아도 교회의 가르침은 진실을 숨기고 왜곡하라고 가르치지 않았잖아요. 순교한 우리 신앙선조들의 교훈과 가르침이 뭐예요, 그분들은 자신의 신앙을 증거하기 위해서 기꺼이 목숨까지 내놓고 지키고 이어온 신앙을 우리 후손들에게 전해준 신앙이잖아요. 제 신앙에 부끄럽지 않게끔, 이것이 설령 회사의 어떤 지침에 반해서 제가 불이익을 받는 한이 있더라도 이

건 세상에 알려야 된다라는 어떤 사명감 같은 걸 제가 느꼈어요. 그래서 형님한 테 그 얘기를 제안을 드렸던 거죠. 이것은 우리 힘으로 할 수 있는 게 아니라 외부에 힘을 빌려서라도 이 진중한 사실을 명확히 알려야 된다. 추기경의 눈물이 그만큼 세상 사람들에게 어떤 영향력을 분명히 미칠 것이라는 제 생각을 갖고 형님한테 그 제안을 드렸어요.

전대식 : 그렇지.

박 감독 : 그래서 이것은 지금 돌이켜보아도 "우리 현대사에 있어서 사실 아주 중요한 역사적 사건이었다"라고 생각해요. 〈추기경의 눈물〉이 없었더라면 국민의 인식이 이렇게 확 돌아설 수 있었을까 싶어요. 그 보수적이면서 어떻게 보면 황우석 박사의 연구 성과들을 대대로 보도했던 조선일보에서조차 조간신문 1면에 사진과 기사가 특종 보도로 크게 나오니 그날 다른 언론사에서도 난리가 났다고 봐요. 맨 먼저 MBC에서 연락이 오고 KBS에서도 연락이 오고 YTN에서도 연락이 오고 SBS에서도 연락이 오고 연합뉴스에서도 오고 MBC 보도국 박승규 부국장이 직접 우리 사무실에 들어닥쳤어요.

전대식 : 그건 난 잘 모르는데 당시 상황을 좀 들려줘봐.

박 감독 : 그래서 이게 사실은 형님한테도 연락이 갔겠지마는 사진을 형님이 촬영하고 방송 영상은 제가 촬영을 했잖아요. 현장의 영상 뉴스는 제가 촬영을 했으니까 복사해 달라고 각 언론사에서 엄청 연락이 왔죠. 하여간 보도부국장, 기자 이런 분들이 오셔 가지고.

전대식 : 직접 왔어.

박 감독 : 직접 오셨죠.

전대식 : 그러니까 그 사안이 사회적으로 아주 중요했었지,

박 감독 : 엄청 중요했던 거죠. 그분들이 이제 막 회사까지 밀고 들어오니 안 줄 수(영상자료)가 없었던 거죠. 그때 회사 경영진에서 회의가 있었겠죠. 그러면 복사해서 주라는 공식 지침이 나와서 그래서 이제 복사해서 드렸죠. 이때 당시

고 차동엽 신부가 쓴 『김수환 추기경의 친전』 책 출간에 박광수 후배(오른쪽에서 두번째)와 함께 도움을 드리기도 했다. 서울 명동, 2012. 9

황우석 박사의 연구 성과들은 각 방송사 저녁 메인 뉴스 시간에 아주 중요한 뉴스거리였으니까. 당시 아주 카피해서 가니까 사실은 큰 뉴스인데 급하게 이제 막 저녁 때 편집도 급히 해야 하니까 편집 마감 때문에 톱뉴스에서 몇 번째 밀려서 그래도 8시, 9시 메인 뉴스에 나갔었죠. 그 뉴스가 나가고 나서 황우석을 바라보는 완전히 국민의 인식과 시선이 정말 그랬을까 정말로 저런 성과가 맞을까라는 의구심을 갖게 되는 계기가 되지 않았나 생각이 들어요. 그즈음 언론과 과학계에서 검증이 들어가기 시작하는 전환점이 되는 〈추기경의 눈물〉 사건이었다고 저는 생각하는 거죠. 그 사건이 저하고 형님하고 함께 겪었던 역사적 사실이자 잊지 못할 아주 중요한 추억이죠. 하마터면 역사 속에 묻혀버릴 추기경의 눈물이 형님과 제가 우리 교회의 가르침에 충실했다고 보는 거죠. 형님

김수환 추기경에게 사랑의 편지를 전해준 박지원 양과 손을 잡고
혜화동 가을 단풍 뜰을 걷고 있다. 2007. 11

과 추기경님을 모시고 혜화동에서 가을 단풍을 배경으로 제 딸 지원이와 추기경님이 함께 걷는 모습도 영원히 잊히지 않아요. 그때 딸이 초등학교 1학년 때였고 아빠와 한강공원 휴일 약속이 있었는데 전날 형님한테 전화가 와서 약속이 있다고 하니 배려 차원에서 전화를 끊으신 걸로 생각이 납니다. 다시 전화를 드렸는데 형님이 일이 없으면 혜화동 추기경님을 뵈러 가자고 해서 약속 시간을 다시 정해 딸 지원이도 동행하게 되었던 거지요. 그런데 그날 마치 동화 같은 한 장면이 그냥 연출된 거예요.

전대식 : 지원이가 지금 몇 살이지? 시집갈 때가 다 됐겠네.

박 감독 : 지금 25살이에요. 대학 졸업하고 대학원 대구가톨릭대학교 대학원 언어청각치료학과 다니죠. 언어치료사예요.

전대식 : 그래요. 오늘 얘기 듣고보니 내가 몰랐던 부분도 알게 되고…. 당시 TV국에 각사 부국장들이 왔었다는 사실은 난 몰랐었거든. 그 정도면 굉장히 중요한 사안으로 받아들였구나. 그랬지. 오늘 소중한 이야기들 고마웠어!

박광수 촬영감독은 대학교에서 고고학을 3년간 전공하다 1991년도 12월부터 주로 삼성중공업 사내 방송 일을 하는 프로덕션에 정규직으로 입사하여 촬영 업무를 시작하였다. MBC 본사에서 설립한 MBC 방송문화원에서 1994년 촬영감독 교육을 이수하고 1994년 10월부터 가톨릭평화방송 TV에 경력 공채로 들어와 현재까지 어떠한 외압에도 꺾이지 않는 마음과 사명감으로 매사 업무에 성실히 임해오고 있다. 박 감독은 바쁜 방송 일에도 '천연'이란 성가정 만들기 프로젝트 사업을 운영하며 2012년 창립해 현재 140명의 인연을 맺게 해주었다. 다섯 분의 사제와 함께 진행하는 이 프로젝트는 남녀 솔로들(초혼, 재혼, 늦은 초혼)을 대상으로 타 종교도 환영한다.

제3부 나의 인생 제2막

교황 요한 바오로 2세 시복식, 기적의 현장에서

보통 사람에겐 결코 이뤄질 수 없는 것처럼 여겨지는 기적 같은 일들이 40년 기자 생활하며 두 번 있었다. 이 체험들이 나의 삶을 순식간에 돌려놓았다. 한 번은 1995년 동유럽 메주 고리에 성모 발현지에서, 또 한 번은 정년퇴임 후 부부 함께 여행했던 이태리 로마서 거행된 교황 요한 바오로 2세 시복식이었다.

특히 로마 베드로광장에서 15킬로그램이나 되는 카메라 가방을 메고 13시간 동안 화장실에 한 번 가지 못한 채, 취재에 몰두했던 시복식 행사 체험 후 두렵게만 여겨지던 인생 2막이 새롭게 펼쳐진 것이다.

20여 년간 몸담았던 평화신문을 떠나는 날 아침 미사를 봉헌했다. 모든 사회 경륜이 붙어 신체적으로나 정신적으로 한창 일할 나이인 54세 막상 평생 해온 이 일을 손을 놓는다고 하니 다소 휴식도 필요하겠지만 조금은 두려움도 엄습했다.

신문이나 방송에 나오는 조기 퇴직자들이 하릴없이 등산이나 다닌다는 소식들은 퇴직 이후를 준비하지 못한 나의 앞날에 먹구름이 드리우지 않을까 염려되었고 현실적인 걱정들이 앞섰다. 그러나 오늘 복음 말씀 중에 나의 마음을 평안케 하는 성서 구절이 봉독되었다. 세상 걱정과 하느님의 나라 (루카 12:22-32) 말씀이다.

하늘의 새들도 들에 핀 나리꽃들도 하느님께서 이처럼 먹이고 입히시는데 하느님이 제일로 신경 써서 만드신 인간이야 훨씬 더 잘 입히시고 먹이시지 않겠느냐? 그러므로 '무엇을 먹을까?', '무엇을 마실까?', '무엇을 차려입을까?' 하며 걱정하지 마라. 먼저 하느님의 나라와 그분의 의로움을 찾아라. 그러면 이 모든 것도 곁들여 받게 될 것이다.

그래, 하느님이 인간을 가장 귀하게 만들어 놓으셨는데 나를 우리 가족을 굶게야 만드실까? 아니 내가 열심히 그동안 노력해온 것처럼 착하게 살면 또 다른 소명을 주실 거야 하며 다짐을 하고 신문이란 직장생활에 매여 하지 못했던 일들을 로사와 더불어 하기로 했다.

그리고 마침 교황 요한 바오로 시복식 행사가 로마에서 거행되어 로사와 함께 여행하기로 했다. 나는 여러 신문사를 다니며 해외여행 경험이 많은데 로사는 나의 뒷바라지를 하느라 해외여행 한 번 부부가 다녀오지 못해 한번 다녀왔

정년퇴임하고 아내와 함께 간 해외 성지순례 여행은 제2의 인생을 여는 기폭제가 되었다. 이탈리아 피렌체 미켈란젤로 언덕, 2011. 4. 28

으면 했는데 전세계인들이 존경해마지 않는 교황 요한 바오로 2세 시복식이 열린다니 빚을 내서라도 다녀와야겠다고 결심한 것이다.

2011년 4월 13일 평소 존경하는 이강구(마르코, 전 수유본당 주임) 신부님 은경기념 서예전이 열리는 명동 평화화랑에 갔더니 '교황 요한 바오로 2세 시복식 순례 모집' 안내 광고문이 눈이 확 들어왔다.

한국을 두 번이나 방문하셨던 이 시대가 낳은 위인 교황 요한 바오로 2세 시복식 현장에서 기도하며 우리 부부의 인생길을 새롭게 준비하고 싶었다. 또한 30여 년 무사히 건강히 활동할 수 있도록 내조한 배우자에게 결혼 30주년 선물로 가기로 맘먹고 해외여행 준비에 나섰다.

모든 여행이 그렇지만 떠나기 전 준비할 때와 다녀와서 정리할 때가 나는 행복하다. 이번엔 취재기자 신원이 아닌 ID카드가 없는 순례자 입장에서 취재도 해볼 겸 30년 넘게 몸에 익은 니콘 카메라보다는 색재현력이 풍부한 캐논 카메라(Canon EOS 5D Mark II) 장비를 구입하고 마니아들이 그토록 갖고 싶어 하는 하얀 렌즈(Canon EF 70~200mm f/2.8L)도 챙겼다. 특히 일반 순례자들과 같은 위치에서도 다양한 각도로 촬영할 수 있는 리모컨 콘트롤 부속 장비도 구입했는데 결국 이 장비들이 수백만 명이 모여 꼼짝도 못하는 현장에서 다양한 각도의 멋진 장면들을 선사해주었다.

2011년 5월 11일 로마 베드로광장에서 거행된 교황님의 시복식은 전 세계 수백만 명의 신자들이 운집할 것이란 뉴스가 나왔기에 여행사에서는 침낭을 준비해 행사 전날 광장에서 노숙하며 대기해야 한다고 했지만 현지 일기가 추워서 노인들이 견디기엔 어려워 호텔에서 새벽 2시 출발해 3시경 베드로광장 입구에 도착했다. 그런데 이미 광장 입구에는 젊은이 등 수십만 명이 대기하고 있었다. 폴란드에서만 젊은이들 100만 명이 올 거라는 얘기도 들렸다.

나는 사진을 담아야 하는데 '이 많은 인파 속에서 자칫 로사와 일행이 떨어지기라도 한다면 끝장이다' 하며 로사의 손을 꼭 잡고 새벽 5시 입장 시간을 기

2011년 5월 11일 로마 베드로광장에서 거행된 교황님의 시복식은 전 세계 수백만 명의 신자들이 운집했다.

다리는데 아뿔싸! 잠깐 유니포드에 카메라를 장착 위치를 이동해 촬영하는 사이 일행이 쏜살같이 입장하는 것이 아닌가.

수많은 인파를 헤치고 가려 해도 소용이 없었다. 로사를 잃어버린 것이다. 수백만 명 중에 어떻게 일행을 찾을 수 있단 말인가. 여의도 교황님 방한 행사 때처럼 줄을 서서 화장실도 가고 본당 누구도 찾아가는 그런 행사완 완연이 달랐다. 선 채로 꼼짝없이 오후 4시 행사 종료까지 일행을 찾는 것은 도저히 불가항력, 전화 연결도 되지 않고 이왕 헤어졌으니 나의 본업에만 충실하자고 마음을 다스렸다.

오후 3시까지 13시간 동안 화장실도 한번 가지 못한 채 사진을 찍었다. 일행이 궁금했다. 다행히 옆의 젊은 이태리 청년에게 손짓발짓해가며 핸드폰을 빌려 일행과 통화를 하니 너무나 힘들어 숙소로 들어갔는데 TV로 지켜보고 있다며 시복식 영성체를 모시는 나를 무척 부러워했다.

베네딕토 16세는 강론에서 요한 바오로 2세가 돌아가시기 전 남긴 고귀한 말씀을 전하며 젊은이들을 격려했다. "그리스도를 맞이하는 것을 두려워하지 마십시오. 그리스도만이 인간 마음 깊은 곳에 있는 갈망을 아시고 이를 채워주실 수 있으니 그리스도께 문을 활짝 열어젖혀라"고 말했다. 그분은 우리에게 진정한 희망이 무엇인지를 알려주셨다.

필자는 역사적인 시복식 행사에 ID카드 없이 일반 순례자로서 참가했다. 요한 바오로 2세를 추앙하는 전 세계인들과 함께 몸을 섞으며 그들의 표정을 보다 상세히 기록하기 위해서이다.

그리고 당일 새벽 3시 숙소를 나와 근 13시간 행사장에 머물며 두렵기만 했던 생리적 현상(?)은 기우였다. 난생 처음 이런 시간을 경험해보았다. 하느님께 향하는 마음이 진정 있다면 모든 두려움, 육신적인 것 물질적인 것 모든 두려움이 필요치 않다는 믿음을 확인시켜주는 현장이었다. 수백만 명이 빠져나가는 광장에는 교황청 합창단의 시복식 찬가가 계속 울려 퍼지고 새벽까지 찌푸

시복식 행사 한국참가단 희망조에 편성된 순례단이 바티칸 광장에서 기념사진을 남겼다. 가운데 원안이 인솔 사제인 김동훈 신부(라파엘, 춘천교구 속초 교동본당 주임)이다. 로마 베드로광장. 2011. 5

렸던 베드로성당 상공에 뭉게구름이 두둥실 흘러갔다.

그리고 기적같이 마침 메주 고리에 순례를 가던 부산 성지순례팀을 만나 숙소에서 나와 아시시 프란치스코 성지순례를 떠나는 우리 일행과 합류할 수 있었다.

로사와 이탈리아 성지순례를 마치고 자신감에 넘쳐 나는 그동안 하지 못했던 하느님의 일을 시작했다. 김수환 추기경님의 사랑을 지속적으로 알리는 일이었다. 그리고 수십 년 동안 깊숙이 박혀 있던 추기경님 사진들을 찾아 정리하기 시작했다.

지성이면 감천, 추기경님 일을 시작하면서 수많은 지인들이 함께 해주셨다. 가깝게는 국내사진 1세대인 진경선 선생님도 평생 모은 자료를 선뜻 내주셨다,

특히 추기경님이 자주 방문하셨던 전진상복지관, 샬트르 성 바오로수녀회, 천주교정의구현사제단, 서울애화학교, 라자로마을, 서울성모병원 안센타 주천기 교수님, 애덕의 집, 소록도국립병원, 꽃동네 등 전국각지의 모든 단체들이 자료를 내주어 김수환 추기경 추모 3주기 헌정사진집이 출간된 것이다.

이렇듯 추기경님은 우리 국민 모두에게 자신을 내어주셨고 예수님처럼 아낌없이 희생하며 사신 분이기에 그 사랑은 계속 잘 이어지리라 생각했다.

김수환 추기경 사진전과 책 출간

연세대 김형석 명예교수(철학과)는 김수환 추기경과는 일본 상지대 동창인데 100세가 넘어서도 강단에 서고 있다. 김태길, 안병욱과 함께 한국의 3대 철학자로 일컬어지는 김형석 교수가 최근 교회 강단에서 쓴소리를 했다.

"왜 스님들 쓴 책은 베스트셀러 돼서 많은 사람들이 읽는데 목사님, 신부님의 책은 베스트셀러가 없다. 많이 읽지 않는다. 왜 그렇게 됐는가 이유가 있다"고 했다. 즉 "스님은 인생을 얘기한다. 모든 사람들이 무엇을 위해 어떻게 사는가를 얘기를 하는데 목사, 신부는 교리만 자꾸 얘기하니까, 그건 교회 안에서만 중요하지 바깥 사람들은 관심이 적다. 그럼 예수님은 어떻게 사셨는가? 예수님은 인생을 얘기했다. 우리가 예수님을 얻을 수 있는 해답은 사람은 무엇을 위해 어떻게 살아야 하는가"라며 말했다.

김수환 추기경도 이같이 사람 사는 이야기를 들으려 애썼다. 명동교구청 집무실에 매일 각계 각층의 수많은 사람들을 접하며 주로 그들의 이야기를 경청하려 했다. 특히 고통받는 사람들을 만나서는 자신이 말하기보다 그들의 애환을 귀담아들으려 했다. 추기경은 왼쪽 귀가 잘 안 들리는데 누구를 만날 때마다 자신의 오른쪽으로 가까이 다가오게 했다. 이야기를 들어만 주는데도 방문자들은 문을 나서며 가슴이 열리는 듯 시원해했다.

1990년 천주교 안동교구장인 두봉 주교 은퇴 미사 전날은 전국적으로 폭설이 내려 기자도 하루 전날 열차편으로 출발해 겨우 당도했지만, 김 추기경님은 승용차에 편승해 폭설로 막힌 국도를 피해오느라 밤을 꼬박 새워 안동 현장에 도착했다. 미사는 이미 끝났고 행사장에 도착한 김수환 추기경과 두봉 주교를 무등태워 운동장을 돌았다. 낯선 타국서 평생 가난한 농민들을 위해 헌신한 두봉 주교 은퇴 미사를 축하하고자 밤새 폭설을 뚫고 안동까지 내려온 것이다. 만신창이가 된 추기경님의 승용차를 보며 이런 사랑이야말로 그리스도의 참 목자 모습이 아닐까 생각해보았다.

한신대 김경제(전 크리스챤아카데미 원장) 석좌교수는 김수환 추기경 추모 3주기 양평 전시장을 들러보곤 '59년 만의 군위 고향 방문' 사진을 가장 상징적인 장면으로 꼽았다. 다 쓰러져가는 옛집 마루에 앉아 옛 시절을 회상하는 추기경의 모습을 보곤 오로지 교회와 세상만을 위해 살아온 참 목자의 모습이라고 했다. 59년간 자기 고향은 방문할 겨를도 없이 오로지 힘겨운 세상 사람들과 나누고자 했다. 화재로 전소된 장지동 화훼마을 방문, 매년 성탄 때마다 우리 사회 가난한 시설 방문, 삼풍백화점 붕괴 현장에서 구사회생 살아남은 청년, 대구 지하철 사고로 신음하는 유가족을 위로하는 모습 등 그분의 한없는 사랑이 필자의 카메라에 고스란히 담겼다.

추기경님이 선종한 당일부터 며칠간 집에도 들어가지 못하고 추모 현장을 카메라에 담았다. 대체 어디서 그런 힘이 생기는지 잠 한숨 못 자고 출근했다. 낮엔 긴긴 추모 행렬의 감동적인 모습을 촬영하고자 명동성당 인근 고층 건물마다 모두 올라가 촬영했는데 중앙극장 건너편 남대문세무서(현 국세청 건물) 옥상에서 내려다보니 퇴계로와 명동성당 일대를 둘러싸고 있는 추모행렬이 눈에 확 들어와 장관이었다. 추기경님 촬영 일정마다 동행했던 박광수(평화방송 카메라 감독) 후배는 나보다 젊고 일에 대한 열정도 대단해 10층 건물 옥상 난간에 바짝 엎드려 나의 손목을 잡고 서로 의지한 채 연신 셔터를 눌렀다. 자칫 한

발이라도 헛디디면 순교(?)한다고 위안해가며 우리 두 사람은 추기경님의 마지막 길을 다양한 기록을 남겼다.

전시회와 함께 한국교회뿐 아니라 온 국민의 추앙을 받고 있는 그분의 책을 내도록 사람들을 불러 모아 이끌어주심도 큰 영광이라 할 수 있다. 사진집 『김수환 추기경』(사진으로 보는 그의 신앙과 생애 1922~2009, 눈빛) 출간하며 전시회도 이어졌는데 추기경님을 사랑하는 여러 지인분들이 나서서 도와주셨다.

2011년 4월 경기 양평 '갤러리 와'에서 바보의 나눔 주관으로 김수환 추기경 추모 3주기 전시회는 독실한 가톨릭 신자인 갤러리 '와' 김경희(다리아) 관장님의 배려로 두 달간 이어졌다. 다리아 관장님은 "전 추기경님이 교정 사목(교도소 방문) 다니실 때 자신이 운전 봉사를 하며 인연이 됐는데 이후로 봉사의 기

김수환 추기경 추모 3주기 사진전에 역대 사진부장과 선배들이 찾아와 축하해주었다. 오른쪽부터, 코리아 헤럴드 김영일, 국방일보 박춘배, 평화신문 진경선, 한국경제신문 이훈태, 백맹종 선배. 양평 갤러리 와, 2012. 3. 6

양평 전시장을 찾은 염수정 대주교와 한국ME 가족, 앞줄 왼쪽부터 최준웅, 김웅태 신부, 김경희 관장, 김득권 신부, 김경희 관장 배우자, 염수정 추기경, 양송옥, 전대식 부부. 경기 양평 갤러리 와, 2012. 3

뺨을 알게 되었다"라며 자신도 보은하는 마음으로 전시회를 함께 열자며 여러 지원과 배려를 아끼지 않았다.

여기에는 각계각층의 사람들과 연을 맺고 있는 후배 김형진(VOA 미국의소리 방송) 기자와 바보의나눔 이형범(리노) 형제의 도움이 컸다. 마침 전시회를 준비하던 중 서울 중림동 가톨릭 출판사에서 열린 가톨릭 언론인 시무 미사서 우연히 만난 이형범(바보의나눔 전문위원) 형제가 전시회 준비를 하고 있다 하자,

바보의나눔도 3주기 행사를 만화가 박재동 씨와 준비하는데 작가가 갑자기 도미 일정이 생겨 취소됐다며 함께하면 더욱 의미 있는 전시회가 될 거라며 윗분들께 말씀드려보겠다고 했다.

추기경님은 가톨릭교회뿐만 아니라 온 국민 누구나 추기경을 좋아하기에 이번엔 교회 밖에서 전시회를 열고 싶었다. 그러자 여기저기 지인들이 나타났다. 특히 '추기경의 눈은 살아 있다'라는 제하의 중앙일보 2면에 실린 예고 기사가 독자들의 호기심을 자극했다. 담당 신준봉 기자는 작가의 전시회 내용을 심층 깊게 정확히 파악하고자 기사가 나가기 전 10번 이상 통화를 한 듯하다.

사실 김 추기경님 추모 사진전시회는 이전에도 가톨릭교회와 다른 작가에 의해서도 열렸기에 추기경을 가까이서 오랫동안 보아온 따스한 사랑이 묻어나는 작품 위주 전시회를 열고 싶었는데 기사에 잘 반영되었다고 생각됐다. 예전의 기록적인 사진들보다 추기경님께서 우리들에게 주고 가신 숭고한 사랑의 의미를 알리고 싶어 몇 달을 고민했다. 갑자기 돌아가시면서 기증한 안구 사진이 떠올랐다.

그런데 막상 안구 사진을 찾는다는 것이 쉽지 않았는데, '뜻이 있는 곳에 길이 생긴다'고 강남성모병원서 추기경님 안구적출 수술을 집도한 주천기 교수님이 추기경님 기증한 안구 사진이 있을 텐데 한번 찾아보겠다고 했다. 또한 안구적출 수술을 집도한 의사들이 지방에 흩어져 있는데 같이 인터뷰 자리도 마련해보겠다더니 며칠 후 추기경님 안구 사진을 보내왔다. 추기경님 안구 사진은 너무나 거룩해 보였다. 또 한편으론 기뻤지만 시신 일부인 이 장면이 보도사진으로 나갈 수 있을는지 걱정도 됐다. 그러나 기우였다. 중앙일보는 추기경님의 숭고한 사랑이 독자들의 마음속에 우러나오도록 균형 있게 편집을 해 실었다.

중앙일보의 첫 보도에 이어 공영 KBS, 공중파 방송과 신문, 통신사 등 모든 매체들이 고 김수환 추기경 선종 3주기를 앞두고 크게 보도했다. 뉴스가 나가자 대구매일신문 사진부장을 지낸 권정호 선배는 추기경 기사가 실린 중앙일보를 손에 쥐고 양평 전시장까지 달려왔다. 독실한 가톨릭 신자로 교황 요한 바오로 2세 두 번의 방한 때 공식 사진기자로도 활동했던 권 선배는 전시장을 둘러보곤 "이렇게 훌륭한 전시회를 추기경님의 고향인 대구서도 하면 참 좋겠다"라고 말하며 돌아갔다.

추기경님의 일은 마음만 먹으면 여기저기서 지인들이 나타나 그대로 이뤄졌다. 중앙일보 기사가 나간 직후 공영방송 KBS는 전시장인 양평까지 찾아와 인터뷰를 요청했다. 처음엔 쑥스러워 거절하니, 연세가 지긋한 KBS 카메라 기자분이 "방송뉴스 인터뷰는 아무나 나가는 것 아니니 안 나가면 평생 후회할 겁니다"라고 말해 주저주저하면서 응했는데 깔끔하게 편집해 다음날 아침 7시부터 저녁 9시 종합뉴스 때까지 톱뉴스로 계속 흘러나왔다.

KBS에 이어 PBC, MBC, SBS, 연합뉴스, YTN을 비롯하여 거의 모든 신문, 통신, 방송뉴스를 타니 그 멀리 양평까지 두 달간 전시장을 찾은 관람객은 2만여 명에 달했다. 관광버스를 타고 온 서울 왕십리성당 노인분들과 각 수녀회, 가족들과 함께 온 어린이들, 추기경님 미소 짓는 사진들을 보며 어린이처럼 깡충깡

양평 전시장을 찾은 염수정 대주교님.

왜관 성 베네딕도 수도원에서 열린 고 김수환 추기경 추모 3주기 사진전시회에서 개관기념 테잎을 절단하고 있는 이형우 아빠스 및 김종필 수도원 원장과 관계자들, 가운데 백미혜 교수는 순회 전시회에 헌신적인 도움을 주었다. 경북 왜관, 2012. 6. 29

충충 뛰며 좋아하는 관람객들을 보며 큰 보람을 느꼈다.

성무에 바쁘신 염수정 대주교님도 멀리 오시어 전시회 개막을 축하해주셨다. 개막식 날 관람객이 없으면 걱정했으나 많은 ME 부부님, 신부님들께서 함께 해주어 고맙고 든든했다.

두 달 반의 양평 전시회를 성황리 마치고 이어 추기경님이 사제수품을 받은 대구 계산성당 앞 대구매일신문 1층에 있는 CU갤러리(대구가톨릭대 전시장)서

천주교 대구대교구장 조환길 대주교님의 개막식 축사로 이어졌다. 마침 관장인 백미혜(대구가톨릭대 조형예술학부 회화전공 명예교수) 교수는 추기경님 선종 당시 학교서 열린 추모식 때, 추모시를 낭송한 시인이기도 했는데 추기경님 전시회를 연다고하니 모든 지원과 배려를 아끼지 않았다.

백미혜 교수님은 이후 추기경님 고향 군위 삼국유사기념관서 열린 세 번째 전시회를 비롯 왜관 성 베네딕도 전시회에 이어 그해 말 열린 가톨릭대 김수환 추기경기념관 전시회까지 모든 전시회를 도와주었다. 그때는 석사 논문 심사가 있는 시즌인데도 전시장에 논문 원고를 챙겨와 심사하는 등 추기경님 가없는 사랑을 전하기 위해 헌신적으로 도와주었다.

추기경님 전시 출간을 하며 함께하셨던 분들을 떠올리면 더욱 실감이 난다. 평소 존경해온 김종필 뽈리까르포 신부님(왜관수도원장)과 왜관수도원 행사를 마치고 당시 수련원장이던 박현동(블라시오, 현 왜관수도원 원장) 신부님이 버스 옆자리 앉아 인연이 됐고 이 두 분이 큰 역할을 해주셨다. 서울 장충동 베네딕도 피정의 집에서 ME 주말봉사하며 알게 된 송대석(후고) 수사님 도움도 많았다. 수도원에서 자체 제작한 전시대는 얼마나 견고하게 만들었는지 순회 전시회가 끝날 때까지 사용할 수 있었다. 특히 마지막으로 진행된 가톨릭대학교에서 열린 전시회는 추기경님과 각별한 인연이 있으신 손병두 KBS 이사장님이 마침 김수환추기경연구소 운영위원장으로 계셔서 일이 일사천리로 이뤄졌다.

추기경님 사진집이 나온 날, 제일 먼저 손 회장님 집무실이 있는 서울역 앞 호암장학재단 사무실을 찾았다. 책 서문을 써주셔서 감사 인사차 찾아 뵌 것이다. 사무실엔 여기저기 온통 책이었다. 사진집을 건네며 전시회 준비도 말씀드리니 손 이사장님은 반갑게 화답하며 책의 첫 페이지부터 마지막 페이지까지 한장 한장 꼼꼼히 살펴셨다.

손 회장님은 그저 책장만 넘기셨지만 나는 순간 아차 싶었다. 그 많은 사진 중에 추기경님이 마지막 유언도 남기실 정도로 각별한 분인데 손 회장님 사진

한 장을 넣지 못하는 실수를 한 것 같았다. 예전 『한국ME 30주년사』 책을 내면서도 비서실과의 이메일 오류로 일부 중요한 부분이 빠져 면목이 없었는데 대중들에게 보급되는 추기경님 추모헌정집인데 더욱 죄송했다. 내가 미처 살피지 못한 것이다.

일 년여 순회 전시가 끝나고 회상해보니, 이런 큰 전시회와 출간일은 개인이 하는 것이 무리구나 자책했다. 보이지 않게 신경 써야 할 일들이 많은데 혼자 전시를 준비하다 보면 진즉 챙겨야 할 일들을 놓친다.

문득 예전 추석 명절을 앞두고 감사선물 준비하는 동생의 선물명단을 보며 내가 만일 저 정도 했다면 출세에 출세를 거듭했을 텐데 감탄했다. 그러나 같은 배를 타고 나온 형제인데도 나는 그런 기질이 없으니 하는 수가 없다. 배워서도 안 된다. 이나마 영상제작을 하고 책을 펴내 보은의 마음을 전하고 싶은 것이 이 자서전을 펴내는 이유 중 하나다.

작은예수회 박성구 신부님과의 인연

회사 정년퇴임하던 날, 성당 미사에서 날아가는 새도 들에 핀 꽃도 먹을 것 입을 것을 챙겨주시는데 만물의 영장인 사람에겐 그보다 훨씬 더 잘해주실 것 이니 오늘 걱정은 오늘만 해도 된다는 하느님의 말씀에 따라 그동안 마음만 먹 었지 행하지 못한 일들을 찾아 나섰다.

로사랑 해외성지 여행도 다녀오고 추기경님 전시회도 열고 책 출간도 하고 전국 전문사진인들을 모아 한국가톨릭사진예술인협회도 조직해 창립 전시회 (명동 평화화랑, 2013. 12)도 성공리에 열었다. 그러나 인생 백세 시대를 맞아 자 신의 가장 주요한 과제인 일자리 문제는 좀처럼 해결될 실마리가 보이질 않았 다.

정부에서 지원하는 실업급여로 학원을 찾아갔으나 나이가 많다는 이유로 배 제되고, 이력서를 2년째 인터넷 게시판에 올렸으나 서류접수조차 되질 않았다. 현직 책임자가 40대인데 60대 아버지 같은 대선배를 아무리 능력이 좋다지만 받아줄 리 만무하다. 시내를 모처럼 나가봐도 20~30대가 주류지 50대 더구나 60대는 자영업자나 줄을 잘 탄 임원급이 전부다.

친구들 동창 모임엘 가도 백수가 90퍼센트다. 직업이 있다 해도 경비원이나 일용직 허드렛일이지 자신의 전공을 살려 이어가는 친구는 드물다. 세계 최고 의 고령화 나라에 살고 있음을 실감하게 된다. 정부는 젊은이 일자리 운운하지만 사실 나이 50대 중반 이후 70대 노령 인구를 살펴보는 것도 시급하지 않을까 생각한다.

젊은이들이야말로 아직 기회가 있다. 그러나 50대 자식 농사도 채 짓지 못한 부모나 노후 대책이 되지 않은 세대들의 비참한 말로가 어떤 것인지 자각해야 할 것이다. 여기서 파생되는 황혼 이혼도 우리 사회의 심각한 문제이다

정년퇴임하고 별의별 일자리를 다 알아봤다. 그러나 추기경님 책을 출간하고 인연이 된 눈빛출판사에서 정전협정 60주년을 기념해 출간된 『판문점과 비무장지대』란 책이 결국 작은예수회 박성구 신부님과의 연을 맺게 해주었다.

눈길을 가는 작은예수회 박성구 신부님. 가평 현리

가평 현리 작은예수회에서 올려다본 밤하늘.

책 출간 후 매경TV '정운갑의 시선집중' 생방송 프로그램에 공동저자인 이태호 선배와 출연했는데 이를 작은예수회 기획실장이 보곤 "아~ 전 기자가 아직 왕성한 활동을 하고 있구나" 하며 작은예수회 박성구 신부님에게 소개한 것이다. 그렇게 해서 작은예수회 홍보국장, 진실의소리 신문 공동대표 직함을 맡아 또 다른 인생길을 펼치게 되었다.

　작은예수회에서 웬 신문을 내는가 하지만 애초 박 신부님의 억울함을 교회 내 알리는 데 목적이 있었다. 작은예수회와 같은 가평에서 복지사업을 하는데 정부에서 나오는 복지지원금이 가평 꽃동네만 나오고 작은예수회는 나오지 않았다. 작은예수회는 이에 대한 불평등한 사안들을 조목조목 들어 각계에 몇 년간이나 호소했다. 관할관청, 경기도청, 보건복지부와 교회 안팎 심지어 청와대 앞까지 나가 박 신부가 일인 시위하며 호소해도 들어주질 않자 이 사실을 교회 내에 알려야겠다고 한 것이 계기가 됐다. 그러나 기왕 작은예수회의 모토인 '함께 삶의 기쁨을'을 기치를 살려 전국에 힘 없고 가난하고 핍박받는 이들을 위한 신문을 만들자는 것이 진실의소리 신문이 태어난 배경이다.

　편집진이 짜여지고 1년여 준비를 거쳐 월 1회 종이신문과 인터넷 신문(vot news)이 나가자 회당 많게는 조회수가 5만 회를 기록하며 폭발적인 인기를 끌었다. 지방 어느 사제는 후원금까지 보내 격려해주었다. 그러나 신문을 제작하며 박 신부님과 편집진은 이견이 자주 도출되었다. 신문은 중립성이 보장되어야 하는데 지나친 사적 주장이 들어가면서 편집진이 떠날 위기까지 발생했지만 다행히 잘 봉합되었다. 이후 교황청까지 가 자신의 억울함을 호소했지만 결국 신부님은 교구로부터 사제직무 정지 처분까지 받아 무척 괴로워했다.

　당뇨 합병증에 정신적 충격을 받는 중에도 작은예수회를 다시 살리려는 의지는 끝까지 버리지 못했다. 신부님은 결국 양다리까지 절단하며 많은 고통을 받다 세상을 떠나셨다.

　신문을 제작할 때는 주변에서 많이 말렸다. 그리고 박 신부님을 따르던 직원들도 대부분 떠났다. 그러나 한 사제가 연일 자신의 억울함을 통곡하는 마당에 나 몰라라 하며 양심상 떠날 수는 없었다. 무모하지만 신문에라도 호소해 한 사제의 결백함을 풀어드리는 것이 도리인 것 같았다. 결국 진실의소리 신문 제작에 참여한 일이 나의 발등을 찍는 결과가 되었는지 몰라도 신부님과 함께한 그 순간들은 후회 없다. 그것은 박 신부님이 진실한 사제라는 것을 알기 때문이다.

박 신부님이 병원서 임종을 맞던 날, 서울대교구장 염수정 추기경님이 오시어 병자성사를 주시고 화해하셨다. 이어 추기경님은 11월 19일 명동성당 지하 성당서의 추도미사에서 "신부님의 삶이 인간적으로 봐서 여러 가지 마음에 드는 것도 있고 마음에 들지 않는 것도 있지만, 이분의 순수한 삶과 열정적인 삶이 우리들에게 커다란 모범이 되고 또 우리가 똑같이 살지 못한 것에 대해서 성찰하고 주님의 자비를 간청해야 되리라고 믿습니다"라며 추도했다.

천국에서 다시 만난 장애인 사제와 수녀

세인에 널리 알려진 작은예수회 박성구 신부와 윤석인 수녀는 뗄려야 뗄 수 없는 인연이 있는데 공교롭게 박성구 신부가 4년 전인 2019년 11월 18일 세상을 떠난 지 꼭 한 달 만에 윤석인 수녀도 세상을 떠났다.

지금은 장애인 사제가 있지만 30년 전 장애인들이 세상이 무서워 문밖에도 못 나오던 시대, '장애인이 어떻게 수도자, 성직자가 될 수 있느냐'며 말도 꺼내지 못하던 시절이 있었다. 그러나 박 신부의 열성과 순수함, 그리고 고집(?)에 김수환 추기경은 결국 승인했고, 그래서 한국 최초, 세계 최초의 장애인 수녀가 탄생했으니 그가 바로 2020년 12월 18일 선종한 윤석인 보나 수녀다. 윤 수녀는 화가 수녀로 작은예수수녀회 초대 원장(1992. 12)도 맡았다.

박성구 신부는 당시 누구도 할 수 없었던 이 나라 장애인 복지운동에 교회 안팎으로 생을 바쳤고, 윤석인 수녀는 국내 최초 장애인수녀회의 영성을 위해 온 힘을 바쳤다.

하느님의 대리자로 부르심을 받은 사제의 홀륭한 영성을 모으면 그곳이 바로 '천국'이란 말이 있듯이 박성구 신부가 일반인과 다른 점은 지극한 순수함이 아닐까 싶다. 가평 현리의 작은예수회를 오가는 이들, 박 신부에 세례를 받았던 예전 높으신 분(?)들도 꾸밈없이 순수한 사제의 모습에 끌려 세례를 받고 천주교에 귀의했다.

194

천주교 서울대교구장 염수정 추기경은 박 신부의 선종 미사에서 예전 사제 시절 ME(매리지 엔카운터, 부부일치운동) 주말수강을 함께 받을 때, "박 신부가 얼마나 예수님에 대한 열성과 순수함을 갖고 계시는지 이분과 같이 기도도 하고 편지를 나누면서 참 대단하다 참 부럽다 저렇게 열심히 살고 순수하게 사는 것이 저는 참 부끄러운 마음이 들 정도였다"라고 술회했다.

오래전 나는 경기도 가평 현리 작은예수회 마을에서 성소 모집 광고에 쓰일 두 분의 정겨운 모습을 카메라에 담은 적이 있었다. 결국 한 장의 사진이 계기가 되어 『작은예수회 30년사』 편찬위원으로 위촉되었고, 박 신부를 수행하며 작은예수회 소속 국내외 공동체 사목 방문 기회가 있었는데 그때 순수한 사제의 모습을 가까이서 지켜보게 됐다. 그러면서 은근히 교회 안팎이 걱정도 되었다. 아니나 다를까 순수한 신부님을 이용하는 영악하고 머리 좋은 사람들이 수도 없이 거쳐 갔다고 현리 작은예수회 마을을 지키는 오래된 이들이 귀띔해주었다.

작은예수회는 국내외 크고 작은 공동체 사업을 80개 꾸려가는 가톨릭 최대 사회복지단체이다. 그렇지만 순수하고 사업경영이 일천한 박 신부가 꾸려가기엔 역부족이었는지도 모른다. 그러나 한때 수많은 사람이 이곳을 찾아 영적 행복을 되찾고 희망과 자신감으로 우뚝 일어선 신자들을 나는 무수히 보아왔다.

"고통받는 저 장애인의 얼굴에서 영원히 미소가 사라지지 않게 하는 것이 하느님으로부터 받은 나의 소명입니다"라는 박성구 신부의 신앙고백은 1984년 운정 '사랑의집'이 되어 첫 장애인 공동체로 시작됐다. 그리고 30년 세월이 흘렀다.

얼마나 많은 사람들이 이 공동체를 통해 세상에 빛을 발하고 있을까. 삶의 희망을 잃고 방황하던 중, 능력 있는 사람으로 변모해 이웃에까지 의욕을 줄 수 있는 사람, 경제적 가난에서 영적 행복으로 삶의 의욕을 되찾고, 실의에 빠진 사람, 죄악에서 벗어나지 못한 사람, 신앙생활에 희열을 느끼지 못했던 사람들

박성구 신부와 윤석인 수녀, 이 사진 촬영 후 박 신부님이 운영하던 작은예수회에서 머물게 되었다. 경기 가평 현리 작은예수회, 2013. 8

이 현리를 다녀가면 얼굴에서 광채가 나기 시작했다.

최근 가톨릭교회 한 기도회 모임에서 봉사회 모 간부가 공적인 자리임에도 박 신부를 지칭하며 사업하다 빚만 잔뜩 졌다는 등 악담을 하다 마침 기도회 지도신부가 현장에 나타나 그 얘기를 듣고 어떻게 돌아가신 한 사제를 제대로 알지도 못하고 그렇게 폄훼할 수 있단 말인가라며 심하게 꾸중을 했다는 얘기를 들었다.

요즘 서울에서 성당 하나를 짓는데 백억 원이 든다고 한다. 사람의 공과를 돈으로만 평가할 수 있을까. 실의에 젖어 헤어나지 못하던 그 수많은 사람들을 다시 일으켜 세운 공로를 백억에 수천억 원에 비유할 수 있을까? 천국이 있다면 그곳엔 이승의 삶을 돈으로 평가할 수 있을까?

박 신부가 생전 입버릇처럼 얘기하던 문구가 하나 있다. "나는 맨날 공날이 공날이다." 오죽하면 책제목이 『공날이 공날』으로도 나왔을까. 그러나 세상은 그를 횡령죄로 단죄했다.

돈과 명예와 권력으로 세상 모든 공과를 평가하는 이 시대와 전혀 다른 생을 살다간 장애인 사제와 수녀의 삶을 돌아보며, 이분들의 순수한 삶이 우리들에게 커다란 모범이 되고 그와 같이 살지 못한 것에 대한 것에 대해 성찰해본다.

최근 박성구 신부님을 임종 순간까지 돌본 경춘옥(아녜스, 전 성수봉재수도회부총장) 씨가 최근 기쁜 소식을 전해왔다. 박 신부님이 그토록 사제직을 걸고 힘썼던 국내 최초 장애인 사제수품이 주어질 거라고 한다. 국내 최초뿐 아니라 세계 최초의 장애인 사제 탄생 소식을 하늘나라에서 듣고 박 신부님도 활짝 웃으실 것만 같다.

신부님은 가셨지만 가평 현리의 작은예수회 마을이 본래 설립 취지에 맞도록 '함께 삶의 기쁨을' 누리는 한국가톨릭교회 장애인들의 천국으로 거듭 태어나길 기원해본다.

2013년 올해의 책 『그래도 사랑하라』

2012년 11월 가톨릭대학교 김수환 추기경 기념관에서 열린 전시를 끝으로 8개월간의 순회 전시회를 마무리하며 전시장을 찾은 수많은 분들을 떠올렸다.

활짝 웃으시는 추기경님 사진을 보곤 전시장을 깡충깡충 뛰어다니던 어르신, 추기경님 추모 시 낭독 인연으로 전국 순회전시장마다 도와주신 대구가톨릭미대 백미혜 교수님, 전시장을 꽃밭으로 만든 군위 군민분들의 사랑, 추기경님 사진을 지갑 속에 품고 다니는 불교 스님 등 전시장을 다녀가신 각계각층 분들의 환한 미소가 주마등처럼 스쳐갔다.

그리고 그분들에 작은 선물이라도 드리고 싶었다. 기존에 나온 추기경님 사진집이 비용면에서도 다소 부담스러워 드리지 못했는데 추기경님을 보고파 하는 분들에게 부담 없이 볼 수 있도록 책을 내었으면 하는 바람이 있었다.

마침 교회 관련 서적을 많이 낸 가톨릭 기관 사람과 대화를 나누다보니 추기경님은 교회만이 아닌 국민 모두에 존경받는 분이

『그래도 사랑하라』 책 표지.

니 교회 출판사보다 일반 출판사를 선택하면 좋겠다고 했다.

그래서 출간된 '그래도 사랑하라' 사진 에세이집은 추기경이 세상을 떠나신 지 3년이 지났지만 국민들의 사랑을 많이 받고 베스트셀러까지 올랐다. 대한민국 대표 인터넷 서점 예스24(대표 김기호, www.yes24.com)가 주관하는 '2013년 올해의 책' 시상식에서는 1위를 차지한 도서 『정글만리』의 저자 조정래 작가의 뒤를 이어 『그래도 사랑하라』가 4위를 차지했다.

출판사 측에서 책이 많이 홍보되려면 전시와 강연을 해야 한다고 했지만 나는 선천적으로 '대인공포증'이 있어 못한다고 해도 계속 잘할 거라며 떠미는 바람에 추기경님 전도사가 되어 소명감으로 8개월여 전국 백화점 문화강좌, 성당, 수도원 등을 다녔다. 경험이 없는지라 30분 강연(추기경님 설명회) 준비하기 위해 밤샘을 한 적이 많았다. 더욱이 TV나 방송 출연도 있었지만 나는 도저히 생리에 맞지 않는 것 같았다.

김수환 추기경 사진에세이집 『그래도 사랑하라』가 출간된 지 십 년이 지났지

『그래도 사랑하라』 출간기념 작가와의 만남 시간에는 김경제 목사와 대구 동화사 주지 스님 등 종파를 초월한 많은 시민과 지인들이 참석해 추기경의 사랑을 기렸다. 교보문고. 2012. 12. 11

만 그 책은 아직도 독자들의 뜨거운 사랑을 받고 있다. 인터넷에 떠 있는 수천 개의 독후감을 보면 알 수 있다. 그분의 말씀 한마디, 따스한 한 장의 사진들이 독자들에게 감명을 주고 어떻게 자신이 변화했는지 알 수 있다. 추기경은 세상에 없지만 책을 통한 그분의 사랑은 계속되고 있다.

소설가 최인호 선생은 극심한 암 말기 고통 중에 일체 외부와의 소식을 끊었으나 김수환 추기경 헌정사진집 출간을 앞두고 짤막한 글을 보내왔다.

성 프란치스코 살레시오는
"꽃잎은 떨어지지만 꽃은 영원히 지지 않는다"라고 말하였습니다.
김수환 추기경님은 비록 우리의 곁을 떠나셨지만
시간과 공간을 초월하여 항상 우리 마음속에 살아계시니
영원히 지지 않는 꽃으로 부활하신 것입니다.
–소설가 최인호

제4부 고희 단상

칠순이 청춘~단풍이 곱게 물든 내설악 오색약수터에서 청경회 친구들. 2023. 10. 25

유진수 친구를 추모하며

고령화 시대, 백세 시대, 인생은 60부터라고 말들 하지만 요즘 친구들 비보를 들을 때마다 아! 인간의 죽음은 나이 따라가는 것도 아니고 순서가 따로 없음을 통감한다. 그런데 강인한 정신력과 신체를 지녔다고 모두 부러워했던 친구가 갑자기 심장마비로 세상을 떠남에 '나도 어느 순간 세상 사람들과 이별할 수 있겠구나' 생각하며 먼 길을 떠날 때 책상 서랍부터 정리하는 습관이 생겼다.

1980년대 초, 해군 장교로 UDT 교육대장을 지내며 철인 같은 체력과 강단을 지닌 유진수 친구는 고무보트 하나로 동, 서해를 넘나들며 대북 특수임무를 수행하다 차출되어 대통령 경호실에서 주요 직책을 맡아 국가원수를 세 분이나 보위했다.

특히 1996년 일본이 독도를 자신의 땅이라 우기며 동해바다를 욕보이던 시기엔 독도 수호 결의를 다지며 같은 UDT 출신인 엄홍길 등반대장 등 UDT 동료들과 오리발 하나로 독도 해상 3백 킬로미터를 횡단했다. 상어 떼가 종종 출몰해 목숨을 앗아갈 수 있는 동해 해상에서 목숨을 무릅쓴 그의 투지에 국민들은 큰 박수를 보냈다.

남다른 조국 사랑과 강인한 정신력을 지닌 진짜 사나이 유진수 친구, 그런데 자신의 죽음을 미리 예견이라도 한 것일까? 지난 몇 년간 친구는 예수님 유언처럼 "사랑하라"라는 말을 입에 달고 다녔다. 그는 직분상 노출되는 것을 꺼려

해군특수전전단 UDT 교육대장이던 유진수 친구와 전대식 기자가 진해 해군사관학교 졸업식 취재 후
만나 기념 촬영을 했다. 1983. 4

서인지 가끔 SNS(사회관계망 서비스)에 '서로 사랑하라'라며 안부를 나누던 친
구는 장녀 혼인예식장에서도 "우리 모두가 사랑합시다"라고 '사랑하라'라는 짤
막한 덕담을 남겼다.

　바다같이 넓은 마음, 두둑한 배짱, 세상 두렵지 않은 인내로 국가 최고통수권
자를 보필하며 부러움 하나 없이 살아온 친구가 죽음에 이르는 막바지까지 외
치던 친구는 왜 끊임없이 우리들에게 '사랑하라'는 메시지를 남겼을까?

　몇 년 전 친구의 비보를 듣고 춘천 장례식장을 찾은 것은 이른 새벽, 친구 조
카가 고인의 고향 친구라 하자 반갑게 맞았다. 어떻게 하다 이렇게 갑자기 떠났
는지 묻자, 인간 생명의 한계점을 넘나드는 특수전훈련(UDT)을 하며 심장에
무리가 가서 예전에도 몸이 안 좋았다고 했다.

"20년 전 청와대 근무 당시 북한산에 올라갔다가 심장마비를 일으켜 헬기로 구조되어 겨우 생명을 건졌어요. 그때 삼촌이 5년만 더 살게 해달라고 하셨는데 20년을 더 살았으니 나머지 인생은 덤으로 사신 것"이라고 했다.

덤으로 산 20년, 남은 인생 친구는 어떻게 살아왔을까 궁금했다. 마침 같은 동리서 죽마고우로 자라 그 영향으로 해병대까지 자원했던 충북 옥천군 청산면 장위리 출신 이창하(대전 자양동) 친구는 "그때 첫 번째 심장마비를 일으켰을 때도 알리지 않더니 본인의 자존심인지 늘 건강한 모습만 보이고 떠나려 한 거 같다"라며 언젠가 맞이할 자신의 죽음을 예견했기에 고향 방문길에 동리 노인정이나 동창 모임 등 누구든지 만나면 무조건 자신의 호주머니를 열었다라고 전했다. 또 올해가 칠순을 맞는 해인지라 "야, 우리는 이제 살 만큼 살았으니 나이 칠십 넘으면 덤으로 사는 것이다"라며 칠순 기념으로 울릉도 가기로 하고 35만 원씩 걷었는데 여행 가기 이틀 전에 세상을 떠났다고 했다.

"요즘 나이 칠십이 돼서도 반목하는 사람들이 있는데 인생 사는 거 별거 아니야. 너와 내가 사랑만 한다면 마음 아프게 하지 않을 수 있고 서로 행복하게 할 수 있어. 너와 나는 사랑해야 해. 만나면 무조건 반가워야 하고…"

고인의 생애를 가까이서 지켜본 이창하 친구는 마지막까지 '서로 사랑하라'란 메시지를 남기며 세상을 떠난 유진수 친구의 숭고한 삶을 애도했다.

고향 청산은 나의 뿌리

얼마 전 충북 옥천 청산 고향 친구들 모임에서 한 여자친구가 정치 현안을 들며 우리 고향 친구들 중에 좌파들이 은근히 많다며 볼멘소릴 했다. 그러자 여러 친구들이 맞장구를 쳤다.

순간 고향을 모르는 친구에게 한 소릴 해주고 싶었지만 참기로 했다. 필자는 작금의 우리나라 정치 얘기는 각자 이해관계에 따라 갈린다고 보고 있기 때문이다. 고로 친구 사이는 물론 가족, 심지어 형제 사이에도 정치를 바라보는 시각이 전혀 다르다. 참으로 불행한 일이지만 대중매체 여론 지형이 가파르게 변한 작금의 현실은 더욱 그렇다.

세상 돌아가는 이야기를 진실 되게 정확하게 국민들에게 감시하고 전달하라고 언론, 즉 신문방송이 만들어졌고, 이를 판단해 국민들의 억울한 일이 생겨나지 않도록 법이 만들어졌지만 지금 대한민국은 타락한 자본주의 세력에 일부 검찰과 언론이 기름을 붓고 있는 형국이다. 여기에 국민들의 피맺힌 절규가 터져나온다.

조동호, 정순철, 손병희, 박재익, 송건호 등 역사에 남을 걸출한 옥천인들은 근현대 빼앗긴 나라를 찾고 나라 안팎이 위태로울 때마다 정의를 부르짖으며 목숨을 불사하고 싸웠다. 특히 청산면은 많은 애국지사들을 배출한 곳이다. 선조들의 얼을 자손만대에 기리기 위해 청산초 동문 김석환 친구와 후배 이은승 전 청산면장 등 유지들이 힘을 모아 청산 3·1독립만세운동기념탑도 세웠다.

한발 더 나아가 우리나라 최초의 농민민주화운동 및 여성운동이랄 수 있는 동학혁명의 제2 교두보였던 한곡리 문바위가 있다. 백 년 동안 드러내지 못하다 민주화운동이 살아나며 이제 문인들에 의해 책으로도 출간되며 역사적 관점에서 재조명을 받고 있다. 이렇듯 나의 고향 청산은 의로운 정신이 서려 있는 충절의 고향이라 아니할 수 없다.

그 선연한 피와 정신을 이어받은 필자의 사상이나 철학도 유다를 수 없다. 기독교가 내세우는 가장 큰 좌우명은 사랑이다. 정의로움과 진실함이 없는 사랑은 위선이다. 가톨릭 신자로 터득한 사랑 정신은 내 몸과 마음에 그렇게 배어 있다.

충무로 신문사 근무 시절. 점심식사를 마치고 사무실을 들어가려는데 극동

기쁜 일, 슬픈 일 함께하는 청경회(청산초등학교 동창 모임) 친구들이 '사제의 해 폐막기념 특별사진전' 전시장을 방문해 무척 반갑고 든든했다. 서울 명동 평화화랑, 2010. 6. 12

빌딩(현 남산스퀘어빌딩) 골목길에 수많은 시민들이 운집한 채 아비규환이다. 붉은 완장, 녹색 모자를 쓴 건장한 단속반원들에 포장마차가 내동댕이치고 주인인 듯 아주머니가 땅바닥에 쓰러져 울면서 "한 번만 봐주세요"하며 하소연한다. 포장마차를 부수며 가져가려 하자 여인은 절규하다시피 통곡했다. 나는 순간 용수철처럼 뛰쳐나가 "여기 책임자가 누구냐?"라며 골목길이 쩌렁쩌렁 울리도록 호통쳤다.

순간 철거요원들이 기가 눌리는 듯한 기세를 몰아 완장에 줄 세 개를 친 단속반장에게 "아무리 노상 불법 영업을 한다지만 포장마차 행상인도 사람인데 벌어 먹고살려고 차린 포장마차를 이렇게 무참하게 짓밟아버리다니 이게 인권 테러가 아니냐. 누가 이렇게 시킨단 말이냐?"며 호통을 쳤다. 지나가던 시민들도 혀를 끌끌 차며 공감했다. 당당한 나의 언행을 보곤 철거요원들은 포장마차를 그대로 둔 채 슬금슬금 철수했다.

필자는 풀빵 장사라도 해 벌어 먹고살려고 만든 여인의 분신과도 같은 포장마차를 무참히 부수는 행동을 보며 평생 못 잊을 상처로 남을 텐데 순간 동정심과 의협심이 작동한 것이었다. 그 후로 관할구청과 협의가 잘됐는지 포장마차가 말끔한 모습으로 다시 들어섰다. 이후 포장마차를 지나칠 때마다 주인은 길까지 나와 그때 너무 고마웠다며 인사를 했다. 내 고향 청산의 정신은 어딜 가도 영원하다.

은사님 영상기록

2020년 5월 15일 스승의 날을 앞두고 말보다 행동이 빠른 청경회 회장을 맡고 있던 안영구 친구가 청주 이상성 선생님을 찾아뵈자고 했을 때, 나는 '즉각 오케이'라고 답했다. 40여 년 언론사 생활에 바쁘다는 핑계로 고향 동창 모임 한 번 나가질 못한 채, 예전부터 청산 교가를 지으신 은사님을 모시고 고향엘 들러 우리 고향의 뿌리를 알고 어린 시절의 추억을 진하게 느끼고 싶어서였다.

그리고 그 모든 것을 기록에 남기고 싶었다. 가슴 벅찬 은사님과 청주 모임 직후 고향 방문은 성사되지 않았으나 내심 기회를 찾던 중, 주변에 윗분들이 갑자기 활동반경이 어려워지는 것을 보곤 이러다 영원히 순간을 놓치겠다 싶어 은사님께 타진했더니 흔쾌히 허락해 2박 3일 일정으로 은사님이 오랫동안 활동한 청주와 청산, 영동 등을 다녀오게 된 것이다.

평화방송 후배인 박광수 감독과 여러 지인들의 도움으로 다큐멘터리 기획안을 짜고 드디어 2020년 6월 20일 은사님을 모시고 청주와 청산에서 2박 3일 첫 촬영이 시작됐다. 그로부터 2년여 만인 지난 2022년 9월 9일 추석 명절을 하루 앞두고 총 9편을 제작 완료했다. 중간에 허리를 다쳐 1년여 컴퓨터 편집을 하지 못해 은사님께 죄송했으나 마침 작업 여건이 좋은 어머님 댁에 3개월 머물게 되어 마지막 9편까지 제작 완료했다.

일정 중, 가장 반가웠던 순간은 청산초등학교 후배인 이은승 전 청산면장(청산초 53회)이 청산천년기념탑 건립추진위원회 단장으로 청산에 대한 역사적 고증을 사방팔방으로 확인하던 중, 청산 지역명이 1천 년 전 고려조 때부터 시작되었고 당시 청산과 관련된 여러 시조도 발견되었던바, 시조 '청산에 살어리랏다'가 바로 옥천군 청산면에 근거한 어원임을 알게 된 것이다.

영상을 진행하며 일부 왜 이상성 선생님만 하느냐는 의견들이 있었지만, 필자에게 기자의 꿈을 심어준 분이고, 담임선생님 중 유일하게 생존해 계시기 때문이었다. 취재하며 다시 한 번 은사님은 제자들을 진정으로 사랑한 이 시대 참교육자임을 느꼈다.

2년여 다큐멘터리 제작을 통해 많은 시간과 노력을 들였으나 그만큼 보람도 있었고 그보다 몇 배 더 큰 선물도 주셨다. 우선 의롭고 정의로운 고향의 정신을 알 수 있었고, 내 몸과 내 영혼을 건강하게 지켜준 원동력은 늘 푸르고 맑은 물이 있는 보청천이었음도 생각하게 되었다. 특히 동학혁명, 3·1운동으로 많은 고향의 어르신들이 옥고를 치르며 순교한 기록을 남기게 되어 다행이다.

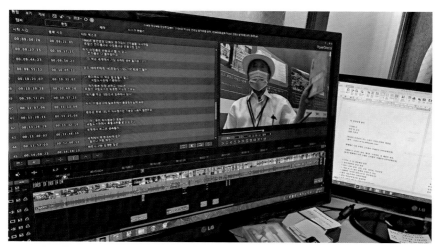

일촉 이상성 은사님 다큐멘터리 영상기록의 최종 마무리 파워 디렉터 (Power Director) 편집화면. 촬영, 편집, 취재, 섭외 등 홀로 제작하던 중 허리 시술을 해 2년 걸려 완성했다.

이상성 은사님과 일제치하 조선말을 했다고 입술이 뜯긴 채 수난을 받던 영동 심원초등학교를 찾았다. 영상제작을 위해 물심양면으로 도움을 준 류동현 동문(오른쪽). 충북 영동 봉현리. 2021. 7. 16

　이번 다큐멘터리 영상기획부터 물심양면으로 도움을 준 평화방송 박광수 감독에게 진심으로 감사를 표한다. 또한 고향 청산과 청주, 영동 등 은사님을 모시고 취재 촬영하는 데 여러 도움을 준 은사님의 제자 류동현(청주 한벌초등학교 교장 정년퇴임) 친구에도 감사를 드린다. 은사님의 교가를 함께 합창하고 제자들과 뜻깊은 담화 시간도 마련해준 청산초등학교 이종옥 교장선생님, 청산지역발전을 위해 온 힘을 기울이고 있는 청산천년기념탑 건립추진위원장 이은승(전 청산면장) 님과 김석환(청산신협 이사장) 친구와 다큐멘터리에 출연하고 도움을 준 청산초 52, 53회(안영구, 이찬희, 황봉규, 원후희, 박대용, 이형태, 유만영, 박영곤, 설형종, 이창하, 유윤수, 이상순, 김철순, 김석부) 동문들에게도 감사드린다.

꿈에도 그리던 오복희 선생님

지난해 초등학교 선배인 양길영 목사님이 마산에서 오복희 선생님을 만나 뵙고 60여 년 만에 백발의 은사님을 목소리로나마 뵙게 되어 반가웠다. 초등시절 은사님은 거의 생존해 계시지 않는데 양 목사님과 통화 중 전화번호를 알아냈지만, 너무 오랜만이라 하루가 지나 설레는 마음으로 통화를 드리니 아주 반갑게 맞아주었다. 선생님은 당신 조카가 53회 졸업생 오재욱인데 몇 회냐고 물어 52회라고 했더니 우리 동창들 이름을 하나씩 호명했다. 선생님 어떻게 멀리 내려가셨냐고 묻자, 날씨가 좋아 여름엔 시원하고 겨울에도 춥지 않아 나이 든 사람에게 아주 기후가 좋다고 했다.

옛 시절 사진들이 많은 청주 이상성 선생님 댁에서 오 선생님 사진들을 봤지만 그때 제일 고우셨고 저희 제자들이 만날 때마다 종종 선생님을 추억하고 있다고 하자, "지금은 나이가 들어서…"라며 웃으셨다.

사실 오 선생님은 아담한 키에 얼굴도 전형적인 동양미인처럼 예뻤다. 당시엔 지나치게 예쁘거나 관심 가는 여자친구가 있으면 좋단 말은 못하고 줄넘기 고무줄을 끊으며 관심을 끌려고 바보스러운 행동을 했는데…. 한 친구가 선생님을 자신의 동급생인 줄로만 알고 고무총에 오물을 넣어 짓궂은 장난을 했다는 사실도 알았다. 그 친구는 체육 선생님에게 발각돼 죽도록 맞았다. 아직도 그 고약한 기억을 하고 계실까 싶어 우리 친구들이 짓궂은 장난을 많이 쳤었지요,

청산 보청천에서 6학년 담임선생님들이 도시락 들고 계신 모습. 왼쪽부터 이상성, 최운탁, 박해용, 오복희 선생님 그리고 서울사진관 박두현 씨. 1967년 여름

하자 장난치는 친구들이 어느 곳에 구속되지 않고 자유발랄한 이상을 갖고 있기에 그런 거라며 오히려 두둔하는 말씀을 했다. 아~우리 고향 은사님들은 제자들을 학생으로만 보지 않고 한가족 이상으로 가르쳤다는 생각이 들었다.

오복희 선생님의 모습이나 마음은 영락없는 인성 교육자였다. 이런 덕을 어디서 쌓게 되었을까 궁금해졌다.

그것은 바로 돌아가신 우리들의 동창 김용철 친구 어머님으로부터 비롯된 것 같다. 은사님은 평소 성당 아래 살고 있는 용철 친구의 어머님이 자식들에게 베푸는 남다른 헌신과 사랑을 보곤 어머님의 신앙을 배우고자 윤용복 선생님과 김은숙 선생님을 양팔에 끼고 성당으로 달려갔다고 술회했다. 당시 청산성당은 교리 기간이 1년이었는데 황 수녀님이 철저히 교리를 가르쳤다고 했다. 성당을 가기 전 가까운 지인이 감리교회를 다니라고 오랫동안 권면했지만, 어느 날 용철 친구 어머님이 아들에 대한 지극한 사랑을 보곤 선생님 두 분(윤용복, 김은숙 선생님)을 따라 성당 문을 두드렸다고 하셨다. 필자는 중1 때 고향을 떠나 용철 친구 어머님에 대해 잘 모르기에 우리 고향 청산에 그렇게 훌륭한 어머님이 계셨다니 어떤 분이었을까 궁금했다.

청주 글샘 모임에 참석해 제자들과 함께한 오복희 선생님과 이상성 선생님. 청주 비하동 도성 한정식, 2023. 5. 13

마침 지난해 동창 모임에 처음 나온 용철 친구에게 전화를 걸어 오 선생님과 통화를 나누었다고 운을 떼고 친구 어머님 모습이 궁금해 한번 뵙고 싶다고 하니 어머님은 1980년 초에 일찍 돌아가셨다고 한다. 그래도 사진이라도 보고 싶다고 하니 아들 며느리 손자랑 찍은 사진 한 장을 보내왔다. 나는 이 사진을 보곤 감회에 젖었다. 40년 동안 수많은 사람들을 사진에 담았지만 용철 친구 어머님에게서 풍기는 이미지가 사진 속에서 그대로 전해졌다.

　어떤 풍파도 거뜬히 넘길 담대한 인상, 그 속에서 태산도 품어 안을 넓은 마음도 보였다. 그 인내와 사랑이 용철 친구 내외에 물려주었고, 품에 안고 있는 손자가 한국 천주교 훌륭한 사제로 탄생하게 됐다고 보았다. 결국 오복희 선생님의 크신 사랑도 하늘에서 이어져왔음을 알게 되었다.

수일 친구의 고귀한 우정

나무도 자라면 잔가지 정리해주듯 사람도 나이가 들수록 여러 가지 정리해야 할 일들이 있다고 한다. 그동안 미루던 집 마당 몇 그루의 향나무와 목련 나무 조경을 하며 친구란 무엇인가에 대해 깨닫는 계기가 생겼다. 그리고 나도 그와 같이 진실한 마음으로 살리라 다짐해보았다.

수일이 친구는 끝까지 나의 성의를 거절했다. 종일 땀을 뻘뻘 흘리며 일한 수고로움과 고마움을 전하고자 사양하는 친구에게 이리저리 호주머니에 봉투를 넣어주고자 했지만 되려, "그러면 친구 사이도 아닐세" 하며 완강히 뿌리쳤다.

조경작업이 끝난 뒷마당에 나오신 어머님이 '아무리 친구라 할지라도 그건 아니다'라며 나중에라도 꼭 전해주라고 하셨으나 친구는 전혀 부담 갖지 말라고 다시 한 번 당부했다.

고향 동창회장(청경회)을 맡아 친구들 동향을 파악해보니 대다수 친구들이 칠순이 넘었지만 일을 하고 있었다. 수일이 친구도 부천 00아파트 관리소장으로 근무하며 평생 일하도록 여러 기술을 갖고 있었는데 그중 조경 전문기술도 갖고 있었다. 지난해부터 부탁했는데 잊지 않고 올봄 봉사의 마음으로 도와주겠다고 했으나 그 말이 무슨 의미인지 몰랐다.

주일 아침 일찍 도착한 수일이 친구의 작업 복장은 역시 전문가다웠다. 톱질할 때 톱밥이 눈에 들어가면 병원 가야 한다며 3D 안경을 썼다. 전동톱날에 자

216

비지땀을 흘리며 엉클어진 향나무 가지들을 정리하는 수일 친구.

첫 부상도 입을 수 있다며 청바지와 단단한 신발을 신고 나무에 오르는 친구의 몸은 제비처럼 날쌨다. "옛날 어렸을 때 시골 석환이 친구는 나무에 못 올라가 내가 대신 홍시를 늘 따주곤 했다"며 웃었다.

슬근슬근 톱질 몇 번 하면 향나무 무수한 가지들이 정리되었다. 60년 된 향나무 세 그루와 관악산 오르는 시민들에게 해마다 멋진 목련꽃을 선보인 목련나무도 시원하게 다듬어졌다. 반나절 지나서 조경 정리가 끝나고 마당에 수북이 쌓인 잔가지들을 치우는 것이 더 큰일인데 친구는 뒷마무리까지 말끔히 해치웠다.

장비를 정돈하고 떠나는 친구의 뒷모습을 보며 각박한 도회지 살다보니 나도 어느새 세상 삶에 찌들어 고마운 마음을 물질로만 갚으려 하지 않았는지, 진실한 우정은 돈보다, 금보다 훨씬 값지다는 것을 깨달았다.

시원하게 다듬어진 향나무 가지들을 볼 때마다 수일이 친구가 그런 봉사의 마음으로 고향 동창회를 이끌어가라고 암시를 준 것만 같았다.

진심 어린 마음

필자의 어린 시절 정치에 관심이 많았던 아버지는 약국일 보며 장날을 빼곤 종일 라디오를 켜놓고 계셨다. 부정부패가 기승을 떨치던 이승만 정권의 부패한 정치세력을 개탄하며 이따금 긴 한숨을 내리쉬곤 했다.

1960년 4·19혁명 당시 청산면 신작로에 태극기를 흔들며 행진하던 청산고등학교 큰형들에게 다가가 박카스 박스를 품에 안고 학생들을 격려하던 모습도 아롱거린다.

지난 여름 옥천군청 방문 때, 복도에 전시된 관내 독립운동 유공자 51명 중 청산면민이 11분이고 두 분(김인수, 김철수)은 3·1운동 중 순국했다. 3·1운동이 전개되던 시기 청산장터에는 수천 명이 모여 '대한독립만세'를 외쳤고 일본 헌병들의 무차별 사격으로 위 두 분 등 5명이 순국했다 하니 나의 고향 옥천 청산은 나라 사랑에 대한 충절이 대단한 고장이라는 사실을 재확인시켜주었다.

또한 동학농민혁명의 제2기포지인 청산 한곡리가 우리나라 민주화운동의 뿌리임을 국민들에게 각인시켜주는 학계의 연구가 이어지고 있음에 민족혼이 서린 충절의 고향이라 아니할 수 없다.

어린 시절 가까운 옥천 죽향초등학교로 친선배구 시합하러 갈 때마다 영부인이 나의 고향서 탄생한 것에도 큰 자부심을 느꼈다. 그래서인지 지금도 고향 방문 때마다 정지용 생가와 육영수 여사 생가를 들러 고향에 대한 자부심을

218

동창 김석환 친구(왼쪽, 청산신협이사장)는 이은승(전 청산면장) 청산 지역살리기운동 추진위원장과 함께 청산 3·1독립만세운동 기념탑을 세우는 데 이어 김소선(전 서울신문 편집국장) 등 출향인들의 후원으로 위대한 청산면민을 기리는 기념사업에도 앞장서고 있다. 오른쪽은 귀향한 이상순 동문이다.

느끼며 1970년대 박정희 정권부터 수십 년간 이 나라 정치사회 현장을 언론인으로서 지켜보았다. 특히 초등학교 동창 안미자 친구의 지전리 옛집에 걸려 있는 조동호 선생 업적 홍보 간판을 볼 때마다 큰 자긍심을 갖게 되었다. 조동호 선생은 몽양 여운형 선생과 함께 중국으로 망명해 독립운동의 기초를 닦아 대한민국 임시정부 국무위원이 되고 이어 임시정부 기관지 독립신문을 만드는 데 결정적 공헌을 했다. 무엇보다 1936년 유명한 베를린올림픽 마라톤에서 우승한 손기정 선수의 일장기를 말소해 보도했던 장본인이라는 사실은 고향 선배 언론인으로서 내게 큰 자긍심을 갖게 했다.

언론인이 그 어떤 탄압과 유혹에도 굴하지 않아야 나라가 사회가 제대로 설수 있다. 그래야만 국민들이 올바른 판단을 하고 불순한 정치세력을 견제할 수 있다. 1970년대 특히 1980년 전두환 정권의 언론통폐합 이후 2000년대 초반까지만 해도 언론사들은 황금연못이었다. 수백만의 구독자와 TV 광고 수입은 언론사를 운영하기에 문제가 되지 않았다. 그러나 전자매체 시대 국내 언론은 충분한 준비가 되어 있지 않았고 오래전부터 전자매체 대응 준비한 미국이나 유럽보다 심각한 환경이 되었다.

필자는 1983년 동남아 해사순항함대 특파원으로 필리핀을 머문 적이 있다. 1986년 마르코스 대통령이 물러나기 전, 당시 필리핀 시민들은 길거리서나 음식점에서나 술집 아가씨들까지 그들의 관심은 오직 정치 현안뿐이었다. '국민이 정치에 관심이 없어야 잘사는 나라'라고 한다. 그러나 지금의 한국 정치는 국민들의 관심이 지나치게 높다. 왜일까. 그것은 나라의 위정자들이 국민의 안위보다 자신의 득만을 취하고 있기 때문이 아닐까? 그것을 감시하고 판단하라고 법과 언론이 존재하지만 국민들에게 지탄받고 있다.

국민들의 입과 귀가 되어야 할 언론이 '검찰개혁 다음 언론개혁이다'라는 적폐 세력으로 지탄받고 있음에 언론인으로서 자괴감을 느낀다.

지금 우리 국민들은 중차대한 기로에 서 있다. 거짓이 불의를 이길 수 없다.

진심 어린 마음을 가진 자가 이 나라를 이끌어갈 주인공이 된다고 믿는다. 그러기 위해 지금 언론인들은 정확한 정보를, 진실한 이야기를 국민들에게 알려야 할 의무와 책임이 있다.

칠십 큰아씨들의 시골 잔칫집

"칠십 큰아씨들의 시골 잔칫집이 생각나네요."

예비시인 박영숙 친구의 동창모임 글을 보곤 대전에 인복 친구가 "칠십 큰아씨들의 시골 잔칫집 같다. 다음 기회가 있으면 꼭 가보고 싶다"고 단체 카톡방에 전했다. 늘 싱글벙글 인복 친구의 느낌이 정겹다.

우리도 10년 후 이 카페 글을 볼 때 "아~ 그때가 제일 행복했었구나. 그때만 해도 참 젊었구면" 빙그레 웃으며 회상하겠지.

일생 가정과 사회를 위해 거침없이 앞만 보고 달려온 친구들의 우정이 널따란 야외정원에서 더욱 움 트인 하루였다. 청산초 52회 재경동창회장을 맡아 두 번째 정기모임은 총무인 박명옥 친구가 초대해 6월 10일(토) 경기도 하남시 자택서 열게 됐다. 사전답사를 가보니 자택이라기보다는 숲속의 정원 같았다.

수십 년 된 느티나무 주변으로 관상목들이 백 그루도 넘었다. 가꾸는 것만 해도 보통 일이 아닌데 할아버지 때부터 이어온 집이란다. 수돗가에 옛날 세숫대야를 보니 친구의 알뜰한 내조가 보였다.

뒷동산이 딸린 명옥 친구 자택은 객지 생활에 지친 친구들이 힐링하기 더없이 좋은 장소였다. 교통이 다소 불편하지만 명옥 친구는 사전에 교통편도 상세히 알렸다. 나도 아침 일찍 출발하며 교통정보를 실시간으로 회원 단톡방에 공유했다.

잠실역서 내려 롯데타워 건너편서 하남 가는 마을버스에서 안양 최명숙 친구를 만나 반가웠다. 나는 직업병인지 사람을 늘 먼저 보는 습관이 있는데 이번에도 적중했다.

오는 동안 서로의 근황을 알리며 요즘 집사람이 지난주부터 직장도 그만두고 외손자 보느라 밥도 내가 차려 먹고 아내가 고생한다고 하자, 명숙 친구도 손자들 보느라 그것도 2년 6개월 보고 나선 어깨힘줄이 파열돼 수술하고 후유증으로 고생이 많았다고 했다. 그런데 손자뿐 아니라 고등학교 다니는 손자까지 봐주었다니 당찬 친구의 삶을 볼 수 있었다.

손자들을 일찍 키운 친구들의 정보가 아내를 이해하는 데 도움이 됐다. 마을버스에 내려 선선한 아침 바람도 맞아가며 도착하자, 벌써 6~7명의 여자친구들이 부산히 준비하고 있었다.

느티나무 아래 탁자와 의자를 깨끗이 닦고 영숙 친구가 식탁보를 깔자 준비한 음식들을 차리기 시작한다. 여럿이 하니 재미도 있는지 별채 주방을 오가는 발걸음도 가볍다.

별채 아래에서는 종환 친구가 숯불 바베큐를 준비하느라 여념 없다. 매운 연기를 맞아가며 친구들 보양시킨다고 진땀 흘리는 종환 친구의 바통을 이어 용철 친구가 팔을 걷어붙이니 바베큐 경험이 선수급이다.

오늘의 주메뉴는 고향의 별미 올갱이국, 느티나무가 있는 별채 아래 본가에서 순애 친구가 열심히 준비하고 있었다. 거실문을 열자 올갱이국 구수한 냄새가 코를 자극한다. 순애 친구는 개봉동 전철역 앞에서 국수 가게를 하며 이름 날리고 있는 프로인데 역시 손놀림이 대단했다. 올갱이국은 된장이 맛있어야 하는데 된장도 마침 이 집 주인 명옥 친구가 담근 거라 하니 오늘의 주메뉴 올갱이국은 성공한 셈이다.

손이 빠른 순애 친구가 아욱을 수북이 국거리에 넣어 슬근슬근 자르더니 나보곤 문밖에 살구를 먹어보라고 한다. "웬 살구지?" 했더니 여기서 따온 것을 명옥이가 씻어놓았는데 오랜만에 살구의 싱싱한 맛을 보았다. 정원에 살구나무를 보니 노랗게 익은 살구가 바닥에 수북이 떨어져 있었다. 은수가 나뭇가지를 훅 치자 후드득 잘 익은 살구들이 수십 개가 떨어졌다.

이윽고 정오가 되자 친구들이 속속 도착했다. 멀리 평택 사는 박이순 친구도 여길 오느라 한참을 찾았다며 상기된 표정이다. 이순 친구는 초등시절 앳된 모습 그대로이다. 목소리도 소녀같이 오랜만에 얼굴을 보았다. 뒤로 아침 혈액투석하고 온 박대용 친구는 힘이 많이 부치는지 얼굴이 부어있었다. 멀리서 친구들 보기 위해 어려운 여건서도 참석한 친구들 보며 이래서 이 모임이 30년 넘게 유지되며 결속시키게 하는구나라는 생각이 들었다.

식탁 위에 놓인 음식들을 보니 그야말로 진수성찬이다. 지난번 청산 고향 모임에 가서 올갱이국이 없어 아쉬웠다고 하더니 친구가 맘먹고 준비한 듯했다.

명옥 친구가 직접 담근 된장국에 우려낸 아욱 올갱이국은 고향서 어머니들이 끓여준 고향의 맛이었다. 이날 주메뉴인 올갱이국은 음식전문가 순애 친구에게 직접 맡기겠다고 한다. 눈과 간에 좋다는 올갱이는 고향 청산 박월자 친구가 직접 잡아 보내왔다

순애 친구의 손이 어찌나 빠른지 올갱이 버무리는 손이 보이지도 않는다. 하루에 국수 130그릇을 혼자 만든다니 그 작은 체구에 어디서 그런 힘이 나오다니 고향 친구들의 힘이 대단하다.

우리를 초대한 명옥 친구는 말이 없지만 행동으로 모든 걸 보여주는 친구다. 거의 매일 아침 운동(골프)을 다녀오고 칠순 나이에 성당 봉사(전례 꽃꽂이 단장, 성가대)하기만 해도 힘든데 이 넓은 정원 가꾸기, 운동, 봉사 친구는 대체 어디서 그런 열정이 솟아날까? 동학농민혁명 제2 기포지이자 육군 대장(고 박준병, 전 보안사령관), 국내 저명 재력가(박유재, 오리표씽크 창업자), 국가대표팀 배구 감독 박진관 선배를 배출한 청산 한곡리 출신의 저력을 보여준 것만 같다.

마침 같은 한곡리 출신 후배라며 가까운 마석에서 농장을 한다는 박대성 후

느티나무 아래에서 잔칫상을 차린 청경회 회원들이 푸짐한 고향의 음식을 나누며 즐거운 시간을 갖고 있다.

배도 찾아와 잠시 음식을 들더니 준비해온 제초기를 들고 뜨거운 햇볕 아래 온몸은 땀으로 젖은 채 풀을 깎아주는 후배의 마음에 감탄했다.

지난번 팔당서 우리 친구들에게 매운탕 대접도 한 바 있는 대성 후배는 나이는 우리들과 동갑(1954년생)인데도 "나이가 같아도 후배는 후배"라며 친구들의 거친 농도 다 받아주며 산전수전 겪어본 후배의 마음됨이 보통이 넘었다.

별채 주방에선 음식 장만이 계속된다. 이번엔 영구 친구가 "불태운 고기 먹으면 암 걸려 죽는다"고 능치자, 여자친구들이 다시 제육복음을 마련하느라 부산하다. 의정부에서 온 은옥 친구가 제육담당이다. 애순이, 순복 친구와 맛을 봐가며 김이 모락모락 나는 제육볶음이 나오자 애주가 형태가 제육볶음은 소주가 최고라며 "순애야~ 시원한 소주 한 병 부탁한다"라고 하자 옛썰 하며 한 잔씩 우정 어린 시간이 이어졌다.

어린 시절부터 운동(기계체조, 달리기, 배구)을 해 아직도 허리도 꼿꼿해 건강을 유지하고 있는 형태지만 나이는 속일 수 없어 술도 조금씩 약해지고 친구들도 갑자기 칠순 들어 술을 자제하는 분위기다. 지난번 근 십 년 만에 얼굴을 보인 곽재순 친구도 나처럼 "마나님께 경고를 먹었다"라며 술잔을 받지 않았다.

드디어 순애가 한솥 끓인 올갱이국에 밥을 한 공기 넣어 말아먹는 친구들의 즐거운 모습, 명옥과 여자친구들은 계속 뒷바라지로 분주하지만 모두들 행복해 보인다. 부지런한 고향 여자친구들의 이런 근성들이 우리 친구들 가정을 건강한 부자로 만든 원동력이 되었다고 생각했다.

모임이 끝나고 귀가하는 전철 안에서 순애 친구에게서 전화가 왔다. 너무나 애썼는데 어머니 핑계로 저녁 대접도 못하고 그냥 나온 게 후회됐다. 영구 친구는 여자친구들끼리 차라도 나누라고 찬조금도 내놓고 갔다고 하는데 나는 음식 대접이라도 해야겠다. 모두가 소중하고 고마운 고향 친구들이다.

'영구 없다' 인고의 세월!

고향의 은혜를 배로 갚는 안영구 친구

얼마 전 영등포 모임 장소에 영구 친구가 뒤늦게 나타나더니 오늘 모임을 깜빡해 부랴부랴 나오느라 틀니도 못 챙겼다며 "다 나이 탓"이라며 껄껄 웃는다. 시간약속을 칼같이 지키던 친구인데 틀니를 하고 있으니 코미디에 나오는 "영구 없다" 같다며 모두들 웃었다. 사업을 하느라 얼마나 신경을 많이 썼는지 앞니 빠진 친구의 웃음 뒤엔 애틋함도 묻어났다.

마침 지난해 신장이식 수술 후 회복되어 몇 년 만에 모임에 다시 나온 친구, 이른 새벽 투석을 마치고 나온 친구도 팔을 걷어붙이는데 달걀만 한 근육 덩어리들이 튀어나와 보기만 해도 얼마나 고통을 받았을지 측은했다. 초등시절 가장 먼 곳에서 학교에 다녀 대성리 지각대장이란 별명도 들었던 후회 친구는 12개나 틀니를 해넣었다고 하니 이 모두 자수성가해 처자식 돌보느라 얻은 영광의 상처들이다. 나의 고향 친구들은 대개 충청도 산골서 자라 대부분 물려준 재산 없이 빈손으로 객지 생활하며 자수성가한 친구들이다. 그중 영등포에서 가장 오래된 나이트클럽을 직접 운영하는 친구가 있으니 영등포서 힘깨나 쓰는 친구들은 그를 모르는 이가 없다.

수도권 신도시 생성 전인 70~80년대 영등포는 그야말로 한국판 라스베이거스였다. 하룻밤에도 수만 명이 부적 이던 영등포에서 40년간 명맥을 유지하기란 보통 강단 없인 견뎌내기 어려웠을 텐데 치열한 경쟁에서 살아남으려 수많

코로나19로 2년 만에 영업을 재개한 안영구 친구가 가수 이은하 씨 자선공연으로 문을 열었다. 청경회 회원들이 공연을 마치고 이은하 씨와 기념 촬영을 했다. 2011. 11

은 고초를 겪었으리라.

필자도 코리아헤럴드 입사 초기 신고식을 치르고자 친구가 운영하던 '보리수'란 바에서 즐거운 시간을 보냈는데 우리 신문사 식구들은 기자 생활하며 쌓인 스트레스를 모두 그 자리에서 날려버렸다. 사람은 배설을 못하면 병이 생긴다고 했다. 그러나 식이적 배설도 중요하지만 정신적 배설도 중요하다. 즉 마음의 병을 배설하는 데는 여러 방법이 있지만 술 한잔하고 서로 오해를 풀며 신나게 노는 것도 스트레스 해소에 최고다.

그런 의미에서 얼마나 많은 시민들이 스트레스를 친구의 가게에서 해소했을까, 그걸 받아주느라 얼마나 힘들었을까. 평생 도심에서 문화사업(?)한 친구도 장한 서울시민상을 받을 만하다. 영구는 초등시절 무작정 서울로 올라왔다.

2020년 정초 청산 고향을 찾아 친구 중 유일하게 생존해 계신 영곤 친구 어머님을 찾아뵈니 영구 친구가 설 선물로 보냈다는 굴비 묶음을 보여준다. "매년 보내줘, 명절 때마다. 어렸을 때 어머니 일찍 돌아가셔서 외롭고 불쌍했잖아. 내가 좀 돌봐주었더니 그걸 못 잊어 죽을 때까지 은덕 갚으려 애쓰는 거 보고 애틋했지." 영곤 친구 어머니는 영구 친구의 애틋한 마음을 전하곤 그해 세상을 떠나셨다.

영곤 친구 어머니처럼 영구 친구를 잘 아는 부모님이나 선생님은 혹여나 친구가 잘못될까봐 특별히 더 돌봐준 사실도 뒤늦게 알았다. 6학년 담임을 맡았던 이상성 선생님도 "제자(영구)가 어렸을 때 사고를 많이 쳐 말썽쟁이 버릇을 고친다며 체육 겸 생활지도를 맡았던 오장교 선생이 교무실로 영구를 자주 불렀다"며 그때마다 가슴이 아팠다고 술회했다.

오복희 선생님은 "짓궂은 장난을 많이 친 제자들은 그만큼 자유로운 이상을 지니고 있어서인지 성장해서도 사회에서 성공하는 경우가 많다"며 자신에게 물총 세례를 준 영구 친구를 오히려 두둔해주셨다.

친구는 자신의 불우했던 시절 돌봐준 고향의 은덕을 잊지 못해 매년 고향 옥천군 청산면민 백중놀이에 자신의 업소에 출연하는 연예인들을 초대 출연시켰다. 한 회 출연료만 몇 천만 원 들여야 초청할 수 있는 국내 톱가수 남진, 김성환 씨 등에게 특별히 부탁해 고향 면민들을 즐겁게 해주며 은혜에 보답고자 애쓰고 있다. 그런가 하면 고향 친구들이 아플 때는 병원에 입원실도 마련해주고 약값을 대주는 등 우리가 알지 못하는 미담도 많다.

객지 생활하며 40년 넘게 함께해 온 원후희 친구는 (영구에 대해) "좋은 이야기가 많지만 봉규를 헌신적으로 돌봐주고 봉사했던 생각이 나네. 결국 봉규는 하늘나라로 갔지만 영구에 보살핌도 대단했던 것 같다"며 "친구를 보내면서 마음 써주는 게 고맙잖아"라며 술회했다.

특히 청경회 동창모임 회장을 맡으면서는 코로나19로 어려운 시기임에도 여러 지원을 했다. 백여 명의 회사 직원들 급여도 챙겨주기 어려웠지만 "그들이 떠나면 나도 죽는다"며 빚을 내서 생계비를 대주는 등 힘겨운 상황이 3년간 이어졌는데도 오뚝이처럼 다시 일어났다. 코로나19로 2년 만에 영업을 재개한 친구는 가수 이은하 씨의 자선공연으로 문을 새롭게 열었다.

1970년대 너무나 유명해 얼굴 보기도 힘들었던 이은하 씨는 부친의 빚 40억을 갚으려 무리하게 밤무대를 뛰어다니다 쿠싱증후군을 앓고 모든 활동이 중

백악관관광나이트클럽 안영구 회장.

단된 채 절에 들어가 있었다. 이날 이은하 씨가 눈물을 흘리며 그의 히트곡 〈아직도 그대는 내 사랑〉을 열창하는 모습을 본 백악관관광나이트클럽 단골손님들과 지인들은 그녀가 재기하길 소망했고 청경회 회원들도 참석해 금일봉을 전달했다. 그 공연을 지켜보며 40년 넘게 이 바닥에서 성공한 수완도 어린 시절 고난을 의리와 성실로 이겨낸 값진 결실이라는 사실을 알게 되었다.

영구 친구는 자신의 이야기를 내가 쓰겠다고 했을 때 처음에는 극구 사양했다. 그러나 주변 친구들이 "사실대로 쓰는데 지금까지 잘 살아왔으니 그것이 알려지는 것을 바라지 않을 이유가 없지 않으냐? 선행은 꺼내 빛을 발해야 알려져 다른 사람도 본받는다"고 설득했다. 영구 친구 관련 글은 이렇게 해서 나온 것이다.

통쾌! 유쾌! 상쾌! 오영식 친구의 고귀한 손

최근 캄보디아에서 몇 년 만에 귀국한 장옥성 고향 친구에게 "무더운 데서 고생이 많았다"라고 하니 "한국에 오니 더 덥다"라며 다시 돌아가야겠다고 한다. 아니 동남아가 얼마나 습하고 더운데 한국보다 더 덥단 말인가?

생각해보니 올여름은 정말 끔찍했다. 새벽까지도 더위가 가시질 않아 에어컨을 밤새 켜고 잔 적이 많았다. 아열대 현상이 우리 한국까지 밀어닥친 것이다. 조석으로 찬바람이 부는 처서(處暑)가 지나고 올여름 고생 많은 친구들을 떠올렸다.

지난 영등포 고향 친구 모임에 마침 옆자리 앉은 영식 친구에게 "차라리 냉동차는 시원하겠다"라고 하자, 화물고의 에어컨 열기가 앞좌석으로 몰려와 오히려 운전석은 찜통이라고 했다. 오죽하면 부인이 "차라리 냉동실에 들어가 틈나는 대로 쉬시라"고 했다고 해 모두들 기가 막힌다는 듯 껄껄 웃었다.

가만히 있어도 온몸에 땀이 죽죽 흐르는데 칠순의 나이, 뜨거운 뙤약볕에서 일하는 친구들을 생각하며 70~80년 산업화시대 온몸을 던져 부흥을 이끈 세대임이 틀림없음을 느꼈다.

고향 친구들 중 당시 국내 3대 재벌기업에 근무한 친구는 오영식 친구가 유일하다. 친구는 오늘날 대한민국을 선진대국으로 이끈 현대자동차 핵심인 해외영업부에서 1980년부터 근 20여 년간 근무했다. 그래서 발도 넓고 도전정신도 살아 있다.

요즘 인생 백세 시대라고 한다. 그러나 오래만 살아서 뭣하나. 건강하고 행복해야지. 한국이 급속도로 빠른 고령화시대를 준비하며 나이와 돈을 떠나 친구의 용기와 신념에 박수를 보내는 이유다.

"올여름 고생이 많았다"라며 영식 친구의 손을 잡자. 친구의 손이 무쇠를 잡는 것만 같이 거칠었다. 요즘 친구 일이 힘들지 않은지 묻자 "이 일을 하며 오히려 더 건강해졌다"라고 했다. 또한 "매일 새벽 멋진 한강을 드라이브하며

고희 여행 중인 오영식·유승채 부부. 일본, 2023. 10

역동적인 삶을 살게 되어 행복하다"라고 했다. 문득 일촌 이상성 은사님께서 '사람은 나이가 들어도 일을 해야 치매도 걸리지 않고 덜 늙는다'는 말씀이 실감이 났다.

영식 친구는 최근 칠순을 맞아 아내 유승채 씨와 해외여행을 다녀온 사진을 꺼내 보여주며 매우 행복한 듯했다. 밤낮 열심히 일하고 노동의 대가로 술자리와 회사금도 종종 베푼다. 친구들 모임에 영식 친구가 없으면 다들 허전하다고 한다. 호탕한 그의 웃음과 함께 트레이드 마크인 '유쾌' '상쾌' '통쾌'한 일들이 고령화시대를 준비하는 모든 이들에게도 이어지길 기원해본다.

설악산 울산바위 연봉에서 득도

백두산, 금강산 예전엔 그저 산봉우리만 바라보며 "야~ 참 멋있다. 웅장하다"로만 바라보았는데 요즘엔 산을 바라보는 시각도 변해간다.

나는 충청도서 자라 드넓은 바다를 동경하며 종종 강원도 속초를 찾는데 차 창가로 스치는 설악산 울산바위 기묘한 형상을 보며 참으로 위엄이 넘치는 봉우리라고 느꼈다. 그러나 울산바위를 떠받치고 있는 산 아래 작은 봉우리들의 조화로운 모습은 내 마음을 평온하게 만든다.

지난해 강원도 속초에서 일을 마치고 서울로 올라오면서 느긋한 미시령 옛길을 택했다. 서울-양양 새로 뚫린 고속도로라지만 온통 터널이라서 강원도 멋진 풍광들을 보지 못하기 때문이다. 마침 미시령 옛 고갯길에 들어서자 해는 벌써 저물어가고 옅은 산봉우리 연봉 위로 펼쳐지는 울산바위가 더없는 기풍을 드러내고 있었다.

차량을 대피소에 잠시 세워 두고 핸드폰 카메라를 챙겨 정상을 바라보니 오장육부가 다 시원해지는 것 같았다. "쌩쌩~~우우우" 귓전을 때리는 바람 소리가 거세다. 마치 백두산 정상에 올랐을 때처럼 천지를 울리는 바로 그 소리다.

순간 울산바위를 감싸고 있는 산봉우리들을 보며 깨치는 것이 하나 있었다. 아! 평소보다 오늘 울산바위가 더 기풍 있고 평화롭게 보이는 까닭은, 옅은 해무를 타고 흐르는 얕은 산줄기들이었다. 세상 모든 이치도 이와 같음을 대자연

설악산 미시령 옛길에서 바라본 울산바위. 2021. 2

은 말없이 상기시켜주고 있었다.

　정치나 사회도 마찬가지가 아닐까? 나라의 지도자도 민초들이 떠받들어 숭상할 때 지도자의 기풍이 살아나고 평화가 깃드는 것이 아닐까?

　필자는 이 아름답고 웅장한 모습을 일반형 핸드폰으로 촬영해 크게 인화해도 괜찮을지 염려됐지만 그것은 기우였다. 휴대폰 카메라로 찍은 사진도 전시하는데 전혀 무리가 없다는 사실을 이번 알았다. 반도체 산업의 결정체인 휴대폰을 발명해 새로운 문명의 역사를 쓰고 있는데 대한민국이 세계 반도체 산업의 선도 역할을 하고 있다. 이 과정에 오기까지 삼성전자와 우리 국민들은 민족 특유의 끈기로 버텨냈다. 덕분에 지금 우리들은 단군 이래 5천 년 역사상 최대의 수혜를 누리고 있는 것이다.

　어머님 서재에 걸려 있는 필자의 4남매 사진을 잠시 옮기고 의미 있는 울산바위 사진을 걸기로 했다. 사진 전지(20X24인치)로는 웅장한 모습이 살아나지 않을 것 같아 대전지 20x30인치로 부탁하니 대형 전시 사진을 여러 번 의뢰했던 충무로 현상소에서 "조금 입자가 거칠게 표현될 텐데 그래도 멀리서 보시면 괜찮을 거예요"라고 조언해주어 대전지로 인화했는데 의외로 선명하게 나왔다.

가슴이 뻥~ 뚫리도록 시원한 울산바위를 바라보면 나는 매일 득도(得道)하는 듯하다.

영끌 세대

보릿고개를 넘긴 우리 부모 세대나 산업화, 민주화운동을 이끈 베이비붐 세대는 생활방식이 비슷한 면이 많다. 그중 근검절약하는 방식은 세계 10위 안에 선진국에 들었다지만 예나 지금이나 변함이 없다.

1970년 초 강남개발이 시작되고 강남 지역 30평 아파트가 200만 원, 백색전화가 260만 원 하던 시대, 강남 도시개발 초기인 1970년대 강남 청담동 자택 앞은 온통 배밭이었다. 친구들이 기타를 갖고 오면 집 건너 배밭에 앉아 놀곤 했다. 땅값이 하늘 높은 줄 모르고 치솟아 수천 평 땅(과수원, 밭)을 가진 강남 원주민들은 벼락부자가 됐는데도 돈은 자식들이 쓰고 다니고 정작 주인인 부모는 돈을 쓸 줄 몰라 수십억 부자 농민이 배 상자를 이고 배를 팔러 다닌다는 얘기를 곳곳에서 들었다.

필자는 부자도 아니고 가난하지도 않지만 돈을 함부로 쓰지 못한다. 현리 근무 중 박 신부님이 월급을 제대로 못 주니 아르바이트라도 잘하라며 축성해주고부터는 더욱 그렇다. 단돈 천 원을 함부로 쓰질 못한다. 고속도로 통행료를 아끼려고 내비게이션을 보곤 별반 시차가 없으면 주로 일반국도를 이용한다.

요즘 영끌 세대라는 신조어가 생겨났다. 내 집 마련을 위해 영혼까지 끌어모은다는 뜻이다. 1980년 초 은행 문턱이 높던 시절 언론인이라는 이점으로 은행대출 2천만 원을 받아 전세금을 보태 내 집 마련을 할 수 있었다. 은행 대출 날,

코로나19 발병 시기에 태어나 외출하는 것을 무척 좋아하는 서준이 두 살 생일기념으로 호텔 휴가를 가자는 딸내미 권유를 비용 때문에 받아들이지 못하고 바다가 보이는 강화 가족 펜션에서 자연스럽게 뛰어놀며 생일을 축하했다.

지점장이 지점장실로 차나 한잔하자고 불렀다. 그는 "2천만 원이 결코 적은 돈이 아니다. 회사원들이 근검절약해도 십 년은 모아야 하는 큰돈이니 마음의 준비를 단단히 하라"고 조언했다. 그렇게 마음의 준비를 하고 있는데 1995년 새 아파트 입주를 하고 2년 후인 1997년 IMF가 터졌다. 급여 한 번 제날짜 미룬 적 없던 회사가 두 달마다 나오던 상여금이 중단되는 사태가 벌어졌다.

상여금으로 대출 이자 원금을 갚았는데, 씀씀이를 아무리 줄여도 불가항력으로 몇 달이 지나자 빚이 늘어나기 시작했다. 주변에선 부도로 무너지는 가정의 통곡 소리가 여기저기서 들렸다. 새 아파트, 새 가구로 행복하게 살자던 우리 가족의 꿈은 2년 만에 산산이 조각나고 이사로 중1, 사춘기 예민한 시기의 딸아이를 전학시켜야 했다. 그런 영향인지 청담동 배밭 원주민처럼 평생을 스스로 얽매이며 살아오진 않았는지 자문도 해본다.

사람의 불행은 늘 예견하지 못한 곳에서 일어난다. 그렇게 철저히 준비했지만, IMF 구제금융 시기는 우리 가정과 수많은 국민의 삶을 피폐하게 만들었다. 그런데도 우리는 슬기롭게 일어섰다.

어쩌면 방탄소년단 등 전세계 문화강국도 끌어낸 영끌 세대들이 우리의 선대나 베이비붐 세대들을 뛰어넘는 슬기와 강단으로 험준한 고비를 뛰어넘길 고대해본다. 돈이 인생의 전부는 아니기 때문이다. 물질만능 자본주의 시대, 젊은이들의 영끌 자본문화가 이해는 가지만 그래도 조심스럽기만 한 것은 우리 부모 세대들의 한계일까.

금주는 성공할까

오늘 오후 대장내시경검사를 앞두고 새벽에 잠이 깨었다. 예년에 하던 검사와 달리 이번엔 보다 자세히 들여다볼 예정인지 사전 음식물 제한이 까다로워 검사 전날엔 흰죽만 먹었다.

외손자 서준이를 돌보려 딸네집엘 가니 좋아하는 오징어 숙회가 있는데 한점도 못 먹고. 좋아하는 음식도 못 먹으니 더욱 건강관리를 잘해야겠다는 생각이 든다.

이번 절주를 마음먹은 계기는 지난해 작고한 친구 부인이 마련한 오찬 자리가 계기가 됐다. 친구는 아주 착한 마음씨를 지녀 친구들 모두 좋아했으나 모질지 못한 자신의 마음을 삭이려 했는지 퇴근 후 집에서 술 마시는 빈도가 높아 거의 매일 안주도 빈약한데 소주를 한두 병 마셨다고 들었다. 담배도 피우지 않았는데 웬 폐암인가 했는데 술도 폐암이 원인이 된다는 걸 병원서 20여년 근무한 어머님을 통해 들었다.

그날은 친구를 더욱 그리워하듯 봄비가 부슬부슬 내렸다. 부인도 마음씨가고와 비싼 한우갈비 점심 자리를 마련하곤 양주를 한 병 가져왔는데 그것이 화근이 되었다. 결국 친구 부인의 호의가 술을 끊게 된 원인을 제공한 셈이다. 낮술에 장사 없다는데 옆자리 친구들이 맥주에 말아 먹으니 순해서 마시기도 좋다는 말에 보고픈 친구도 생각나고 우울해서 몇 잔을 들이켰더니 그냥 다리가 풀려버렸다. 택시를 타고 겨우 집에까진 왔으나 2층 계단 앞에서 고꾸라져 곱디곱던 난 화분들을 박살내고 말았다. 다음날 아침 이를 목격한 마나님이 최후의 경고를 내렸다.

그날 이후 고향 모임서도 친구들이 정성껏 마련한 토종닭, 메기매운탕, 더덕 인삼 튀김 등 좋아하는 안주와 죽마고우 친구들이 권해도 단 한잔 마시질 않았다.

근 일주일 동안 하혈을 해 자신도 놀라고 제발 아무 일 없기를 바라는 마음으로 검사 준비를 해왔다. 의사 선생님은 준비를 철저히 하니 검사도 잘됐고 이번엔 용종도 없이 대장은 깨끗한데 술을 당분간 들지 말고 조심하라고 했다. 휴~ 참으로 안도의 숨을 쉬었다.

한국은 술에 관대한 나라다. 유럽서 온 외국인 상사 직원이 서울살이하며 독특한 한국의 회식 문화를 소개한 기사를 보았다. 아무리 서먹서먹한 관계도 식사 자리서 술 한잔하면 이내 친구처럼 흉금도 터놓게 된다며 음주문화를 부추기기도 한다. 그러나 꼬집어 말하면 오래전부터 한국의 대화 문화가 성숙하지 못한 탓도 있지 않나 자문해본다. 특히 한국의 음주문화는 사회구조에 깊이 뿌리내려 타인과의 유대를 강화하지만 과도한 음주로 건강과 강력범죄 등 부정적인 결과를 초래해 사회적 문제를 대두시키고 있다.

미국은 술을 마시며 길을 걸어다니는 행동은 경찰에 체포된다고 한다. 음주가 생활의 일부인 독일이지만 대화를 즐기는 수단으로만 허용하고 밤 10시 30분 이후에는 옥외에서 술을 팔지 못하도록 법으로 규제하고 있다고 한다. 술을 잘 마시는 것을 자랑거리로 삼는 중국인들도 술에 취해 실수하는 것을 몹시 싫어한다고 한다.

술은 우리들의 만남과 대중문화의 기본이 돼버렸다. 영향으로 우리나라는 음주 문화에서도 세계 톱이 되었다. 그러니 자연 술로 건강을 해치는 사례도 다반사이다. 언론사 일하며 각계각층의 인사들을 교류하는 나의 직업도 만만치 않아 술을 늘 입에 달고 살았다.

그러다 최근 동창 모임 회장을 맡으며 더 자리가 늘었는데 이러다 큰일 치르는 거 아닐까 걱정되다 마치 세상 떠난 친구가 부인을 통해 내게 경고장을 날려준 것이라 보았다

모든 일은 다 계기가 있지만 담배 끊은 계기도 참 우연한 일이 아니었다. 고 김수환 추기경님 출간 직후 출판사에선 책 홍보를 위해 지방 순회 강연이 필요하다고 했다. 내가 무슨 추기경님 강연을 하느냐며 펄쩍 뛰었지만 책 홍보하기 위해 저자도 적극적으로 나서야 한다며 그냥 추기경님 취재하며 곁에서 봐온 사실만 이야기해주면 된다고 해 교보문고부터 전국으로 시작됐다.

원래 대인공포증이 있어 사람 앞에서 얘기하길 두려워하는데 ME(세계부부 일치운동) 봉사를 20여 년 하면서부터는 수천 명 앞에서도 자연스럽게 극복할 수 있었다. 강의가 끝나면 대부분 주부의 질문이 이어졌다. 나는 담배 냄새나는 몸으로 그들 곁에 있기가 죄송했다. 그래서 담배도 일순간 끊었다. 남들 평생 못 끊는다는 담배도 끊었는데 나의 마지막 남은 일생 그리고 사랑하는 내 가족을 위해 할 수 있는 금주를 이번엔 실천하리라 다짐해본다.

그해 겨울은 따뜻했네

고 김수환 추기경님 사진집을 펴낸 눈빛출판사 안미숙 편집장이 2023년 1월부터 서울 중구 인사동에 갤러리 인덱스를 인수한다는 반가운 소식을 접했다. 첫 전시회로 눈빛 아카이브전을 연다기에 조그만 동양란으로 축하의 마음을 전하고 마침 지난 연말 정년퇴임을 해 쉬고 있는 평화신문 오세택 기자와 방문했다.

갤러리는 인사동 수도약국 건너편 3층에 30여 평 남짓 아담한 규모로 꾸며져 있었는데 이날 개관전엔 75년 전 미군정 시 촬영한 서울의 일상들이 파노라마처럼 펼쳐져 있었다. 필자는 사진들을 꼼꼼히 보는 스타일이라 8·15 직후 독립운동으로 나라를 찾고 생동감 넘치는 사진들을 제대로 감상하자니 한두 시간은 걸릴 듯했다. 그런데 먼저 온 반가운 분들이 있어 사진 감상은 중단됐다.

코로나로 마스크를 써서 처음엔 잘 몰랐는데 갤러리를 인수한 주인공 안미숙 관장이었고, 다른 한 분은 눈빛출판사를 소개해 필자의 김수환 추기경 사진집이 나오도록 인도한 동아일보 전민조 선배였다. 또한 김수환 추기경 3주기 추모 전시회 다리를 놓아준 김형진(VOA NEWS, 미국의소리) 기자도 오랜만에 만나 더욱 반가웠다.

신문사 사진기자직을 하고 나면 퇴직 후 대부분 카메라를 놓지만 전 선배는 팔순 노구에도 매일 카메라가 손에 떠나는 일이 없다. 해서 수많은 책을 펴냈고

희귀한 역사자료들은 역사박물관에 기증되기도 했다.

1970년 초 현대경제일보(현 한국경제신문) 근무 시절 친형님같이 좋아했던 이훈태 선배의 소개로 전 선배와 인연이 된 것은 2010년 봄이다. 두 선배는 예전 같은 신문사 근무했었는데 이 선배는 국내 유명한 악우산악회 록 클라이머이자, 산악사진가로도 유명했다. 동아일보 스카우트 제의도 받았지만 종합지 가면 자신이 좋아하는 산을 탈 수 없기에 가지 않았다고 했다.

당시 전 선배는 동아일보 재직 당시 촬영한 자신의 사진들이 본인의 승낙도 없이 관급기관서 무단 도용되는 사례가 빈번하자 결국 저작권 다툼으로 법정까지가 승소해 자신의 권리를 찾고 당시 회사 재직 중에 촬영한 창작물은 모두 회사에 모두 귀속된다는 고정관념을 깨버린 단초가 됐다.

1987년 겨울 코리아헤럴드 재직 당시 데스크 부친상 때, 각사 사진계 거목들이 문상와 한 잔씩 하면서 대화를 나누는데 ㅈ일보 유명한 데스크의 스쳐가는

봄같이 포근한 날씨 서울 중구 인사동 갤러리 인덱스에서 만난 사람들. 왼쪽부터 전대식, 김형진 (VOA, 미국의소리 기자), 김지연(갤러리 인덱스 공동대표), 눈빛출판사 대표 이규상·안미숙 부부, 이규상 대표 장남, 사진가 전민조. 오세택 기자가 기념 촬영을 해주었다. 2023. 1

말이 귓전을 때렸다. '사진기자들이 퇴사 후에도 계속 그 일(사진)을 못하는 이유는 자료가 없기 때문이다'라고 했다. 당시만 해도 신문사 소속된 모든 자료가 다 회사에 귀속되는 것이 당연시되던 시대였다.

가톨릭 신자로 여러 신문사에서 근무하며 김수환 추기경 사진 촬영을 해온 필자도 이런 부분이 고민돼 상담해보고 싶었는데 마침 전 선배로부터 좋은 조언도 듣고 자신도 김 추기경 사진을 예전부터 촬영했다며 한국 역사에 남으실 분이라며 눈빛출판사를 소개시켜준 것이다.

필자가 이런 일을 하게 된 배경은 지극히 순수했다. 보다 추기경의 사랑을 생생한 사진기록을 통해 온 국민에 알리고 싶은 열망이었다.

추기경은 가톨릭 신자지만 온 국민이 추앙하는 인물이기에 일반 국민도 감동받도록 전시회를 언젠가 한번 열고 싶었다. 그러던 차, 돈 일천만 원을 빚내서 떠난 로마 교황 요한 바오로 2세 시복식을 다녀와 기적 같은 일들이 펼쳐졌다.

조기 정년퇴임을 해 마땅한 일자리도 없던 필자에게 사람들을 보내주어 큰 일을 하게 만들어준 것이다. 그 일이 바로 『김수환 추기경』(사진으로 보는 그의 신앙과 생애 추모 헌정집, 눈빛 2012. 12)와 고 김수환 추기경 추모 3주기 사진전(2012. 2~2012. 11)이다.

눈빛출판사에서 김수환 추기경님 사진집 최종 교정을 끝내고 책이 나오던 날 이규상 대표는 책을 보며 추기경의 하염없는 사랑 앞에 눈물을 쏟았다고 한다. 수 개월간 사진과 원고에 심취해 추기경과 깊은 연민 속에 흘린 눈물이리라. 각고의 노력 끝에 펴낸 진홍색 추기경 사진집 표지가 나의 분신 같고 너무 맘에 끌려 품속에 품고 자기도 했다.

나의 영상제작 입문기

　카메라만 평생을 만지다 디지털화 시대로 접어들며 소리와 생생한 장면을 포착하는 영상에 관심이 생겼다. 영상 촬영도 가능한 휴대용 작은 카메라로 기록을 남기다가 본격적으로 영상제작에 나선 계기가 생겼다.

　2007년 인도네시아에서 아시아 ME 회의가 있어 취재 겸 봉사 목적으로 방문할 기회가 있었는데 그때부터가 나의 영상제작 출발이 된 셈이다. 2년마다 열리는 ME (매리지 엔카운터, 세계부부일치운동) 회의에 중국과 중동 아랍에미리트연합국(UAE)도 참석한다니 한국의 위상도 세계적이라 처음으로 기자를 초대한 것이었다. 홍보 효과를 보다 증대시키기 위해 신문기사 외 평화방송에 영상도 송출하고 싶어 남대문 캐논 카메라 상점에서 당시 한 달치 월급에 달하는 고가의 JVC 비디오카메라를 구입했다.

　카메라 두 대에 망원렌즈, 기존 카메라 가방만도 15킬로그램에 육박하는데 영상 장비와 노트북에 특히 장기간 묵을 여행 가방을 꾸리는 내게 아내는 "당신 이러다 떠나기도 전에 병나는 거 아냐?" 하며 새로운 일에 대한 나의 열정을 말리지 못했다.

　아열대 기후인 인도네시아의 여름은 기온이 매우 높아 주최국인 인도네시아 ME 협의회에선 일주일간 열리는 회의 장소를 해발 3천 미터에 있는 세마랑호텔서 개최했다.

ME 아시아 회의에 참여한 각국 대표들과 함께 세계 최대 불교 건축물인 보로부두르 사원에서. 인도네시아 자바섬, 2007. 8

　아침에 일어나니 쾌적한 공기와 울창한 숲에서 온갖 귀여운 새들 지저귀는 소리가 오케스트라를 이룬다. 해발 3,400미터 고봉이 보이는 고산에서 치르다 보니 자연의 경치가 그토록 아름다울 수가 없었다. 비디오카메라로 촬영한 부부들의 감동적인 프로그램을 며칠 밤샘 편집해 호텔 컴퓨터를 찾았으나 야외 정원 전산실에 있는 컴퓨터 한 대는 먼지가 소복이 쌓여 인터넷도 제대로 작동되질 않았다.

　준비해 간 IBM 노트북으로 며칠 밤을 지새 작업한 편집 영상이 컴퓨터 용량 부족으로 소위 뻑이 나서 일순간 모두 날아가 작업이 중단되는 사태가 발생했다. 울고만 싶었다.

　편집 기술은 부족하지만 수십 년간 사진영상 전문가를 자임하며 촬영한 장면들과 각 나라 대표들의 아름다운 모습을 회의 마지막 날 보여주려 했는데 호

한 달치 월급을 주고 구입한 JVC VICTOR 영상 카메
라가 인도네시아에서 새로운 취미 인생을 만들어주
었다.

텔에 하나밖에 없는 후진 컴퓨터
로는 도저히 한국 신문방송사에
전송도 안 되고 다시 복원하지도
못해 너무나 아쉬웠다. 노트북으
론 역부족이었다. 나는 한국에 돌
아와 다시 만들어 여러 그룹에 보
여주었다.

그렇게 시작된 영상작업을 회사
정년퇴임 이후 좀더 체계적으로 배우고 싶어 고전영화의 메카 러시아로도 떠나
려 했지만 쉽지 않았고 공영방송에서 지원하는 서울 시내 거의 모든 영상학원
에서는 나이가 들었다는 이유로 나를 받아주지 않았다. 그래서 서울시가 주관

동영상 입문 계기가 된 제32차 ME 아시아회의, 사진 가운데가 조덕·이명숙 ME 아시아대표부부, 왼
쪽이 이윤식·조윤숙 ME 한국대표부부, 아내는 치아교정 중으로 일주일 동안 식사를 거의 못했지만
순박한 아시아 각국 대표부부들과 행복한 여정이었다. 인도네시아 세마랑호텔, 2007. 8. 4

하는 낙원동 학원, 또 개인학원 등지를 다니며 틈틈이 익힐 수밖에 없었다. 아직 부족하지만 조만간 내가 기록하고자 하는 영상들을 잘 소화해내리라 믿는다.

십수 년 전엔 예전 ME 회보를 담당해주었던 출판사가 큰 문화기업으로 성장해 사장을 만나 인생 족보를 영상자서전으로 하면 자손들에게도 사회적으로도 좋은 문화유산이 되겠다고 귀띔한 적 있었는데 지금은 유사한 사업체가 여기저기 생겨났다. 그런데 제작단가가 엄청 높아 일반인들은 엄두도 내질 못한다. 일반인도 프로그램이 좋으면 할 수는 있다지만 시간과 전문성이 필요하기에 한계가 있을 수밖에 없다. 영상작업을 하려면 영화감독같이 여러 분야에 통달해야 한다. 창의력+글+영상+음악+건강 외에도 여러 요소들이 필요하다.

언론사 생활 40여 년 하며 나는 이 분야에 어느 정도 노하우가 축적이 되어 있다고 생각한다. 그래서 고향과 은사님께 감사하는 마음으로 '일촉 이상성 선생님 발자취를 찾아서'를 시작하게 되었다. 지난해 촬영을 마쳤으나 아직 생업이 있으므로 주말에만 작업해 편집만 일 년이 걸렸다. 이 일이 끝나면 나의 첫 직장 선배인 최대섭 편집국장님의 일생을 영상제작기로 하고 현재 2년째 2~3편을 진행 중이다.

유튜브가 전 세계적으로 소통창구를 대신하는 요즘엔 영상매체가 대세인 듯하다. 20년 전 카메라 한 대를 구입해 배워놓은 영상작업은 제2의 인생을 즐겁게 해주고 있다. 새로운 일에 투자하고 노력하면 반드시 기쁨과 보람이 돌아온다는 삶의 철칙을 느끼고 있다.

나와 주변에 모든 사람들을 즐겁고 행복하게 만들어줄 새로운 일이 늘 기다리고 있을 것만 같다. 그래서 영상작업을 하는 순간들은 새로운 미래를 약속하는 희망의 시간이기도 하다.

노동의 소중함

　최근 30년 넘게 이어온 고향 동창회 회장을 맡아 친구들의 동향을 살피니 칠순 나이에도 절반가량의 친구들이 일을 하고 있었다. 몇 년 전만 해도 일하는 친구들이 얼마 없었는데 이상성 은사님이 "사람은 일해야 치매도 안 걸리고 건강히 오래 산다"라는 말씀에 영향을 받았는지 한편으로 다행이고 기뻤다.

　필자는 아프리카 잠비아로 취재하러 갔을 때 만난 노동자 부자(父子)를 잊을 수 없다. 신발 겉창이 다 닳아 신고 다니지도 못할 현지인들의 다 해진 신발들을 송곳과 실로 정성을 다해 수선 중인 부자의 일터에서 인간 존엄성이 묻어난다. 노인의 손을 만져보니 수십 년간 구두 수선을 하느라 송곳에 찔리고 패이고 만신창이가 됐다.

　세계 최고의 빈민국으로 일컬어지는 아프리카 잠비아, 월 5만 원이면 다섯 식구가 한 달 먹고살 정도로 가난하다지만 국민들의 행복지수는 웬만한 개발도상국보다 높다. 이들에게 노동은 삶에서 절대적인 비중을 차지하며 그만큼 고귀하다.

　우리는 노동을 노동자들만이 한다고 착각하기 쉽다. 그러나 기업인들도 경영이라는 노동을 한다. 1966년, 전국의 재벌 회장님들이 모인 반도호텔(현 명동 롯데호텔 옆자리)에 한 20대 중반 젊은 미술인이 강단에 섰다.

　대부분 총수들은 새파랗게 젊은이가 국내 최고 기업인들에게 뭔 강의를 한

구두 수선공 부자. 아프리카 잠비아, 2009. 8

단 말인가? 모두 의아해하며 뒷자리로 물러앉았다. 그러나 단 한 기업 총수만은 비서를 불러 A4지 용지를 부탁하며 맨 앞자리에 앉아 열심히 메모 준비를 했다.

젊은 미술인이 흑판에 경영(經營)이란 강의 주제를 쓰자 총수들은 웬 젊은이가 한국경제를 움직이는 기업인들에게 경영이라니…. 번데기 앞에 주름잡는다는 가소로운 표정들이었다.

젊은 미술인이 기업인들에게 질문을 했다.

"제 그림 한 호가 얼마 되는지 아십니까? 제 그림 한 호(엽서 크기) 가격은 오백만 원입니다. 그런데 원가는 저의 집 집세랑 물감, 종잇값 등 포함해 단돈 천 원밖에 안 됩니다. 원가는 단돈 천 원이지만 제 그림을 사가는 분들은 절대로 아까워하지 않습니다."

그리고 그는 기업인들에게 강조했다.

"화가는 화판에서 공간을 계산하고, 붓질을 최소화하는 데 이걸 감필법(減筆法)이라고 합니다. 경영도 가장 적은 자원으로 최대 효과를 보는 거지요, 결국 단돈 천 원으로 오백만 원 값어치 소비자들의 삶과 문화를 변화시키는 것이 경영 아닐까요."

강의가 끝나자 뒷자리 물러섰던 총수들은 일제히 박수로 화답했고 이후부터 젊은 미술인은 붓 대신 마이크를 잡고 국내 유명 경제인들에게 미술 강의를 통한 경영 강의를 한 예술가가 됐다.

당시 맨 앞자리서 열심히 강의를 메모하며 경청한 이는 오늘날 첨단 반도체 산업으로 우리나라를 강국으로 이끈 삼성그룹의 창시자 고 이병철 회장이며, 젊은 미술인은 국민화가 일랑(一浪) 이종상 화백이다.

이종상 교수가 5천 원권 율곡 이이와 5만 원권 신사임당을 그린 지폐 화가로도 명성을 떨친 계기가 결코 우연한 일이 아닐 성싶다. 노동의 신성함을 이미 체현하고 있기 때문이 아닐까.

미국 캘리포니아주 산호세 실리콘밸리에는 IT업계에서 유명한 기업들의 연구소가 즐비하다. 연구소를 안내하는 현지인들은 "저 하얀 건물 안 사람들이 밖에 나오는 모습을 한 번도 보지 못했으며 회장도 접근할 수 없다"라고 했다. 그들은 일생 연구에만 몰두하며 오늘날 인류문명을 선도하는 세기적 발명품들을 개발해냈다. 연구도 노동 아닌가? 여기서 연구원들이 연구에만 전념할 수 있도록 기업주들은 보이지 않는 곳에서 뒷받침한다. 원래 캘리포니아는 스페인 선교사들에 의해 개척이 되었다. 아이러니하게 산호세(San Jose)란 도시명도 노동자 성인을 뜻하는 요셉의 스페인식 표기다.

가까운 일본은 우리보단 고령화가 20~30년 일찍 시작됐지만 70~80 나이에도 즐겁게 일한다. 식당 도우미도 우리나라는 주로 젊은이들이 아르바이트를 하지만 일본은 연세 지긋한 어르신들이 고객의 비위를 맞춰가며 친절히 잘한다. 길을 가다 보면 노부부가 운영하는 조그만 매점도 심심치 않게 볼 수 있다. 육류보다 생선을 많이 섭취하는 일본 노인들이 현대 병에 덜 걸리고 오래 사는 이유도 있겠지만 즐겁게 일하기 때문이 아닐까.

세상의 바탕은 노동이요, 노동만큼 고귀한 것은 없다. 프란치스코 교황은 '노동은 하느님께서 주신 인간 존엄의 표현'이라 했다. 특히 교황은 "영적 삶과 노동은 절대로 상충하지 않으며, 오히려 노동이 부족할 때 정신도 결핍된다"고 말했다. 교황이 '노동이 하느님께서 주신 인간 존엄의 표현'이라고 노동의 존엄함을 강조했듯, 노동이 국경을 초월하여 지고한 가치라는 사실을 알아야 하겠다.

영원한 대기자 이태호 선배

1988년 5월 창간된 평화신문은 노사분규로 1년간 진통을 겪고 기존에 발행되던 평화신문과 달리 가톨릭교회 기관지 성격으로 속간되던 해 이태호 선배를 만나게 됐다. 1980년대 초반부터 언론계는 민주화운동 여파로 노조 활동이 극대화되는 시점이어서 평화방송, 평화신문도 피해 갈 수 없었다. 그러나 필자는 이미 전 직장 두 곳에서 노사분쟁으로 피해를 입고 퇴사한 직후라 거들떠보지도 않고 일에만 충실했다.

힘겹던 시기 평화신문서 만난 이태호 선배는 1974년 10월 유명했던 동아투위(동아일보 자유언론수호 투쟁위원회) 사태로 해직된 이후엔 한겨레신문 창간발기인이자 민생인권부 편집위원보를 담당했다. 그러다 평화신문으로 옮겨와 사측인 가톨릭교회와 노사분규가 극에 달한 시점에서 편집국장 서리를 맡았다. 간부로서 사측과 노조 중간 입장에서 중재자 역할을 하며 명동 교구청을 찾아가 평화방송·평화신문 이사장인 김수환 추기경에게 거의 매일 보고했는데 추기경은 당시 평화신문이 나올 때마다 '가슴이 철렁' 하는 것 같았다고 술회했다.

명동성당 건너편 평화신문 7층 편집국 사무실 옆이 바로 노조 사무실이었는데 아침부터 꽹과리 소리가 요란했다. 회사 건물 벽엔 붉은 페인트로 사장 신부 물러가라는 시위 글귀가 어지럽게 펼쳐졌다.

1989년 평화신문 입사 직전엔 불과 300여 미터 떨어진 00신문에 근무하며 퇴근시 이 건물 앞을 지날 때마다 가톨릭 신자 언론인으로서 안타까웠다. 그런데 어쩌다 스스로 이곳에 근무하게 되었는지 인간 세상 내일은 알 수 없음을 실감했다.

평화신문 속간 이후엔 잠잠하나 했지만 이어 1990년 개국한 평화방송(FM방송)은 더 심각한 노사분규로 김수환 추기경은 문을 닫는 것까지도 고려했었다고 할 정도로 노사갈등이 증폭됐다.

이후 이 선배는 취재 데스크를 맡고 있었는데 갑자기 회사를 그만두었다. 새로 취임한 주간 신부가 이 선배의 취재 데스크 자리를 갑자기 반대편 책상으로 옮기며 좌천시키고 새로운 취재 데스크가 그 자리에 앉게 됐는데 알려진 바로 일선 언론사 경험이 별로 없는 사람이라는 것이다. 기존 발행되는 신문도 그러하지만, 신생 신문의 취재 데스크는 신문의 질을 결정하는 중차대한 자리인데 기자들은 의아해했다. 이 선배는 자리를 옮긴 바로 다음날부터 회사에 나오지 않았다.

1980년대 언론통폐합 이후 신문이나 방송사 기자들의 이동이 잦았다. 어느 신문사 누구 하면 지면을 통해서나 출입처를 통해서 이내 파악이 되는 시장이라 필자도 다섯 차례 스카우트되어 옮겨 다닌 적이 있지만, 이태호 선배와는 사뭇 달랐다. 나는 회사가 안정된 곳인지, 언론사로 전망은 있는지, 재정은 탄탄한지 몇 개월 전부터 해당 회사 건물 전 층을 둘러보며 호봉까지 책정된 입사 사령 게시판을 확인하곤 결정하곤 했다. 그러나 이 선배는 책상을 바꾼 다음날 가정도, 자신의 앞날도 보지 않고 곧바로 직장을 떠났다.

참으로 숨어 있는 보물을 놓친 것만 같았다. 그는 동아일보에 있을 때도 취재 능력만큼은 선두를 달리고 있었다. 평화신문에서도 역량이 어김없이 발휘되었다. 이 선배가 취재한 글(신앙인 그 빛과 소금의 길)은 독자들의 뜨거운 호응으로 1년간 절찬리 연재되었다. 김수환 추기경은 물론 김옥균 주교도 이 연재 기

MBN 정운갑의 집중분석에 이태호 선배와 같이 생방송 출연했다. 정운갑 앵커는 이태호 선배의 평화
신문 데스크 시절 가장 열심히 질문하고 배우더니 유명 앵커가 됐다.

사를 읽고 호평했다. 특히 김옥균 주교는 이 선배에게 금일봉을 주기도 했다고
한다. 노사분규로 시달리다 다시 가톨릭 교회 언론의 위상이 서니 평화방송 조
덕현(야고버) 사장 신부는 선배를 일식집으로 초대해 극진히 대접했다고도 한
다.

1991년 3월 3일부터 이태호 기자가 기획 연재한 「신앙인 그 빛과 소금의 길」
은 한국 근현대사의 평신도를 생생히 조명한 역작이었다. 그는 1970년대 동아
일보사 방송뉴스부 소속 경찰서 출입 기자로 수많은 사건을 담당하며 이름을
날린 바 있다. 이 선배는 현장취재 경험을 살려 철저한 역사적 고증을 바탕으
로 취재해나가며 일순간 독자들을 사로잡았다. 이 연재물은 2년여 걸쳐 이어졌
고, 주간 신부는 이 선배를 비상임 편집위원으로 앉히고 「신앙인 그 빛과 소금
의 길」 제2부(성직자 편)를 맡겼다. 이후에도 후배들이 비슷한 연재물들을 내보
냈지만 이태호 선배의 취재역량을 따라가기엔 역부족이었다.

이 선배는 사진 찍을 것이 별로 없어 보이는 장거리 출장에도 사진기자와 늘
동행했다. 사진기자의 또 다른 취재 감각을 본 것이다. 책상머리에 앉아서 현장

을 파악하기보다 현장에 가면 늘 새로운 특종의 기회가 숨어 있다는 사실을 간파하고 있었다.

대개 취재환경이 열악한 신문이나 잡지사는 사진기자 몫을 취재기자가 대신할 때가 많다. 물론 회사 재정적인 부분을 고려해서이기도 하지만 요즘처럼 사진 영상매체의 효과를 인식하지 못하는 아마추어리즘에 편승하기 때문이다.

이는 사진기자뿐 아니라 같은 취재 영역에서도 마찬가지다. 수십 년간 기사를 써온 이 선배는 데스크를 보며 결코 남의 글을 함부로 난도질하는 우를 범하지 않았다. 사람마다 사상과 살아온 과정이 다르기에 어느 정도 기사가 되면 골격은 살려주면서 맥만 짚어주고 데스크를 거쳐 나오더라도 자기 기사에 정이 간다. 그러나 어느 데스크는 이것도 글이라며 몽땅 뒤집어놓으니 아무리 기사 문맥이 잘 되었다 하더라도 개성이 없고 독자들에게도 잘 전달되지 않을 것이 분명하다.

선배의 짧은 데스크 생활이지만 그 안에서 커온 수습기자들이 이후 각 신문과 방송 종편 언론사에서 데스크(부장), 국장을 거쳐 큰일을 하고 이 선배의 가르침을 높이 사는 것도 그런 이유에서 일 것이다.

돌이켜보면 평화방송 노조원들 처지에서 보면 다르게 해석될 수 있으나 개인적으로 조 사장 신부는 참 인간적인 분이셨다. 노사분규가 극성을 부리던 시기, 회사 전 직원이 1박 2일 연수를 갔는데 밤샘 토론을 하는 시간, 사장 신부님의 긴 연설이 이어지다 갑자기 "이태호 위원, 당신 내가 우습게 보입니까. 사장이 얘기하는데 졸고 있어요!" 대노한 사장 신부의 목소리가 강당을 울렸다. 토론에 참석하던 임직원들은 너무 놀라 바짝 긴장해 있는데 이 선배는 당당하게 "제가 존 것이 아니고 고개는 숙였지만 경청한 겁니다. 조는 것처럼 보셨다면 죄송합니다"라고 했다. 노사갈등 문제로 연일 언론에 뭇매를 맞던 사장 신부는 신경이 예민해져서인지 좀체 노기가 가라앉지 않고 결국 토론은 끝났다. 숙소로 돌아온 이 선배는 걱정이 되어 밤새도록 잠이 오질 않았다. 다음날 새벽이

원고 수입금은 모두 카메라 장비를 사는 데 써서 카메라 장비도 다양하다.

되어 사장 신부 숙소를 찾아가 "어제는 제가 죄송했다"라고 하니 도리어 사장 신부가 이 선배 손을 잡고 "내가 신경이 예민해 과민 반응했다"라며 사과했다.

과거 서슬 퍼런 박정희 유신정권 하에서도 굴하지 않고 이 나라 민주언론을 위해 투쟁하다 소위 동아투위 사건으로 113명이나 해직된 일선 기자 중 한 분인 이 선배로서는 생계 수단으로서의 직장생활은 아무 의미가 없었을 것이라 짐작된다.

그는 최근에도 사회적 약자인 기층민들의 삶을 지속해서 취재해오고 있다. 해직사태 후 모진 고초를 겪고 자신도 국민기초생활보장 수급자로서 있으면서 가난한 이들을 향한 기자정신을 충분히 발휘하고 있다. 달동네에 사는 기초생활보장 수급자들의 눈물겨운 생애와 고난을 이겨낸 논픽션 『이것이 인생이다』(이태호 지음, 울림사, 2011)를 출간해 한국간행물윤리위원회의 우수저작 및 출판지원사업의 교양부문 당선작으로 선정되기도 했다.

　대개 신문사 생활을 마치고 활동이 몇 년이라도 중단되면 글을 쓰지 못하게 된다. 그러나 이 선배의 글은 세월이 갈수록 예리하고 거리낄 일도 없기에 휘지 않았다. 해서 수많은 저서를 국내외에 펴냈다.

　최근 고 노회찬 의원과 정의당을 함께 꾸려온 김종배 전 의원은 한 방송에 출연해 "기자들은 수십 년간 담당 부서를 출입하며 전문지식을 쌓고 나름 그 계통의 전문인인데 책 한 권도 내지 못한다"며 "이러니 소신 있는 기사를 내지도 못하고 국민에 신뢰도 받지 못하고 있다"고 한국 기자들의 게으른 타성을 개탄했다.

『한국ME 30년사』 편찬 당시에도 이태호 선배가 도와주어 잘 마칠 수 있었다.

1974년 동아투위 당시 편집국장직을 내던지고 언론민주화운동의 산증인으로 살았던 청암 송건호 선생과 이태호 선배 등 동아일보 해직 언론인들은 2016년 재판에서 승소해 명예를 되찾고 이 선배는 민주화운동 보상법에 따른 위자료로 작은 전세방을 마련했다. 그는 그곳에서 생애 역작을 준비하고 있다. 1970년 동아일보사 방송뉴스부 소속 경찰서 출입 기자 시절부터 인연이 된 전태일 열사의 생애를 국민이 쉽게 이해할 수 있도록 이 선배 특유의 혹독하리만치 섬세한 현장취재가 5년여 지속됐다.

오랜만에 만난 선배가 다리를 많이 절어 무슨 일이냐고 물었더니 그동안 막바지 취재하느라 450만 보 정도를 걸었는데 아무래도 다리에 무리가 와 큰 수술을 해야 한다고 했다. "원래 퇴행성 관절염 진단을 받아 의사가 많이 걷지 말고 조심하라고 당부했지만, 취재 막바지에 전태일 열사의 청계천을 사회적 시대적 배경으로 분석하기 위해 역사책에도 없는 청계천 50개 지류를 샅샅이 취재한 것이 결국 관절염을 악화시킨 요인이 됐다"라고 했다. 그러나 선배는 "이 또한 영광으로 생각한다. 모든 마무리를 하고 내가 나를 버리는 것이니까"라고 했다.

어머니가 조반을 드시며 내년 팔순을 바라보는 이 선배 걱정을 하자, "요즘 그렇게 사는 사람이 어디 있느냐, 고생을 사서 한다"라고 했다. "네 맞아요. 고생을 사서 하시는 분, 그러니까 평생 자기 직업을 잃지 않고 꿋꿋하게 비록 돈은 없어도 보람 있게 행복하게 사시는 거지요."

비록 에어컨 하나 없이 이 한여름 동작구의 빌라에서 비지땀을 흘리며 원고를 써 내려갈 이 선배의 기록물은 한국민주노동사에 교훈이 될 값진 선물을 물려주리라 생각한다. 가난한 선비의 붓(펜)으로 펴내는 역사기록은 영원히 살아 있을 것이다.

아내의 외손자 사랑

엄마 앞에서 짝짜꿍
아빠 앞에서 짝짜꿍
엄마 한숨은 잠자고
아빠 주름살 펴져라

그의 노래만큼 우리에겐 친근하지 못한 정순철 작곡가의 어린이 사랑이 얼마나 간절했으면 이런 훌륭한 동요가 나왔을까.

나의 고향 옥천은 시인 등 문인들이 여럿이 탄생한 고장이다. 옥천군 하계리 향수의 정지용 선생, 동요 〈짝짜꿍〉의 작곡가인 정순철 선생은 청산 교평리 출신이다. 어린이들을 얼마나 사랑했으면 이런 순수한 동요가 탄생되었을까. 우리 부부도 나이가 드니 아이들의 순수한 마음을 사랑하기 시작했다.

아내 로사는 어린이 사랑이 대단하다. 딸내미가 둘째를 낳고부터는 외손자 돌보는 데 전념하고 있다. 어느 날 로사가 간밤 야근을 마치고 다급한 전화가 왔다. "서준이가 둘째를 때렸다고 빈나(딸)가 서준이를 혼냈대요. 난 지금 전철 타고 빈나 집으로 가요" 하며 다급하게 울먹이는 목소리다.

로사는 운전이 서툴러 전봇대를 두 번이나 들이받곤 나한테 영원한 운전불가 판정을 받아 그 멀리 김포 검단 신도시까지 전철을 몇 번이나 갈아타고 간

전철을 네 번씩 갈아타고 가 딸아이의 출산과 육아를 도운 아내의
지극정성으로 두 아이가 건강하게 자랐다. 2023. 5. 2

외손자 서준이 돌기념 가족사진. 2001. 9

다.

딸내미는 지난해 말 둘째를 낳고 아주 힘들어한다. 엄마는 고생해보질 않아 강단이 없는데 딸아이는 어디서 그런 강단이 나오는지, 첫째를 힘들게 낳곤 자신처럼 자식을 외롭게 키우지 않겠다며 나이 마흔에 더 늦으면 못 키운다며 바로 둘째를 갖게 된 것이다.

서준이는 코로나19 당시 태어나 말이 느리다. 말을 배우려면 부모의 표정을 보고 익혀야 하는데 집에서만 갇혀 지내다보니 말 배우는 시기가 늦었지만 눈치 하나는 백 단이다. 그런 서준이를 로사는 더욱 아끼고 사랑해주려 한다. 어린이들의 순수한 마음씨를 보면 거기가 천국이라는데 로사는 천국의 세상을 다녀와서인지 어린이들의 마음을 누구보다 잘 헤아리고 사랑해주는 듯하다.

예전에는 아이들 키우는 것이 그리 어렵지 않아 우리 윗세대 부모님들은 10명씩 낳은 가정도 많았지만 서로 형제들끼리 자라 어려운 줄 몰랐다고 한다. 그런데 요즘 부모들은 아이 키우는 것이 보통 일이 아니다. 가정 안에서 키우다보니 그런 이유도 있겠지만 예전보다 아이들 돌봄이 더욱 세밀해진 것 같다. 더욱이 철저히 위생 상태를 지키는 딸아이는 결벽증에 가까울 정도다. 어디 여행이라고 갈라치면 이부자리까지 챙긴다.

그러잖아도 말랐는데 이젠 얼굴이 살점이 하나도 없이 까칠해진 딸아이. 더욱이 아이들을 학원에도 보내지 않고 집에서만 키우겠다는 딸아이 고집을 지켜보던 로사가 드디어 아이들 돌봄에 나섰다.

딸 빈나가 한결 마음이 편해진 듯하다. 얼마나 힘들었으면 "엄마 제발 도와줘요, 우리 집 근처로 이사를 왔으면 좋겠어요" 하더니 실제로 집까지 내놓았다. 밤에 한잠도 자질 못하고 식사도 제대로 하는 것을 보질 못했다. 새집으로 이사를 가 신혼집처럼 꾸며 놓았지만 둘째를 낳곤 온통 아이들 장난감과 돌봄 장구들 천지라 신경 쓸 겨를이 없는 것 같았다.

사위는 직장에서 돌아오면 아이들을 한번 안아주곤 식사를 마치자마자 곧바로 곯아떨어진다. 나 역시도 그랬을 것이다. 그 나이 때는 자식 귀여운 것을 모르는데 나이가 드니 아이들이 귀여운 것이 실감이 난다. 그래서 노인들과 아이들과의 사이클이 맞도록 조물주가 정해준 것 같다.

외할머니가 고향 청산초등학교 등나무 아래서 나를 업어주던 기억이 아직도 생생하다. 그런 기억들로 외할머니가 아직도 눈에 선하다. 외할머니의 사랑이 영향을 많이 준 것 같다. 서준이도 '하지, 하니'를 그렇게 기억할까?

죽음과의 대화

가끔 자다가 설은 꿈에 깨어날 때 몽롱한 느낌도 들지만, 기분은 참 좋다. 조선 초기의 화가 안견의 〈몽유도원도〉도 이런 환생에서 그린 그림이 아닐는지, 그때마다 난 죽음을 생각한다. 죽음의 문턱에 가는 순간도 이와 같지 않을까? 대부분 영화에도 죽음은 이렇게 묘사가 되지만 우리 부부는 죽음에 대한 이야기를 20년 동안 글로 쓰고 준비했다. 그래서인지 아내는 죽음의 준비가 잘 되어 있는 것만 같다. 자신은 죽을 때 연명치료는 절대 받지 않겠다고 한다. 그리고 예전 대수술 받을 때 이미 죽음 저편에 건너가 있었다고 종종 그때의 이야기를 들려주곤 했다.

인간은 세상 태어나 어떻게 살아왔느냐 만큼 중요한 것이 어떻게 죽느냐이다. 그러니 지금부터라도 죽음을 잘 준비할 수 있는 것이 인간으로서 가장 큰 행복이 아닐까?

죽음의 대한 이야기를 좀더 실감나게 표현하고자 ME 주말봉사하며 썼던 공책을 찾으려니 벌써 어딘가 숨어 나타나질 않으니 찾는 대로 옮기도록 하고 나의 죽음에 대한 생각을 정리해보고자 한다.

우리 부부가 20년간 봉사했던 2박 3일간의 ME 주말에는 '죽음과의 대화시간'이란 프로그램이 있다. 90분 글을 쓰고 90분 대화, 90/90시간이다. ME 주말의 하이라이트다. 주말에서는 이 시간을 위해 한국의 ME 주말을 나온 수십 만

씽의 부부들은 물론 전 세계 부부들이 함께 기도한다. 90분이 휙 지나간다. 믿기지 않는다. 과학자들이 우주를 설명할 때 빅뱅처럼 평소 우리가 생각하던 시간을 초월한다. 우리 인생도 순간이다. 지나고 보니 인생은 순간처럼 지나갔다.

벌써 주변 친구들도 하나둘 떠난다. 최근 2년 동안 가까운 친구 네 명이 나의 곁을 떠났다. 죽음과의 대화를 쓰던 40, 50대는 실감을 못했는데 이젠 죽음과의 대화도 제대로 쓸 것만 같다.

가장 일찍 떠난 준호 친구, 큰처남, 양일 처남, 김무열, 황봉규, 유진수 코리아헤럴드부터 평화신문까지 함께했던 김무열 씨가 가장 생생하게 떠오른. 인생은 70부터라지만 이제 갈 사람들 만나는 일이 더 많을 것이다. 나 또한 예외일 수 없다. 그분들을 기억하며 이제 죽음과의 대화를 정리해보고자 한다.

죽음에 대해 나에게 묻고 내가 답한다.

-나는 누구인가?
-내가 죽음의 순간을 맞는다면, 어떤 부분을 아쉬워할까?
-가장 감사해야 할 잊지 못할 분들은?
-생애 가장 기쁘고 보람 있던 순간들은?
-가장 최근에 슬펐던 때는?
-마지막으로 한번 꼭 해보고 싶은 일이 있다면?
-아내와 가족에게 들려줄 말은?

천국에 다녀온 아내

　요즘 우리는 주말부부다. 아내 로사는 둘째 외손자를 돌보고 나는 구순의 어머니를 돌보며 하던 일을 쉬고 있다. 미미하나마 정부서 주는 수혜를 입어 다행이다.

　올해는 우리 부부가 혼인한 지 40년 되는 해이다. 평생 아내가 해주는 밥과 집안일 등 직장 다닐 땐 몰랐다. 그런데 요즘 아내가 쓰던 주방 용기들을 만지며 설거지 10분만 해도 허리 어깨가 쑤시고 아픈데 40년 세월 밥해 주고 나의 거친 성격도 잘 참아내며 내조를 잘해주어 고맙다.

　요즘 매주 화요일이면 외손자 자연학습을 시키려고 딸네 집엘 간다. 한창 뛰어놀 아이인 외손자를 데리고 서울 근교 계곡, 바다, 자연사박물관 등 유명한 곳에 두루 다닌다. 자연과 친해지기 위해서다. 그래서인지 외손자 서준이는 아주 해맑다. 웃을 때면 세상이 다 밝아지는 것만 같다. 마침 나들이도 좋아해 할아버지(하니)가 오는 날이면 전날부터 잠을 제대로 안 잔다고 한다.

　둘째 외손녀 소율이를 낳고부터는 온통 집안이 아이들 살림들로 가득 찼다. 매주 늘어나는 살림살이 정리도 딸은 대충 넘어가질 못한다. 몸을 가누지 못하면서도 유난히 깔끔을 떠는 모습이 아무래도 아내를 닮은 것만 같다. 사실 지금의 아내는 나와 성격이 비슷해졌지만 원래는 정반대였다. 아내는 내성적이고 세심한 성격인 데 비해 나는 활동적이고 털털한 편이었다. 아내는 그런 나의 적극적이고 무엇이든 자신 있는 모습에 끌려 결혼했다고 했다. 부부는 서로 닮는다고 하지만 애초엔 전혀 다른 성격을 갖고 만나는 것이 보편적이다. 그래서 부족한 부분을 서로 채워가라고 조물주가 짝을 지어주었다. 우리 부부는 ME운동(부부일치운동)을 하며 심층 깊게 공부하고 깨달은 바 있다. 부부생활에 대해 누가 가르쳐주지 않지만 ME운동은 혼인 생활에 많은 도움을 주었다.

40년 전 아내는 혼인예물로 12폭짜리 '한국의 사계(四季)' 산수화를 장만해 왔다. 병풍을 펼치면 봄, 여름, 가을, 겨울 한국의 아름다운 풍경에 방안은 이내 아늑해진다. 장모님과 처 이모님이 도와주셨다지만 어디서도 볼 수 없는 대단한 혼인 선물이었다. 결혼 준비하며 바깥 나들이도 않고 1년 동안 한올 한올 실로 뜬 자수다. 신혼 시절 12폭 산수화를 볼 때마다 아내의 섬세함에 감탄을 금

여러 지인의 기도 속에 사선을 넘나들며 병원서 맞이한 아내의 생일날, ME 가족 김문현, 김미숙 부부가 축하해주고 있다. 서울 강남성심병원, 2015. 9. 8

치 못했다.

아내의 내조에 힘입어 평탄한 부부생활을 이뤄왔지만 때로는 거센 풍랑도 만났다. 그 첫 번째 시련은 아내의 대수술이었다. 자칫 생명도 위험할 뻔했다. 3~4시간이면 끝난다는 수술이 아침 8시에 들어가 오후가 돼도 끝나질 않았다. 그런데 집도의가 얼굴이 상기된 채로 나와 "어떻게 이렇게 되도록 방치하고 있었는지 아이 얼굴만 한 물혹이 아랫배에 있어 모든 장기들을 다 절제해야 하는데 너무나 위험해 손을 쓸 수가 없다"라며 보호자가 직접 보고 결정을 내려달라는 것이었다.

나는 너무나 두려웠다. 마스크를 쓰고 수술실을 들어가 보니 아내는 침대 모서리에 사지가 묶여 있었다. 집도의가 여기저기 핀셋으로 가리키며 다급한 상황을 설명했지만 나는 무슨 말을 하는지 도통 귀에 들어오질 않았다. 머리가 하얘졌다.

"그냥 저는 아무것도 모르니 제발, 제발! 살려만 주세요. 아내가 너무 불쌍합니다"라며 애원했다.

보호자 대기실에는 한국ME협의회 조덕(알렉산델) 대표님이 출근도 하지 못한 채 처가 식구들 곁에서 기도하고 있었다. 나는 대표님에게 "아내를 살려주도록 모든 한국ME 가족들과 기도해주세요, 아내만 살려주신다면 ME운동을 위해 평생을 바치겠습니다"라며 간절히 매달렸다.

수술은 오후 4시가 되어서야 끝났다. 중간에 의사가 다시 재발할 수 있다는 말에 "지금 아내의 생명보다 더 중요한 것은 없으니 자녀도 포기하겠다"고 했다. 오전 8시 수술실에 들어가 오후 4시가 되어서야 아내는 회복실로 옮겨졌다. 마취도 잘 깨어 의식을 되찾은 아내는 "난 천국을 다녀왔어요"라고 말했다. 로사는 대수술 받기 전, 죽음 저편을 갔다 온 것이다. 수술실에 들어가려는데 병실 문앞에 갑자기 모르는 사람이 떡하니 서 있더라는 것이다. 대부분의 목격담이나 영화 속에 나오는 대로 얼굴은 없고 검은 형체만 있었다고 한다. 아내는

아내가 결혼을 준비하며 자수로 뜬 12폭 한국의 자연 병풍을 배경으로 딸내미 돌기념 촬영을 했다. 돌잔치 준비하느라 바쁜지 머리 손질도 못한 아내. 경기 성남 은행동, 1984.11

순간 "아! 죽음이 내게 다가오고 있구나"라고 직감했다. 그래서 갑자기 나를 불러 "병자성사를 받아야 하니 신부님을 모시고 와주세요"라고 부탁했던 것이다. 마침 본당 신부님이 안 계셔서 두루 수소문해보니 마침 입원해 있던 강남성심병원에 원목 사제(구속주회)가 계셔 병자성사(임종 전 받는 세례의식)를 하게 되었다.

이후 아내는 죽음이 결코 두렵지 않다고 한다. 자신이 임종 순간이 다가오면 연명치료 행위는 절대 하지 말라고 당부했다. 죽음을 늘 가까이 두고 두렵게 여기지 않는 배우자와 함께 사는 나는 행복하다. 천국이 바로 거기 있기 때문이다. 고로 나는 매일 천국에서 산다.

로사는 오랜 기간 요양하며 건강을 회복했지만 예전처럼 적극적인 활동을 하면 쉽게 지쳤다. 대신 나는 건강하기에 로사의 몫까지 일했다. ME운동은 부부가 함께해야 하는데 로사는 모든 일정을 다 소화하기가 어려웠다. 일주일에도 몇 번씩 각종 모임에 나와 활동해야 했으나 나 혼자 나오니 적적할 때가 많았다. 부부들에게도 미안했다. 공동체 운동은 할 수 없지만 우리 부부만의 ME운동은 계속하리라 다짐했다.

아내의 몸이 약해지면서 우리는 무슨 일이든 상의해서 풀어갔다. 내가 30대 후반 실직자 신세가 되었어도 아내의 슬기로 1년 만에 재취업하며 혼인 생활 40년 동안 실패한 적이 별로 없었다.

나는 아내와 딸내미가 다정히 자매처럼 지내는 모습을 볼 때가 제일 행복하다. 로사와 딸내미는 모성애 이상 세상 누구보다 친하게 지낸다. 그래서인지 아내가 외손자를 돌봐주는 일도 헌신적이다. 밤샘 직장 일을 마치고도 버스, 지하철을 네번씩이나 갈아타고 아이들 보러 나선다. 평생 봉사했던 교회 일도 지금은 모두 접었다. 교회 안에 일만이 봉사가 아니다. 내 가정과 사회의 어려운 이들을 돕는 일도 봉사이고 사랑이다.

잊지 못할 식사 초대

"사람은 음식을 잘 먹어야 건강하다. 그런데 잘 먹는 것만큼 배설을 잘해야 건강하다. 고로 무엇이든 잘 통하게 하지 않으면 병이 된다"라는 이강구 신부님 말씀을 두고두고 새기게 된다. 그만큼 식탁에서의 정신건강이 음식도 맛있게 만든다는 말이다.

생애 잊지 못할 식사 초대는 몇 번 있지만 1990년 유럽 성지순례 중 목사님 댁에서의 비빔밥은 잊을 수 없다. 아직도 그날을 생각하면 잔잔한 미소가 떠오른다. 해외여행 자유화 직후라서 중동지방에서는 한식당은 구경조차 할 수 없어 한 달간 한국 음식을 먹지 못하니 속이 편치 않았다. 서양 음식은 아무리 잘 먹었다 해도 뭔가 아쉬움이 남았다. 동행한 순례자들이 대부분 50~60대 이상 장년층이기에 시간이 갈수록 다들 속이 니글니글거린다며 시원하고 매콤한 음식을 그리워했다. 마지막 순례지는 이스라엘이었는데 마침 안내인이 이를 알아채고 개신교 목사님 집으로 저녁 식사 안내를 했다. 역시 목사님 집엔 한국인들의 왕래가 잦아서인지 고국의 식탁이나 진배없었다.

쟁반 여기저기 놓인 나물, 김치, 김치부침개, 얼큰한 찌게에 다들 눈이 돌아갔다. 며칠 굶은 사람들처럼 체면도 없이 식사하기 시작했다. 나는 목사님 사모님에게 큰 양푼을 하나 달라고 했다. 양푼에 갖은 나물을 넣고 고추장으로 아예 빨간 음식을 만들어 폭식하니, 다들 우리도 전 기자님처럼 먹어보자고 해 비빔

배창범·안옥남 부부 가족, 셋째아들은 해군복무 중이라 함께하지 못했다. 명동성당, 2010. 5. 8

밥 잔치를 벌였다. 이제 살 것만 같다. 속이 다 개운해진 것만 같다고 식사를 초대한 목사님 내외분에 정중히 인사했다. 역시 한국인들은 비빔밥 민족이 맞았다.

우리 부부는 결혼 후 이사를 다니면서 좋은 이웃을 많이 만났다. 좋은 이웃은 우리 가정이 기쁠 때나 힘들 때 큰 활력소가 된다. 그중 서울 시흥동본당 총회장을 오랫동안 맡은 배창범(루카)·안옥남(미카엘라) 부부의 저녁 식사 초대도 잊히질 않는다. 3년여의 송사를 끝내고 어느 정도 마음에 안정을 찾으려 할 때 배창범 루카 형님이 자택으로 식사 초대를 했다. 루카 형님은 4남매 다복한 가정에다 큰 아드님은 수도사제로 성가정을 이뤄 예전 가정의 달 평화신문에 소개된 적도 있어 더욱 친밀하게 지내왔다.

부지런한 형수님이 뙤약볕에서 캐온 야채들, 그리고 구수한 된장찌개 뚝배기가 정감 있게 다가왔다. 루카 형님은 "그동안 마음고생 많았는데 차린 건 별로 없지만 미카엘라가 노지에서 직접 캐온 나물들이랑 맛있게 들어요"라고 권했다. 우리 부부는 루카 형님 내외분이 즐기는 막걸리도 곁들여 참으로 마음 편한 식사를 할 수 있었다. 음식은 만드는 이의 정성에 따라 그 맛이 다를 수밖에 없는가 보다.

나의 재산목록

1호 새한 디지털 알람 라디오

1973년 현대경제일보(현 한국경제신문)에 입사하고 첫 월급으로 장만한 것이 새한 디지털 알람 라디오다. 주경야독하던 시절, 어렵게 들어간 첫 직장인데 출근 시간을 생명처럼 지키겠다는 신조로 장만한 것이다. 기상 시각을 맞춰 놓고 자면 "우~왕" 옆집에서도 들

나의 재산목록 1호, 새한 디지털 알람 라디오

릴 정도로 알람 소리가 컸다. 단 몇 분 더 자고 싶어도 용납해주질 않았다. 낮엔 일하고 밤에 공부를 마치고 11시경 귀가하면 '영시에 다이얼'에 채널을 고정하고 흘러간 팝송을 들으면 하루의 피로가 말끔히 씻겨나가는 듯했다. 시끄럽게 하루의 시작을 알리고 평온하게 하루를 마무리해준 영원히 기억할 나의 재산목록 1호다.

2호 카메라

1973년 한경 입사 초기엔 캐논 7을 사용하다 니콘(NIKON)사 제품을 평생

캐논 EOS 5D Mark II. 2012~현재

썼다. 이 회사 제품은 보도사진의 생명인 기동성을 발휘하는 데 최고의 성능을 발휘했다. 종종 부족한 해상력은 라이카 카메라로 보완했다. 그러다 2007년 아프리카 출장 중 동행한 은효진 사진가가 캐논 마크 4를 사용했는데 원색의 아프리카인들과 자연을 똑같은 환경서 촬영했는데도 차이가 났다. 기동성은 니콘이 좋지만 색상이나 자연색을 재현해내는 질감은 캐논이 우수했다. 즉 니콘이 재현해내지 못하는 또 다른 색감을 더해 부드럽고 풍부한 컬러로 표현해주었다. 귀국해 일본 카메라사의 정보를 잘 알고 있는 박간영 선생에게 자문해보니 디지털카메라의 화상을 만드는 망점(픽셀)의 구조가 다르다고 사진가들이 캐논 카메라를 사용하는 이유를 알려주었다.

정년퇴임 후 라이카 카메라를 팔아 캐논을 구해 이태리 성지순례길을 나섰다. 몇 년 후 알아보니 라이카 카메라 값은 두 배나 올라 있었다. 요즘은 1천만 원은 주어야 카메라와 기본렌즈를 구입할 수 있는 세계 최고가의 카메라 장비다. 그래도 전혀 아깝지 않은 것은 라이카와 교환한 캐논과 라이카 V-LUX4 장비가 현재까지 좋은 사진을 계속 만들어주기 때문이다.

3호 나의 애마

1973년 현대경제일보(현 한국경제신문) 근무 당시 자동차 운전면허증을 취득했다. 그때는 자가용 자동차가 거의 없던 시절이라 300여 명 직원의 큰 신문사에도 자가용은 업무국장과 광고국장, 그리고 우리 사진부장 등 서너 분만 차가 있었다. 취재에 필요할 것 같아서 서울 은평구 소재 서부신진자동차학원에

나의 애마 대우 로얄 듀크, 1989~1995   현대 그랜드 스타렉스, 2015~현재

서 운전면허증을 취득했다. 지금까지 50년간 운전해오면서 단 한 번의 교통사
고도 일으킨 적이 없으니 참으로 감사하고 다행한 일이다. 평소에는 성격이 급
하지만 운전할 때면 갑자기 여유로워진다. 그것이 무사고 이유일 수도 있겠지만
상대를 먼저 배려하는 것이 안전운전의 비결이라 할 수 있다.

설을 맞아 천안 동생 집을 다녀오며 타이어 가게서 타이어를 교체하려는데
어머니가 갑자기 사라졌다. 어디로 갔는지 주위를 한 바퀴 둘러보니 교체한 폐
타이어 4짝 앞에서 무언가 읊조리고 계셨다. "그동안 아들과 나랑 가족들을 위
해 무사히 이렇게 다 닳도록 태워주고 돈도 벌게 해주어 고맙구나" 순간 나는
마음이 짠했다. 비록 말을 못하는 무기질 생명체라도 내가 사랑을 베풀면 응답
을 받을 거라는 생각을 해보았다. 어머니와 같은 마음으로 나는 자동차와 카메
라 등 나를 위해 수고하는 모든 애장품들을 아끼고 사랑하며 수명이 다할 때까
지 사용하고 있다. 눈이 오나 비가 오나 가파른 산길에도 수고 많이 해준 나의
애마에게 고마움을 표한다.

나의 은인

손병두(요한 돈보스코)·박경자(율리안나) 부부

한국ME 공동체 일원으로 20여 년 봉사하며 대미를 장식한 일은 2009년『한국ME 30년사』를 발간한 일이었다. 마침 한국ME 대표팀이자 대학교수인 이윤식·조윤숙 부부와 김웅태 신부가 교육계에 봉직하고 있었기에 역사의 기록이란 관점에서 뜻이 통했던 것 같다. 1년여의 준비과정을 거쳐 우리 홍보분과 이성구 신부와 이영구·이화연 부부 등 6쌍의 부부가 의기투합해 한국ME 가족의 도움으로 책을 펴낼 수 있었음은 큰 축복이었다.

그런데 책을 펴내고 나서 큰 실수를 발견하고 말았다. 그 많은 부부들의 손

손병두·박경자 전
WWME 아시아대표
부부. 1993

278

김수환 추기경 추모 3주기 사진전 및 심포지엄에서 손병두 회장님과 함께. 가톨릭대, 2012. 10

을 거쳤건만 한국ME 도입 당시 주춧돌 역할을 한 손병두·박경자 부부의 원고 일부가 누락되었던 것이다. 아프리카 출장을 다녀와 말라리아로 병원 독방에 갇혀 있어 꼼꼼히 확인하지 못한 것이다. 물론 입원 중에도 노트북으로 수차례 확인을 거듭했지만 한계가 있었다. 죄송한 마음 금할 수 없어 어떻게 보은할 기회가 없을까 하고 있는데 마침 한국ME 홍보영상 제작차 부부 댁을 방문할 기회가 왔다. 우리 부부는 담당 PD와 촬영감독과 함께 도곡동 자택으로 찾아뵈니 손 회장님은 주차장까지 내려와 우리를 안내해주었다. 총리 후보까지 오른 회장님의 겸손함을 엿볼 수 있었다.

아파트 현관에 들어서니 바닥에 놓인 작은 거북이 공예품들이 인상적이었다. 이 작은 거북이들은 손 회장님께 긴요한 사연이 있었다. 삼성 비서실에서 나와 무작정 미국으로 떠나 공부할 당시 영어 실력도 부족하고 낯선 타국에서 자신이 없을 때 '거북이처럼 천천히 일어서시라'라며 가족분(따님?)이 선물했다는데 손 회장님은 이 거북이들을 보며 힘을 찾게 되었다고 했다. 손병두 회장님은 1997년 IMF 당시 전경련 상근부회장을 맡아 기업들이 살아남도록 위기를 극복하는 데 큰 역할을 한 바 있는데 그러한 지혜와 일념을 거북이를 통해서도 엿볼 수 있었다.

ME 홍보영상 인터뷰를 통해서 부부님이 걸어온 길을 잠시 회상했다. 1995년 우리 부부가 ME 봉사부부로 데뷔할 당시 손병두·박경자 부부는 한국ME 대표로 봉사자 양성주말(디퍼)을 담당하고 계셨는데 기억나는 것은 2박 3일 강의 매시간 손 회장님이 졸음을 참지 못해 힘들어 하던 모습이었다. 당시엔 안쓰러웠지만 일반인들은 따라가질 못할 초인적인 노력을 하고 계신 것이라고 생각했다.

손 회장님은 자신들이 훗날 묻힐 경기도 용인 묘소 두 곳 중 하나에 마 신부님에 먼저 모셨고, 자신들도 나란히 신부님 곁에 묻히도록 준비해놓았다. 부부는 마 도널드 신부님과 함께 한국ME를 도입한 초대 멤버로, 미국에서 홀로 공부할 당시, 빵집을 운영하던 배우자를 돌봐준 신부님의 은혜를 평생 못 잊어 오다 하늘나라에서도 함께 잠들기를 원해 묫자리를 양보해준 것이다.

손병두 회장님은 우리 부부가 1995년 한국ME운동 데뷔할 당시 지도해주어 처음 알게 됐다. 이후 2012년 고 김수환 추기경 추모 3주기 전시회 때는 멀리 양평 전시장까지 부부가 함께 오셔 격려해주었다. 이후 딸내미 혼사 때, 장인어르신 선종 때도 함께해주셨다. 손 회장님으로부터 여러 은혜를 입었지만 단 하나라도 못 갚아 드려 송구스럽기만 하다. 언젠가 보은하리라 다짐을 해본다.

손병두 회장님은 전국경제인연합회(전경련) 상근부회장, 전국가톨릭평신도협의회 회장, 서강대 총장, KBS이사장, 삼성꿈장학재단 이사장을 지내고 현재는 CNBC코리아 회장으로 있다.

우아한 칠순 합동여행

1966년 초등학교 시절 평생 한 번밖에 없는 수학여행비가 없어 가지 못하는 친구들도 많았다. 그런 사정을 안 학교 측에서는 숙박비를 절약하려고 한밤에 떠난 수학여행 버스가 출발한 지 한 시간도 되지 않아 큰 사고를 당해 졸업 기념앨범에 이마와 머리에 붕대를 감고 찍은 사진들을 보며 더욱 안쓰러웠다.

청산 산골짜기서 자라 객지서 온갖 풍파 겪으며 고생한 친구들을 생각하며 비록 하루지만 '고희 여행'을 선물해주고 싶었다. 그렇게 해서 나름 준비한 것이 청경회 고희기념 동해, 설악 합동여행이다. 그러나 코로나19로 몇 년간 정기 모임을 열지 못한 채 찬조금이 없으면 먼 거리를 다녀올 수 없는 상황이었다. 천상 회장이 전세버스 비용으로 백만 원을 찬조하니 전임 회장 안영구 친구도 백만 원을 쾌척했다. 오색약수터에서 가질 저녁식사 비용까지 해결되니 안심이 되었다. 이어 임원단인 원후희 친구는 기념타올을, 박명옥 친구는 기념모자도 준비한다고 하니, 마음 착한 친구들은 이에 뒤질세라 손자손녀 보느라 참석을 하지 못하는 친구들까지 십시일반 참여했다. 여행비용은 이내 수백만 원이 모아졌다.

45인승 리무진 대형버스라 자리도 넉넉해 지난해 먼저 하늘나라 간 고 황봉규 친구 처도 초대했다. 배우자를 잃으면 1~2년이 아주 힘들다는 얘기를 들었다. 봉규 친구는 인정미가 좋아 자녀결혼식 중 전국 각지서 제일 많은 친구들

칠순을 맞아 합동가을여행을 떠난 청경회 고향 친구들이 파이팅을 외치며 우정을 나누고 있다. 강원도 고성군 토성면 봉포항, 2023. 10. 25

이 참석했을 정도였다. 착하디착한 남편을 갑자기 떠나보낸 배우자의 아픔이 얼마나 클까, 마침 매일 만나 위로를 하고 지낸다는 목동 행자 씨도 함께 초대했다. 갈까 말까 망설인다기에 봉규와 절친인 몇몇 친구들에게 부탁해 다시 한번 함께 가자고 권유했다.

드디어 오랫동안 준비하던 고희 여행 출발일인 2023년 10월 25일, 당일 여행으로 멀리 있는 친구들의 귀가를 위해 아침 일찍 서둘렀다. 장옥성, 이왕수 친구 등 해외 근무로 평소 얼굴을 볼 수 없었던 친구들도 함께해 더욱 기뻤다. 경기도 평택서 온 박이순 친구는 "새벽 5시 첫차를 타기 위해 소꿉 시절 수학여행 갈 때처럼 꼬박 밤을 지새웠다"라며 제일 먼저 도착했다. 이른 아침 영등포를 떠난 전세버스가 춘천고속도로에 이르자 아침안개가 산야에 깔렸다. 아침안개가 끼면 하루 날씨가 좋다는데 과연 강원도 동해바다는 구름 한 점 없는 날씨를 보여주었다. 그간 마음고생 많은 봉규 처와 함께한 친구들의 우정 어린 마음에 하늘도 감동해서인지 바다가 동경의 대상이었던 충청도 친구들에게 옥색 바다를 선물로 주는 듯했다.

고향친구들은 은빛 고운 봉포리 해변 백사장을 뛰어다니며 동심 속에 젖기도 하고 단풍으로 곱게 물든 오색약수터 산책길을 거닐며 맘껏 우의를 다졌다. 단체 SNS(사회관계망서비스)방에 여행사진들을 올리자 각지에 친구들이 환성이 대단하다. 청산 고향에 귀향한 이상순 친구는 이번 여행이 참으로 우아해 보였다고 전했다. 임원진이 일체동심이 되어 준비한 사랑이 사진으로도 드러나 흐뭇했다.

늘 말없이 봉사해온 온 박명옥 총무가 새벽 일찍 오는 친구들이 아침도 거르고 올까봐 김밥, 족발, 과일 등 미리 준비해온 음식들이 몇 박스나 되었다. 모두 혼자서 준비해 마음고생이 이만저만이 아니었을 텐데 내색 한번 않고 묵묵히 봉사하는 모습이 천사와 같았다. 특히 각종 산악회 총무 경험이 많은 원후희 운영위원장이 흔들리는 차안에서도 명료한 어조로 희사한 친구들과 성원해준 친구들을 일일이 호명하며 감사를 전하는 모습은 프로였다. 큰일을 하다보면 신경이 예민해져 마찰도 있을 수 있는데 사소한 말다툼에도 이내 먼저 사과하는 모습은 모든 친구들의 귀감이 되기도 했다.

영구 친구는 영등포 백악관나이트클럽 회장으로 수십 년째 밤잠 못 자고 관리하느라 허리병이 도져 큰 수술을 받았는데도 참석했다. 마지막 들른 내설악 오색약수터에서는 투석 중에도 참석한 한 친구가 갑자기 체온이 떨어져 우려가 되었는데 영구 친구의 승용차로 안전하게 귀가할 수 있었다.

시간을 다투는 언론사 경험으로 필자는 고질적인 직업병이 있다. 사전 준비가 제대로 되어 있지 않으면 잠이 오질 않아 다른 일들이 손에 잡히지 않는다.

해외여행 출발 전날엔 준비하느라 꼬박 밤을 지새우다시피 하는데 이번 합동 여행엔 사전답사를 두 번이나 했다. 당일 여행으로 먼 길서 오는 친구들이 잘 귀가하도록 하기 위함이었다.

　그러나 준비를 열심히 했지만 우여곡절이 많았다. 가을 단풍절정기라 전세버스 기사가 세 번이나 교체되며 떠나기 전날 오후에나 배정니 되었다. 하마터면 못 갈 줄 알았다. 평일이라 다행히 예상했던 일정대로 도착해 평택서 온 이순 친구는 열차 발차 2분을 남겨놓고 무사히 귀가했고, 기분들이 좋아 과음했던 친구들도 모두 서로서로 도와 잘 귀가했다는 소식을 밤늦게나 듣고 단잠을 이뤘다.

　박영숙 친구는 이번 여행에 「움직이는 빨간 집」이라는 시를 써주어 미처 느끼지 못한 행복감을 공유할 수 있었다.

청산초등학교 상공에 흘러가는 구름처럼 유년시절 꿈을 맘껏 키워주었다. 재학 당시 2,500여 명의 학생들이 교정을 메웠는데 현재는 전교생이 22명이다. 충북 옥천 청산, 2022. 10. 30

    어린 시절 수학여행도 못간 채 끔찍한 교통사고를 당하고도 "운전기사 아저씨는 죄가 없어요, 차가 잘못했어요"라며 운전기사를 용서해달라며 소리치던 착하고 순수했던 우리 고향 청산(靑山) 친구들은 칠순을 맞았는데도 이름처럼 맑고 순수하다.

    필자의 자서전에는 초등학교 이야기가 자주 등장한다. 그것은 유년시절의 추억이 꿈을 선사했기 때문이다. 우리나라 남북통일에 지대한 관심을 가졌고 퇴임 후엔 전 세계평화를 위해 헌신해 온 미국의 제39대 지미 카터 대통령은 재임 시 어려울 때마다 자신이 다녔던 초등학교 벤치에 앉아 옛 시절을 회상하며 힘을 되찾았다고 한다. 나 역시 어머님을 모시고 매년 고향을 방문할 때마다 청산 옛집 바로 앞에 있는 초등학교를 바라보며 새로운 꿈을 꾸곤 한다.

고희 합동여행 기념 헌시

움직이는 빨간 집

박영숙

* 움직이는 빨간 집에서 하루의 여행은 참 행복했습니다.

새벽 공기를 먹으며…
자욱한 안개마저 살며시 길을 열어준다…
창가의 스치는
숲은 아름다움과 쓸쓸함이 교차하고.
빨간 집 속엔 총무님이, 준비해온 김밥을 열심히들 먹는다.
다시 돌아오지 않는 시간에 매달려… 좋은 친구와 오늘 하루는 아름다운
모습이었으면 하는 바람입니다.
봉포항의 푸른 바다는 내 영혼을 삼켜버리듯
취하게 만들고
모래밭에 남겨 놓은 발자국이 나를 붙잡는다…
갈대가 흔들어대는 작은 애교의 취해서 같이 사진 한 장 찍어줍니다.

물회의 시원한 맛과 싱싱한 회와 곁들여 마시는 폭탄주 한잔은 바다가 작은
소리에도 놀랄 만큼 카~~ 소리가 절로 나오는 순간의 뻥 뚫린 이 기분을 그대
들은 다 느꼈으리라 믿습니다.

저 모래알같이 많은 사람들 중의 우리라는 울타리 속의 속함이 얼마나 감사
한지요.

움직이는 우리의 빨간 집은 오색 약수터, 골짜기를 단풍과 같이 어우러져 더

욱 아름답습니다.

골짜기 맑은 물소리 들으며…

선녀가 내려와 깊은 물에서 몸을 추기는 것같이 청아하고 아름답게 느껴집니다.

저녁 해거름이라 절이라고 하기엔

단조롭게 보인다.

성국사 고즈넉한 분위기에 묵직한 모습을 바라보며… 왜!

탱화로 단장하지 않았을까?.

청경회 합동여행 중 박영숙(왼쪽) 친구과 함께,

의아해하며…
약수물 한잔으로 목추기며 마음을 씻어줍니다.

더덕산채 비빔밥에 곁들인 막걸리 한잔.
맛있는 음식과
즐거움을 준
다정한 사람들…
우리 같은 친구들…
고마운 사람들…
행복을 주는 친구들…
영원한 사람들…
바로 우리…
친구들이지요.

우리 고향 옥천·청산엔 예로부터 이름난 문인들이 많다. 멀리 우암 송시열부터 향수 정지용, 언론인 조동호, 송건호, 시조 시인 이은방, 류시화(안재찬) 그리고 가깝게는 필자의 초등시절 학생들에게 글짓기 공부를 집중적으로 가르쳐주셨던 이상성 선생님이 계시다. 은사님의 제자들 중에는 문단서 활동하는 소설가 홍영숙, 동시 시인 이용이 씨와 한광수 해군 제독, 양길영 목사 등 10여 명의 제자가 은사님의 필명을 딴 '글샘 모임'을 만들어 매년 문학의 향연을 이어가고 있다.

선대의 얼을 이어 우리 고향 친구들도 카페와 SNS에 주옥과 같은 시와 수필 등을 접할 때마다 요즘 같은 향학 여건이 주어졌다면 아마도 우리 사회 저명한 문인도 여럿이 탄생되었을 것이다. 친구들 중엔 이미 문단에 등단해 소설과 시집을 여러 권 발표하고 또 준비하는 친구도 있다고 들었다. 은사님과 제자들의 주옥 같은 시와 산문을 소개한다.

반세기 만에 은사님과 제자들이 함께, 청경회 고향 친구들이 은사님을 모시고 고향 방문하며 이상성 은사님이 지은 「청산예찬가」 시비 앞에서 기념 촬영을 했다. 앞줄 오른쪽 나성연 선생님은 모임 이듬해 하늘나라 가셨다. 충북 옥천군 청산, 2013. 8. 9.

청산 예찬가

글샘 이상성 은사님

우뚝 솟은 도덕봉에 산새 소리 즐겁고
보청천 맑은 물에 고기들이 노니는 곳
칠보단장 이름난 살맛 나는 고향
청산의 명성을 이어가리라

청산 읍내 물레방아 사연 안고 돌고요
기름진 넓은 들에 풍년가도 흥겨운데
대추, 곶감, 인삼에서 푸른 꿈이 여무는 곳
청산의 살림을 늘려 가리라

만리방천 금잔디에 소나기 그치면
갈밭골 폭포수에 무지개 피어나고
봉황대의 달빛이 곱디고운 곳
청산의 절경을 사랑하리라

동학 횃불 밝히고 독립만세 외쳤던
정의로운 인물들이 자자손손 이어온
민족혼이 깃든 곳. 서로 믿고 도우며
한마음 한뜻으로 청산에 살리라

엄마가 바빠진다

이화영 목사
『월간 韓國詩』 시인 등단

어렸을 때
고향 교회의
부흥회가 가까워 오면 엄마의 손이 바빠진다.

강사님을 모시기 위해서다.
평소에 잘 하지 않는 음식을 준비하신다.
계란말이
참기름을 발라 구운 김
잡채
닭백숙
보기만 해도 침이 돈다.

목사님과 강사님이 오셔서
축복하신다.
이 가정에 복을 주시옵소서.
자녀들에게 복을 내리시옵소서.

엄마는 어느새 설거지를 마치고 오셨는지
맨 앞에 앉아 계신다.

가장 오래 기도하는 사람도
그리고 가장 많이 우는 것도 우리 엄마다.
나는
지금 그때 그 기도와 축복의 힘으로 산다.

돌아가고 싶다

박영숙

뜨거운 폭양이 내리쬐는 한다리 냇가로…
피라미 떼가 뛰어놀고
동무들이 헤엄치는 그 여름 냇가에…
자갈에 뜨거운 열기를 맨발로 느끼며…
한 다리 밑에 땅콩이 심어 있던,
그~
모래밭에 맨발로 걷고 싶다.
추억이 묻어 있는 곳
맑은 물은 고기가 살을 찌우고 있는…
보청천이 흐르는 그곳…
고향으로…

성묘

박호현

성묘하며 마신 음복주 두어 잔에
올라갈 때 못 본 고향이 다시 보인다.
해체된 집성촌에 터 잡은
타관배기네 집 울타리에 다문다문
맨드라미와 봉숭아꽃이 피었고
폐가로 남은
LA에 살고 있다는 인호네 집 마당엔
늙은 감나무가 저를 버린 주인을
이제 더는 기다리지 않겠다고
그리움에 사무쳤다고
다 익지 않은 누런 감을
여기저기 눈물로 떨구어 놓았다
아는 얼굴 모두 떠난 졸고 있는 마을
파란 꿈 가득했던 어린 고향이여,
절기 이른 초가을 하루
불초의 자손이 조상님들 만나 뵙고
바삭거리는 감성에 촉촉이
물 한 조로 뿌려지는 음덕을 입고 간다.

나비야 청산가자

이광호

나비야 청산가자 범 나비 너도 가자
가다가 날이 저물면 꽃잎에 쉬어 가자
꽃잎이 푸대접하거들랑 나무 밑에 쉬어 가자
나무도 푸대접하면 풀잎에서 쉬어 가자
나비야 청산가자 나하고 청산가자
가다가 해 저물면 고목에 쉬어 가자
고목이 싫다고 뿌리치면
달과 별을 병풍 삼고 풀잎을 자리 삼아
찬 이슬에 자고 가자

카네이션꽃의 감동

이용규

아침에 일어나
진순이(강아지) 밥을 주고
뒤돌아서는데,
대문에 꽃 한 송이가 걸려있다.
무슨 꽃이지?
가까이 가서 보니까 복지관에서 보내온 카네이션 화분이다.
가슴이 뭉클해졌다.

십여 년 전,
고향에 내려와 정착하면서
뭔가 좋은 일을 할 수 없을까 하고 생각을 해봤다.

그래,
고향을 위해 봉사하면서 살아보자는 생각으로
장애인 돌보미,
적십자 봉사회,
각종 동아리 단체에 가입하여
봉사를 열심히 했다.

남들이 알아주든 안 알아주든

적십자봉사회 회장을 지내면서 힘들고 좋은 일을 많이 했다.
그리고
장애인들을 목욕시켜주면서
그들을 생각해봤다.
불편한 몸으로 세상을 살아간다는 것이 얼마나 힘든지…

나도 언젠가는 죽겠지만
할 수 있는 날까지 최선을 다하며 살겠다.
죽어서도 이 몸은 충남대학교 의과대학에 시신 기증을 서약했다.

가지고 갈 게 무엇이 있는가?
어차피
우리는 빈손으로 왔다
빈손으로 가는 것을…

오늘 아침은 행복했다.
카네이션꽃을 받아서…

산딸기

효목 이용이

2003 『동시와 동화 나라』 신인상, 시인 등단

장맛비 지나간 산골짝에
빨간 산딸기
누가 달아 놓은 방울일까

산토끼가 물 먹는 길
잃어버릴까 봐
남몰래 달아 놓은 빨간 방울이지

파란 잎새 뒤에 숨겨놓은
빨간 산딸기
누가 달아 놓은 방울일까

산 꿩이 알 낳은 곳 잃어버릴까 봐
남몰래 숨겨놓은 빨간 방울이지

멍든 수학여행

이상순

가을걷이로 바쁜 엄마 뒤를 졸졸 따라다니며 졸랐다.

"엄마! 빨리 줘요. 수학여행 가서 맛있는 거 사 먹게 얼른 돈 줘요!"

"알았어, 수학여행 가는 날 준다니까 성질도 급하기는…."

마지못해 속옷 주머니를 열어 50원을 내 손에 쥐여주며 "모자라면 네 큰 오라비한테 달래서 사 먹어, 알았지?" 하시며 바라보는 엄마의 얼굴에도 여행을 떠나는 나만큼이나 즐거운 표정이셨다.

며칠 전 엄마가 사주신 깜장 운동화 앞 코안에다 50원을 넣어 놓고 윗목 내가 잠자는 머리맡에 가지런히 놓고서야 친구들과 놀려고 밖으로 뛰어나갔다.

오늘은 서울로 수학여행을 떠나는 날이다. 한 밤 두 밤 운동화를 껴안고 자면서 기다리던 그날이 바로 오늘이다. 6학년 전체 학생 중 희망자들이 관광차 한 대에 올라타고 담임선생님의 인솔하에 우리들은 들뜬 마음으로 차가 출발하기를 기다렸다.

서울 수학여행 견학지는 경복궁, 석조전, 창경궁, 중앙청, 박물관, 방송국 등지를 한 바퀴 돌며 공부를 하게 되어 있었다. 우리들은 처음 가보는 서울에 대한 호기심과 관광차를 처음 타보는 재미에 서로 떠들며 이야기를 하는데 차가 움직이며 청산 읍내를 벗어나 달리고 있었다.

많은 아이들이 탔기 때문에 좌석이 모자라 겨우 자리를 차지하고 앉아 있는

데 6학년 2반 담임선생님인 우리 큰오라버님이 오셔서

"우리는 서서 가고 네 친구를 앉히는 게 좋겠다."

"오빠! 그냥 앉아 가면 안 돼요?"

"그래, 어서 일어나. 오빠랑 같이 서서 가자?" 우리는 차 중간쯤에 서서 좌석 등받이를 꼭 잡고 덜컹거리는 차에 몸을 맡겼지만 기분이 너무 좋았다.

청산을 막 벗어나 원남 넘어가는 꼬불꼬불 고개를 돌고 또 돌며 차가 빙글빙글 가고 있었는데 고개를 다 넘어갈 때쯤에서 갑자기 "쿵쾅쿵쾅" 하는 소리가 나더니 차가 움직이지 않고 뿌연 먼지 같은 것이 차 안으로 들어왔다. 여기저기서 아이들 우는 소리와 "아파요. 저 좀 살려주세요. 선생님! 저 좀 살려주세요" 하는 죽을 듯이 소리를 질러대는 아이들 외마디 소리가 귀청을 아프게 했다

나는 차 중간쯤 서 있었는데 순간적으로 정신이 들어보니 깨진 앞 유리창 있는 곳까지 밀려와 있었다. 의자들은 다 찌그러지고 친구들은 그 속에 혹은 의자 위에 올려져 있었고 여기저기에서 신음 소리와 엉엉 우는 소리가 났다. 나는 얼굴 어느 쪽인지가 무척 아팠는데 턱이 어디로 떨어져나간 것 같았다. 서서 가던 중이어서 힘없이 등받이에 부딪히며 튕겨나간 것이다.

희미한 먼지 속에서 보니 우리 오빠가 어떤 친구를 업고 밖으로 나가는 모습이 보였다. 잠시 후에 또 다른 친구를 업고 밖으로 구출해내는데 피가 여기저기 묻어 있었고 오르락내리락 친구들을 업고 정신없이 다니는 모습이 자꾸 보였다. 옴짝도 못하고 울면서 있는데 얼마나 시간이 지났을까? 아수라장 같던 차 안에서 다친 아이들을 밖으로 다 내려놓고, 그때야 동생인 내가 염려되었는지 "상순아! 너는 어때 괜찮아? 어디 어디 보자 다친 데는 없고?" 하는데 "오빠! 전 괜찮은 것 같아요. 근데 아파요" 하며 울어버렸다.

브레이크 고장으로 차가 멈추지 않고 달리는 바람에 조그만 삼거리에 있는 가게를 덮쳐 그나마 더 큰 대형 사고를 면했다는 것을 며칠 지나서야 알았다.

그 사고로 우리 친구들이 머리와 이마를 많이 다쳤고, 심하게 다친 친구는

며칠을 사경을 헤매다가 깨어나 1년을 휴학까지 해야 했으니 교통사고의 후유증이 얼마나 무서운 것인가를 깨달았다.

다친 친구들은 병원으로 갔고 오빠도 그곳으로 갔다. 가벼운 상처만 입은 친구들은 다른 차를 타고 도로 청산으로 왔는데 어느덧 캄캄해진 길을 덜컹거리는 차 소리에 놀라면서 거의 울면서 엄마를 부르며 와보니 소식을 듣고 달려나온 친구들 부모님들과 청산 사람들이 많이 모여 있었다.

어디서 보셨는지 엄마가 나를 와락 껴안으며 "아이고! 내 새끼 어디 보자. 다친 데는 없는 기여? 어디? 네 큰오래비는 어떻구? 네 오빠는 괜찮은기여?" 하며 억센 팔로 나를 안고 팔을 놓지를 않았다. "응 엄마 저는 괜찮아. 오빠도 괜찮은데, 오빠, 나빠요 다른 친구들만 차에서 내려주고 저는 나중에 와서 내려주셨어요" 하며 울면서 오빠를 엄마한테 일렀다.

오빠는 사경을 헤매는 제자들을 구해내느라 혼신의 힘을 다했는데 철이 없던 나는 오빠가 어떻게나 야속하던지 지금 생각하면 참 어지간히도 철이 없었다. 수학여행을 떠났다가 그야말로 십 리도 못 가서 차의 고장으로 우리는 서울 구경을 하지 못했다. 머리와 이마를 붕대로 감고 학교를 나오는 친구들만 오랫동안 볼 수가 있었고 얼마 후 큰오빠가 집에 다니러왔을 때 오빠가 엄마에게 혼나는 걸 볼 수 있었다.

"아무리 제자들이 먼저라고 해도 동생도 좀 신경 쓰지, 그랬어?"

"네, 죄송합니다. 워낙 경황이 없어서…."

철부지 나 때문에 오빠만 혼났다. 오빠 평생에 그런 악몽은 처음이었을 텐데 지금 생각하면 오라버님께 죄송스러운 마음뿐이다.

초등학교 시절 수학여행을 통해 꿈을 키우고 세상 견문을 넓혀야 했는데 학교를 출발하자마자 사고가 나는 바람에 우리 52회 동창들은 머리와 이마에 멍자국과 무서움에 떨던 아픈 기억만 안고 졸업장을 받아 들고 초등학교를 떠나야 했다. (2003. 11)

도시락

고일룡

그때 그 시절 초등학교 시절을 되돌아본다.

우리 동네 한질바(현 대성리)는 학교에서 20리 정도 떨어진 곳에 있어 학교 다니기가 쉽지 않았지.

봄, 여름, 가을에는 굽이굽이 흐르는 강가(보청천) 옆 신작로를 따라 등·하교를 했고, 겨울철에는 지름길이라 하여 작은 산을 두 번 넘어 학교에 다니곤 했다. 흔히들 우리를 촌놈 중의 촌놈이었다고 말하곤 했지. 특히 겨울철에는 훌쩍거리는 콧물을 달고 다니다보니 소매가 콧물로 빤질빤질하게 얼룩져 창피한 줄도 모르고 신나게 학교에 다녔지.

또한, 여름에는 학교 수업 끝나고 집에 오는 도중에 예곡보 옆에 있는 큰 바위 위에 옷과 책가방을 내던져놓고 홀랑 벗고 친구들과 신나게 멱을 감고 놀던일, 이 당시에는 사람들의 왕래가 뜸했었다. 멱 감고 나서는 너무 배고파 신작로 옆 밭에 심어둔 무시(무)를 몰래 훔쳐 먹고 혼났던 일, 무시에 인분(똥)을 뿌린 줄도 모르고 먹고 나서 입술이 퉁퉁(우리는 똥독이라 했음) 부었던 일도 있었다. 이제야 그때 무밭 주인에게 죄송하다는 말씀을 드리고 싶다.

또 어떤 날은 집에 오는 도중에 강가 옆 강변(자갈밭)에서 밀 서리를 해서 구워 먹곤 했는데 그사이 개구쟁이 원후희 친구가 뱀을 잡아 구워서 같이 먹자고 하여 기겁했던 일. 이 모두가 우리 한질바 촌놈 친구들의 우정 어린 방과 후의

초등학교 시절 가장 멀리 20리 길을 통학한 대성리 죽마고우들이 서울역에서 만났다. 제주도 등 각지에 흩어져 사는 이들은 6개월마다 만나 옛 우정을 나눈다고 한다. 왼쪽부터 고일룡, 곽재순, 이육희, 이찬희, 원후희 친구.

일상이었네, 읍내에 사는 친구들은 이런 추억이 있는지?

그래서 우리 한질바 친구들은 반세기가 넘어서도 건강하게 잘 지내는 것이 이때의 체력단련 결과가 아닐까? 하하~ 기분 좋게 회상하면서 웃어보네.

6학년 때 작문 시간에 동요나 동시를 지어오라는 선생님 말씀에 글재주는 없었으나 늘 학교 갈 땐 보자기에 책과 공책, 도시락을 함께 싸서 어깨에 둘러메고 다니던 생각이 나 제목을 「도시락」으로 해서 제출했던 기억이 떠오른다.

학교 갈 땐 벙어리

집에 올 땐 떠버리

어서 가자 딸랑딸랑

뛰어가자 딸랑딸랑

이렇게 제출했더니 담임이신 이상성 선생님께서 소년동아일보에 보내보자며 칭찬하던 일.

이 당시 책가방은 책과 공책, 도시락을 보자기에 함께 싸서 어깨에 둘러메고 다녔다. 어떤 때는 김칫국물이 흘러넘쳐 책과 공책에 국물이 배어 냄새가 진동했던 일, 옷에도 국물이 배어 옷도 빨아야 하는 것이 다반사였지.

어머님은 별들이 초롱초롱한 새벽에 일어나 도시락을 챙겨주건만 내용물은 간단하다. 주로 꽁보리밥에 김치나 무장아찌 하나다. 그 안에 숟가락도 함께 넣어 다녔다. 빈 도시락에 숟가락만 넣고 뛰면 딸랑딸랑 소리가 요란했지.

아~ 옛날이여! 지금 생각해보면 그런 일이 정말 있었을까? 꿈만 같은 세월이다.

영상의 미학과 사랑

대식 친구가 올린 오영식 자녀 결혼 영상을 보고

정광호

엘가의 '사랑의 인사' 선율에 맞춰 시작되는 예식 풍경이 예사롭지가 않다. 벌써 5~6회 이 영상을 대하지만 이유는 작가의 아름다운 영상에 매료되어 동화되기 때문인 것 같다.

40년 전 친한 친구의 예식 사진을 찍어준 것이 동기가 되어 친구의 자녀 결혼식 사진도 흔쾌히 영상에 담아준 작가의 마음도 영상만큼이나 아름답게 느껴진다. 자신의 음악을 유일하게 알아주는 친구가 죽자 거문고의 현을 잘라버렸다는 백아와 종자기의 우정이 어린 옛 고사가 떠오른다.

대식 친구의 영상의 미학은 어디서 오는 것일까. 물론 자신의 피나는 노력과 오랜 세월의 경륜에서 우러나는 것도 있겠지만 이유는 글 중에 있는 것 같다. '간절한 마음이 함께 있으면 영상 안에서도 살아나 복을 준다는 믿음이 있기 때문입니다'가 작가의 사진을 찍는 마음가짐이다. 렌즈 앞의 피사체를 단순한 물체가 아닌 작가의 혼을 담은 고감도 아트테크닉을 발휘하기 때문일 것이다.

신은 세상 만물을 만들었지만 그것을 아름답게 승화시키고 미로써 감동을 느끼게 하는 것은 사진작가의 혼이 깃든 노력의 산물이 아닌가 한다. 단순히 흘러버리는 높은 하늘의 구름도 작가의 찰칵하는 손놀림 하나에 생동감 있는 아름다운 새털구름이 되고 그것은 무한의 감동으로 다가온다.

10년 전이다. 작가가 오랫동안 평화방송·평화신문 기자로 근무하면서 온 국

정광호 친구가 모처럼 대전 이창하 친구의 잔치를 마치고 함께했다. 충남 대전, 2023. 6

민이 우러르고 존경하는 고 김수환 추기경님의 사진에세이집 『그래도 사랑하라』를 발행한 적이 있다. 처음으로 작가의 작품을 대하는 것이었지만 그 당시 오랫동안 교보문고의 베스트셀러 반열에 올랐고, 인기만큼이나 엄청난 판매고를 기록한 것으로 알고 있다.

　신이 인간을 불공평하게 만들었다면 대식 친구를 두고 하는 말일 것이다. 어느 한 편에 장점이 있으면 단점 또한 필히 있다는 얘기인데, 전생에 나라를 몇 번이나 구했는지 이 친구는 도저히 눈을 씻고 찾아봐도 단점이나 흠잡을 때가 없다.

　수려한 외모와 훤칠한 키, 온화한 미소, 따뜻한 마음 씀씀이는 할리우드 유명배우 브레드피트를 연상케 한다. 스포츠에도 소질이 있어 배구, 탁구 등 어느 스포츠에서나 만능인 친구다. 그뿐인가 친구 간에도 우정이 남다르다. 어느 친구 하나 비토가 없다. 흔히 끼리끼리라 하여 비슷한 부류의 친구들과 친한 법인데 대식 친구, 친구 사귐에는 남녀 구별이 없고, 잘나고 못나고, 있고 없고의 바운드리에는 경계가 없다. 어느 친구나 다 좋아하고 함께하기를 원한다.

우리 친구들이 친목을 다지는 '청산초등학교 카페'를 개설한 지도 강산이 변한다는 10여 년의 세월이 흘렀다. 자주 참여하지 못하여 미안한 마음도 많다. 처음에는 많은 친구들이 참여하고, 활동하여 많은 우정을 쌓았지만 지금은 노을이 지는 한산한 시골장터처럼 을씨년스럽고 텅 빈 공간에서 친구 혼자 고군분투다.

좋은 친구에 대해 일일이 열거한다는 게 낭비인지도 모르겠으나 이밖에도 얘기할 것이 많다. 고향을 사랑하는 마음이 남다르고, 옛 은사님을 자주 찾아뵙고, 남다른 존경과 은혜로 은사님의 행적을 글과 영상으로 남기는 것은 훌륭한 스승 밑에 자랑스러운 제자, 스승과 제자의 상이 투영된 아름다운 스승과 제자의 관계가 아닌가 싶다. 그런 면에서 대식 친구는 분명 우리의 자랑스러운 친구요 보배다.

그런 친구가 가까이 있다는 게 얼마나 자랑스러운지 모른다.

마지막으로 한마디하고 이 글을 끝내려 한다.

친구야!
좋은 영상 항상 고맙고, 언제나 건강과 행복을 빌어줄게.

후기

'강태공은 세월을 낚는다'는 말이 있습니다. 길어봐야 백세, 무엇이 그리도 바쁜지 정처 없이 목적지만 바라보고 살아온 인생, 자서전은 나의 삶을 정리하고 나를 되돌아보고, 그동안 도와주신 분들께 감사하기 위한 것이었습니다.

자서전을 정리하며 주변도 돌아보고 유유자적, 성취감, 보람, 행복 등을 느껴 보았습니다. 특히 무더웠던 지난여름 책장에 쌓인 수천 장의 필름들을 스캔하며 취재 순간마다 얽힌 사연들이 영사기처럼 연결되었습니다. 또한 수십 년 전 기억이 희미할 때는 새벽에 눈뜨자마자 한순간이 떠오르면 잇달아 연결돼 바로 기록했습니다. 문장이 매끄럽지 않으면 조발 후 잔머리 고를 때처럼 계속 몇 번이고 정리했습니다.

감사하고 은혜로운 순간들이나 부끄러운 나의 과거까지 세상에 공개된다는 것에 몇 번을 그만두려 했으나 초등시절 은사님과 지인들이 자신감을 주었습니다. 인생 칠십 고개를 막상 글로 써놓고 보니 목차 등이 실타래처럼 엉켜 몇 달 고민해도 스스로 풀기 어려웠는데 눈빛출판사 이규상 대표가 40년간 역사 기록집을 펴낸 이력으로 잘 정리해주셨습니다.

나의 인생 고비도 이처럼 주변의 도움이 없었더라면 정처 없이 맴돌았을 텐데 그때마다 좋은 분들이 돕고 방향을 제시해주셨습니다. 다시 한 번 도와주신 이상성 은사님과 언론계 선후배, 한국ME 가족 및 작은예수회 가족, 고 김수환 추기경 추모 3주기 전시회 때 도와주신 백미혜 교수님과 여러 은인분들께 감사드립니다. 또한 이 책이 나올 때까지 용기를 주고 성원해준 죽마고우 이형태, 안영구, 박영곤, 정광호 친구를 비롯한 청경회 회원들, 가톨릭 평화방송·평화신문 오세택, 박광수 후배, 눈빛출판사 이규상 대표께 감사드립니다.

"숨은 것은 알려져야 한다"는 등경 위의 등불을 비유하는 성경말씀(루가 8:16-18)이 있습니다. 필자보다 고생은 몇십 배 했지만, 수많은 고초를 겪고도 법대 교수로 영국 옥스퍼드대학에서 후학을 양성하고 있는 용식 동생의 한 많은 이야기도 언젠가 세상에 나와 대한국민의 위대한 승리가 세상에 알려지길 기원합니다.

올해는 저의 혼인 40주년이 되는 해입니다. 훌륭한 내조를 해준 아내 양송옥 로사 씨, 두 자녀와 열심히 노력하며 살고 있는 사위 김경수·딸 전빈나 가정에 무한한 사랑을 전합니다.

저는 이 자서전을 통해 가시밭길 생애마다 등대지기 역할을 해준 지인들의 사랑을 되새기며 이웃을 사랑하고 우리 사회의 빛과 거울이 되기를 소망하면서 모든 영광은 하느님께 바치고 허물은 홀로 간직하겠습니다.

2023년 10월
마지막 날에
전대식

전대식

충북 옥천 청산(靑山) 출생. 1974년 한국경제신문 편집국 기자를 시작으로 국방일보, 코리아헤럴드를 거쳐 가톨릭 평화방송·평화신문, 작은예수회에 근무했다. 제25회 한국사진기자회 보도사진전 수상(1988), 제1회 서울사진대전 특선(2000), 제3회 한국·한국인 사진대전(2001) 동상 등 국내외 사진대전에서 다수 입상한 바 있다. 천주교 서울대교구 가톨릭사진가 부회장, 한국가톨릭사진예술인협회 회장을 역임했으며, 사진전 '사람과 사람 I.II', 김수환 추기경 추모 1주기 사진전, 바오로의 해 폐막 특별사진전, 사제의 해 폐막 특별사진전, 김수환 추기경 선종 3주기 추모사진전 초대작가 순회전시회(경기 양평 갤러리 瓦, 대구 CU갤러리, 성 베네딕도회 왜관수도원, 경북 군위 삼국유사교육문화회관, 가톨릭대 김수환추기경기념관) 등 여러 사진 전시회에 참여했다. 저서로는 『김수환 추기경』(사진으로 보는 그의 신앙과 생애 추모 헌정집, 2012, 눈빛), 『우리 신앙유산 역사기행』(2005, 사람과 사람), 『한국ME 30년사』(한국 ME), 『그래도 사랑하라』(2012, 공감), 『작은예수회 30년사』, 『불멸의 영을 사는 사람들』(2017, 눈빛)이 있다. 현재는 유튜브 계정(진실의소리, votnews)을 통해 이 땅에 빛과 소금이 되는 은인들의 삶을 기록하는 영상 다큐 제작에 참여하고 있다.

hp: 010-6348-2988

e_mail: jfaco@naver.com

사진 속의 추억
추억 속의 인생

전대식 사진 자서전

초판 1쇄 발행일 – 2023년 11월 15일 / 발행인 – 이규상 / 발행처 – 눈빛출판사
서울시 마포구 월드컵북로 361 14층 105호 전화 336-2167 팩스 324-8273
등록번호 – 제1-839호 / 등록일 – 1988년 11월 16일 / 인쇄 – 예림인쇄 / 제책 – 예림바인딩
값 20,000원
Copyright ⓒ 2023, 전대식
ISBN 978-89-7409-904-6 03810